欧洲十大
犯罪推理小说家
作品系列

不到最后·没有真相

欧洲十大犯罪推理小说作家作品系列

（冰岛）阿诺德·英德里达松

《沉默的墓地》*Silence of the Grave*

《罪夜》*Reykjavik Nights*

《瓮城谜案》*Jar City*

《诡异海岸》*Strange Shores*

《暴怒》*Outrage*

《血色天籁》*Voices*

《暗黑无界》*Black Skies*

《干涸的湖》*The Draining Lake*

《低温症》*Hypothermia*

《寒城疑云》*Arctic Chill*

暗黑无界

[冰岛]阿诺德·英德里达松 著
程 昕 译

BLACK
SKIES

新华出版社

图书在版编目（CIP）数据

暗黑无界 / (冰) 阿诺德・英德里达松著；程昕 译. --
北京：新华出版社，2017.11
书名原文：Black Skies
ISBN 978-7-5166-3599-5

Ⅰ.①暗…　Ⅱ.①阿…　②程…　Ⅲ.①侦探小说－冰岛－现代
Ⅳ.①I535.45

中国版本图书馆CIP数据核字（2017）第269604号
著作权合同登记号：01-2015-7182

暗黑无界

作　　者：[冰]阿诺德・英德里达松　　**译　　者：**程 昕

选题策划：黄绪国　　**责任印制：**廖成华
责任编辑：高映霞　　**封面设计：**臻美书装

出版发行：新华出版社
地　　址：北京石景山区京原路8号　　**邮　　编：**100040
网　　址：http://www.xinhuapub.com
经　　销：新华书店、新华出版社天猫旗舰店、京东旗舰店及各大网店
购书热线：010－63077122　　**中国新闻书店购书热线：**010－63072012

照　　排：臻美书装
印　　刷：北京文林印务有限公司
成品尺寸：148mm×210mm
印　　张：10.5　　**字　　数：**230千字
版　　次：2017年12月第一版　　**印　　次：**2017年12月第一次印刷
书　　号：ISBN 978-7-5166-3599-5
定　　价：29.00元

1

他从塑料袋里拿出皮革面具。面具跟他想象中的不太一样，有点粗糙，不过还是可以将就着用一下。

他最担心的就是在路上遇到警察，所幸一路上并没有任何人注意到他。塑料袋里除了面具以外，还有他从酒铺里买来的两瓶酒、一把沉重的铁锤和从手工店里买来的金属钉子。

做面具的材料是他前一天从一个进口皮革的批发商那里买的。想好了自己需要的东西以后，他不费吹灰之力就弄到了皮革、线和硬楔针之类的必需品。出发之前，他好好修了修胡子，还穿上了自己最体面的衣服。

实际上，清晨的街道上，行人寥寥无几，所以他几乎不可能引起一些不必要的注意。他低着头，确保不和任何路人有眼神接触，大步流星地走向格雷提斯戈塔街上的一栋木屋。到了木屋，他匆匆下楼来到地下室，打开门，溜了进去，然后小心翼翼地关上了门。

地下室里很昏暗，但他已经非常清楚里面的布局了，哪怕在一片黑暗中也能行动自如。不过，刚刚进屋的时候，他还是停住了脚步。屋子并不大，右侧是一个无窗的卫生间，厨房和卫生间在同一侧，窗户很大，对着后花园，不过他已经用一条厚毯子把窗户遮住了。厨房对面是客厅，客厅旁边是通向卧室的门。客厅的窗户对着大街，但也被厚厚的窗帘遮挡住了。到目前为止，他只匆匆扫过一眼卧室，里面有一扇高高的窗户，被他用垃圾袋遮住了。

他并没有开灯，而是摸索着找到了他之前放在走廊架子上的一小截蜡烛，然后用火柴点亮了蜡烛。在摇曳的烛光照射下，他来到了客厅。他能听到椅子上双手被绑在身后、嘴巴被塞住的老人发出的闷哼声。他尽量不去看老人的脸，尤其是他的眼睛。他把塑料袋放到桌子上，拿出了里面的锤子、面具、钉子和酒，然后拧开了瓶盖，大口享受起这久违了的微温的烈酒。

随后，他放下酒瓶，拿起了面具。这副面具制作讲究：厚厚的猪皮革加上蜡制帆术线，而且是双线缝合。他在面具的额头处挖了一个圆形的孔，用来钉镀锌铁钉，然后围着它缝了厚厚的边，确保钉子能立得住。面具的两边有缝，穿着厚皮革带，可以将面具牢牢地绑在脑后。眼睛和嘴巴的位置也开了缝。面具上端一直延伸到了头顶后部，连着一根皮革带，正好可以和脑后的皮革带绑在一起，确保面具不会滑落。他没有仔细量过尺寸，基本上是按照自己的头型直接做的。

他又喝了一大口酒，尽量不让自己去听那个老家伙的呜咽声。

当他还是个孩子的时候，农场里也有一副类似的面具，不过不是皮革的，是铁的。那副面具被放在羊舍里，大人们不许他拿，但有一次，他还是偷偷看了它一眼。铁面具已经锈迹斑斑，摸起来冷冰冰的。他注意到，钉子洞周围有凝固了的血迹。他只在某一年的夏天见过有人用这副面具。当时，一个农民准备杀掉一头病牛。农民肯定弄不到枪，而这个铁面具就派上用场了。面具有点小，没法儿套住整个牛头，农民解释说因为它本来是给羊用的。农民拿起大铁锤，对着钉子狠命一击，钉子深深地扎进了牛的头颅。牛随即瘫倒在地，再也不动了。

在乡下，他度过了一段快乐的时光。那个时候，没有人告诉过他，他是个小可怜虫。

他从未忘记农民口中这副带钉子的面具的名字，这使他想起了某种痛快的死法。

死亡面具。

这是一个令人不寒而栗的名字。

钉子在他的锤击下冒了出来，他盯着它看了许久，它能够扎进头颅五厘米深。他知道，这已经足够了。

2

西于聚尔·奥利深深地叹了口气。他把车停在公寓外头，而他自己已经在车上坐了将近三个小时了。什么都没发生，报纸还好端端地待在信箱里。有几个住户进进出出，但谁也没有看过那报纸一眼。他专门把报纸的一半留在信箱外面，方便有心之人顺利地将它取走。这个人可能是贼，也可能只是因为某些原因想让楼上住的老妇人烦心。

这算不上什么疑难杂案。说实话，在西于聚尔·奥利的印象里，这是他加入警队以来最鸡毛蒜皮最无聊的案子。他的母亲给他打电话，让他去帮一个朋友的忙。那朋友住在克莱普斯未克街上的一栋公寓楼里，位于雷克雅未克北岸附近。她订了一份报纸，但是打从某个星期六早上开始，每当她去取报纸的时候，报纸总是从大堂的信箱里不翼而飞。她自己没逮住小偷，而邻居们也都一口咬定没有拿她的报纸，有些人甚至说自己根本不屑于碰她那份破右翼报纸。某种程度上，她也承认这一点。她之所以坚持订阅这份报纸，其实也只是为了看里面的讣告版，这个版块有时能占到全部内容的四分之一。

她心里已经有了几个住在楼里的怀疑对象。比如说，楼上有个被她称为“色情狂”的女人，门前总是有不同的男人流连，尤其是在晚上或是周末。即使不是这个女人偷的，也是她的哪个男人偷的。还有个邻居也是她的怀疑对象，住得比她高两层，没有正经工作，成天窝在家里，还自称是个作曲家。

西于聚尔·奥利看见一个少女进了楼，很明显是在外面玩了个通宵。她醉醺醺的，从兜里掏出小钱包，但一时却找不到钥匙。她摇摇晃晃的，得抓着门把手才能保持身体的平衡。她一眼也没看过那份报纸。西于聚尔·奥利看着她跌跌撞撞地上了楼，不由地心想，社会新闻版里肯定不会登她的照片。

他那顽固的流感还没好。当然了，没人逼着他这么快就起来工作，这是他自己的决定。他实在没办法继续缠绵病榻，整天守在他那四十二英寸的等离子电视机旁看电影。尽管身体还是很不舒服，但他宁愿自己忙一点。

他的思绪飘回了昨天晚上。他参加了高中同学聚会，地点在戈费的家里。戈费是一位自负的律师，打从初次见面，西于聚尔·奥利就不喜欢他的做派。他把大家都叫到自己家，表面上是要搞聚会，实际上却准备了长篇大论的演讲，宣布自己升任了银行某部门的经理，正好借着聚会庆祝一下。这确实很像戈费这种打着蝴蝶领结去上学的傻瓜做出来的事情。当所有人都在鼓掌的时候，西于聚尔·奥利并没有跟着他们一起鼓掌。

他心怀愤懑地环顾四周。他怀疑自己是这群人里毕业后混得最惨的一个。每当他参加这种聚会，这个想法就会盘踞在他的脑海里。这群人里有像戈费这样的律师，也有工程师、两个教区牧师、三个训练有素的专家医师，甚至还有一个作家。西于聚尔·奥利从来没有读过他的作品，但在文学圈里，人们却极力吹捧他的独特风格，说他深得“非理性”之妙——这是伪知识分子最新的文学评论术语。当西于聚尔·奥利拿自己和老同学们进行比较的时候，一想到他在警队的生活、他参与调查的案件、他的同事埃伦迪尔和埃琳博格，还有那些他每天都要面对的社会渣滓，他就几乎找不到能让自己高兴起来的理由。他的母亲总是说他当个警察太屈才了，不过，在他加入警队的时候，他的父亲倒是非常高兴，认为至少他对社会的贡献比大部分人要多一些。

“在警队干得怎么样？”工程师帕崔克问道。戈费发表演讲的时候，他一直站在西于聚尔·奥利旁边。他们两个从高中起就是朋友。

“就那样吧。”西于聚尔·奥利回答道，“你一定忙得四脚朝天了吧，现在经济这么繁荣，水电工程项目这么多。”

“我们确实忙得不可开交。”帕崔克说，神情比平时略显严肃，“这样吧，我们找时间碰个面，有些事情我想跟你讨论讨论。”

“当然可以。到时候用不用把你抓起来啊？”

帕崔克并没有笑。

“我星期一联系你，如果可以的话。”离开之前，帕崔克说。

“好啊。”西于聚尔·奥利回答道，然后朝帕崔克的妻子苏珊娜点了点头。大家一般不会带自己的伴侣出席这种场合，不过今天苏珊娜却来了。她对他回以微笑。他一直很喜欢苏珊娜，总觉得他的朋友好福气。

“还在捍卫法律的尊严呢？”因格福尔拿着酒杯走过来。作为同学里的两位教区牧师之一，除了侍奉上帝，他从未想过要干别的。他父母都是牧师，他也算是继承了家业。他并不是个假装虔诚的人，正相反，他喜欢喝酒，也喜欢女人，现在都已经是二婚了。他曾经在班上和另外一位教区牧师埃尔马进行过辩论。与他完全不同，埃尔马非常虔诚，是一位清教徒式的原教旨主义者，他极力反对一切变化，尤其是那些妄图颠覆冰岛基督教传统的同性恋。因格福尔却不在乎这些，只坚持牧师父亲教给自己的一条准则：上帝面前，人人平等。不过，他很喜欢惹恼埃尔马，而且经常问他打算什么时候成立“埃尔马派”。

“你呢？还在做牧师？”西于聚尔·奥利问。

“当然。我们可都是不可替代的呢。”因格福尔笑道。

戈费走过来，热情地拍了一下西于聚尔·奥利的后背。

“当条子怎么样呀？”他声音洪亮，志得意满。

“还不错。”

“从来没后悔放弃学法律吗？”戈费继续问道，依旧那样自负。这些年他发福不少，蝴蝶领结渐渐被他那显眼的双下巴遮住了。

“没有啊，从来不后悔。”西于聚尔·奥利反驳道。不过事实上，他有时候确实会想，要是离开警队，回学校继续完成学业，说不定能找个更好的工作。但他绝不可能在戈费面前承认自己有过这样的想法，更别说他会这么想也是受了戈费的启发——毕竟，要是像戈费这样的笨蛋都能读懂法律，那随便谁都能做到。

“我看啊，你总是和同性恋为伍。”埃尔马加入谈话并朝因格福尔投去责备的目光。

“我们走吧。”西于聚尔·奥利说。他想尽快逃离眼前这场一触即发的宗教辩论。

西于聚尔·奥利转向刚好拿着饮料路过的斯坦娜。她之前一直在税务局工作，每当西于聚尔·奥利遇到申报税务的问题时，总是会打电话请教她，她也总是很乐意帮忙。他知道斯坦娜几年前离婚了，现在正在享受单身生活。今晚他来参加聚会，也有部分原因是因为她。

“斯坦娜。”他叫住她，“你真的离开税务局了吗？”

“是的，我现在在戈费的银行工作。”她笑着说道，“按照戈费的说法，这段时间我的工作就是帮助富人避税，帮他们省下一笔钱。”

“我猜银行的报酬也更丰厚吧？”

“这还用说，活少钱多。”

斯坦娜又笑了，露出闪亮洁白的牙齿，然后把眼前的一缕头发撩到了耳后。她有一头卷卷的齐肩金发、一副宽脸盘、一双迷人的深色眼睛，还有描成黑色的眉毛——正是孩子们口中的那种“熟女”模样。西于聚尔·奥利不知道她是否知道这个词。当然了，她对这些事情向来门儿清。

“是啊，我猜你也是不愁吃穿的。”他说。

“你呢？没投资玩玩？”

“投资？”

“投股市啊。”斯坦娜说，“你像是那种人。”

“我像吗？”西于聚尔·奥利笑着问道。

“是啊，你有点儿像个赌徒，不是吗？”

“我可担不起任何风险。”他说道，又笑了，“我只做些保本的买卖。”

“比如说？”

“我只买银行股票。”

斯坦娜抬了抬眼镜。“那确实是最保险的了。”

“还单身吗？”他问。

“没错，乐在其中。”

“这样也没什么不好。”西于聚尔·奥利坦言。

“你和贝格索拉怎么样啦？”斯坦娜坦率地问道，“我听说你们过得不太好。”

“是，”他回答道，“很遗憾，我们根本没成。”

“贝格索拉是个好女孩。”斯坦娜说。她们曾在这样的场合见过一两次面。

“是的，她的确很……喂，我在想，我们要不要出来见见面，喝个咖啡什么的。”

“你是在约我吗？”

西于聚尔·奥利点点头。

“算是约会吗？”

“不，不算约会。不过，也差不多吧，既然你这么说了。”

“西吉，”斯坦娜拍了拍他的脸颊，说道，“你可不是我喜欢的那个类型。”

西于聚尔·奥利盯着她。

“你知道的，西吉，你从来都不是，也永远不会是我喜欢的那一款。”

“那一款？！”窝在公寓门前的车里等着拿下偷报贼的西于聚

尔·奥利吐出这么几个字。那一款？什么意思？他这一款比别人差吗？斯坦娜说的“那一款”是几个意思？

一个背着乐器箱子的年轻男人走了过来，边走边从信箱里拿了报纸，然后掏出钥匙准备开门上楼梯。西于聚尔·奥利赶紧冲进大堂，赶在大门关上之前把脚探了进去，最后成功地进到了楼梯间。年轻人刚要上楼梯，结果被西于聚尔·奥利抓住了。西于聚尔·奥利猛地往后一拉，然后抢走了对方手里的报纸，狠狠地敲了一下他的头。年轻人惊呆了，乐器箱子掉到了地上，自己也失去了平衡，摔倒在地上。

“起来，你这个白痴！”西于聚尔·奥利厉声说道，并且尝试着把他拽起来。他心想，这应该就是比母亲的朋友住得高两层的那个懒汉，那个自称作曲家的废物吧。

“不要伤害我！”作曲家喊道。

“我没想伤害你。那你以后能不能别再偷古兹曼太太的报纸了？你知道我说的是谁，对吧？就是住在一楼的那位老太太。什么样的失败者会偷一个老太太订的报纸啊？还是说，你欺负站都站不稳的人能获得什么快感？”

年轻人终于站稳了。他愤怒地瞪着西于聚尔·奥利，一把夺回了报纸。

“这是我的报纸！”他说，“我不知道你在说什么。”

“你的报纸？”西于聚尔·奥利立刻打断他，“你错了，小伙子，这是古兹曼太太的报纸。”

直到此时他才瞄了一眼大厅里的信箱，总共三排，每排五个箱子。而古兹曼太太的信箱里，他亲手拽出来半截的报纸纹丝未动。

“该死的！”他咒骂着回到车里，灰溜溜地开着车离开了。

3

周一早上，在去上班的路上，西于聚尔·奥利听说在市中心附近的辛霍特老街区的一栋出租公寓里发现了一具尸体。一名年轻男子被人割喉杀害了。刑事调查局的人很快赶到了现场，而西于聚尔·奥利接下来一整天的时间都在盘问年轻男子的邻居。期间，他遇到了负责此案件的埃琳博格，她还是像往常一样镇静。对西于聚尔·奥利来说，她实在是镇静得有些过头了。

白天的时候，他接到了帕崔克打来的电话，提醒他今天会面的事情。不过，听说了谋杀案的事以后，帕崔克说要不还是算了吧。西于聚尔·奥利说没关系，他们可以晚一点在他熟悉的一家咖啡馆见面。没过多久，他又接到了一通电话，这回是局里打来的，说有个人想见埃伦迪尔，见不到就不走。局里告诉这个人埃伦迪尔请假回了乡下，但他不信。后来，他说见西于聚尔·奥利也行，不过最后还是离开了，既没有留下姓名，也没有说他到底有什么事。最后，贝格索拉打来电话说明晚想见见他，问他是否有空。

五点钟的时候，他离开待了一天的案发现场，来到了市中心的咖啡馆。帕崔克已经等在那里了，和他一起的还有一位男士，是他妻子的妹夫，西于聚尔·奥利之前在朋友家的聚会上见过他几次。他面前摆着一杯啤酒，很明显，他已经喝完一杯了。

“真是个忙碌的星期一呀。”西于聚尔·奥利感叹着坐下来，不满地看了那个男人一眼。

男人尴尬地笑了笑，瞥了帕崔克一眼。

“我确实需要喝一口。”他说着，又喝了一口啤酒。

他叫赫尔曼，苏珊娜妹妹的丈夫，是个批发商。

“那么，出什么事了？”西于聚尔·奥利问。

他觉得帕崔克今天看起来有些不自在，估计是因为自作主张把赫尔曼带来而觉得不太好意思。一般来说，帕崔克是很随和的，爱笑，还爱开玩笑。他们有时候会早上一起去健身房，然后一起喝杯咖啡，或者去看看电影，而且经常一起去度假。对于西于聚尔·奥利来说，帕崔克几乎是他最铁的哥们儿了。

“你听说过‘交换伴侣’吗？”帕崔克开口问道。

“没有，怎么了，是一种舞蹈吗？”

帕崔克的嘴唇抽了抽。“如果真是那样就好了。”他说道，然后看了一眼正在喝啤酒的赫尔曼。之前和他握手的时候，西于聚尔·奥利发现他的手绵软无力，还湿答答的。他的头发很稀疏，个子一般，尽管穿着西装打着领带，下巴上的胡碴儿却是好几天没打理过了。

“你说的‘交换伴侣’并不是指四十年代流行的那种舞蹈？”西于聚尔·奥利问。

“当然不是。我说的那种派对上可没几个人跳舞。”帕崔克低声说道。

赫尔曼的啤酒喝完了，他招手让服务生再给他拿一杯。

西于聚尔·奥利看着帕崔克。上高中的时候，他们一起成立过一个叫“米尔顿”的新保守主义社团，还发行了每期八页的同名期刊，主题是讴歌个体企业和自由市场。他们曾经请过著名的右翼学者到学校开展座谈会，但并没有多少人参加。后来，令西于聚尔·奥利吃惊的是，帕崔克居然和期刊唱起了反调，转投左翼，开始公开反对美国在米德勒史狄建立基地，还呼吁冰岛退出北大西洋公约组织。那段时间里，他刚好认识了他现在的妻子，这一切也许是受到了她的影响。西于聚尔·奥利曾尝试独力支撑《米尔顿》杂志的发行，但渐渐地，期刊减少到了四页纸。最后，连年轻的保守主义社员们都不再来参加会议了，整个社团自然也就瓦解了。西于聚尔·奥利至今还保存着《米尔顿》的所有期刊，有一期里还有他自己写的一篇文章，题为《美国的援助：关于中央情报局插手南美洲事务的谎言》。

他和帕崔克一起上的大学，即使后来西于聚尔·奥利放弃法学，进了警察学校，他们也一直保持着通信。帕崔克曾带着妻子苏珊娜和他们的第一个孩子来看过他，那时候，他还在学土木，满嘴都是“土壤力学”和“基础设施设计”之类的术语。

“为什么要说‘交换伴侣’呢？”西于聚尔·奥利问，对于朋友今天的表现，他完全摸不着头脑。他弹了弹大衣上的灰，这件新买的浅色大衣是在打折的时候买的，他非常喜欢，所以从夏季一直穿到了初秋。

“哎，跟你说这件事实在让我觉得有点儿难为情。你知道的，我从来没找你这个警察帮过什么忙。”帕崔克不自然地笑了笑，“事情是这样的，赫尔曼和他的妻子现在的处境有些危险，而他们根本不知道这些要害他们的人是谁。”

“什么样的处境？”

“这些人邀请他们去参加一个‘交换伴侣’的派对。”

“你又说到‘交换伴侣’了。”

“我来说吧。”赫尔曼插话道，“我们只参与了一段时间，后来就再也没参与过了。‘交换伴侣’就是……”他尴尬地咳了咳，“……就是‘换妻’的另一种说法。”

“换妻？”

帕崔克点点头。西于聚尔·奥利目瞪口呆地看着他的朋友。

“你和苏珊娜没有参与吧？”他问。

帕崔克犹豫了一会儿，仿佛没听懂他的问题似的。

“你和苏珊娜没有参与吧？”西于聚尔·奥利难以置信地又问了一遍。

“不，没有，当然没有。”帕崔克慌忙地向他保证道，“我们没有参与。是赫尔曼和他的妻子，也就是苏珊娜的妹妹。”

“这只是一种无害的婚姻保鲜方式。”赫尔曼补充道。

“无害的婚姻保鲜方式？”

“你打算重复我们说过的每一个字吗？”赫尔曼问。

“你们搞这个很久了吗？”

“搞？这个词恐怕不太恰当吧？”

“那该怎么说？”

“我们现在不这样干了，但几年前我们试过几次。”

西于聚尔·奥利瞥了他朋友一眼，又看向赫尔曼。

“我不需要向你解释那么多。”赫尔曼生气地说。他的啤酒到了，他喝了一大口，然后看着帕崔克说：“也许这根本不是个好主意。”

帕崔克没理他。他在研究西于聚尔·奥利脸上微妙的表情。

“告诉我，你没掺和进去。”西于聚尔·奥利说。

“当然没有。”帕崔克一再重申，“我只是想帮帮他们。”

“嗯，那这事跟我有什么关系呢？”

“他们现在遇到了一点儿麻烦。”

“什么麻烦？”

“因为是和陌生人一起玩，”赫尔曼插话道，很明显是喝了啤酒又来劲了，“所以才让人觉得比较新鲜刺激。”

“我不明白。”西于聚尔·奥利说。

赫尔曼深吸了一口气。“我们遇到了骗子。”

“什么意思？”

赫尔曼转头看着帕崔克。“我跟你说过，这真不是个好主意。”

“你能好好听他说吗？”帕崔克劝西于聚尔·奥利，“他们现在有大麻烦了，我觉得你也许可以帮到他们。拜托你安静点儿，好好听。”

西于聚尔·奥利照办了。原来，两年前，赫尔曼和他的妻子曾玩过一段时间的换妻游戏。他们邀请别人到家里来开换妻派对，也接受邀请到别人家去参加类似的派对。按照赫尔曼的说法，他们夫妻二人的关系是开放性的，而且这很适合他们。性爱很刺激。赫尔曼说，他们只和“好人”一起玩，并且很快加入了一个俱乐部，里面都是同道中人。

“后来，我们遇到了莉娜和埃比。”他说。

“他们是谁？”西于聚尔·奥利问道。

“一对人渣。”赫尔曼说道，然后一口气喝完了剩下的啤酒。

“不是‘好人’了？”

“他们拍了照片。”赫尔曼说。

“你的照片？”

赫尔曼点点头。

“性爱照片？”

“他们威胁说，如果我们不给钱，他们就把照片发布到网上去。”

“苏珊娜的妹妹在政府工作，是吧？”西于聚尔·奥利问帕崔克。

“你觉得你能和他们对上话吗？”赫尔曼问。

“她是哪位内阁部长的助理吧？”西于聚尔·奥利问。

帕崔克点点头。“这对他们来说就是一场噩梦。”他说，“赫尔曼在想，你能不能跟这些人说上话，把照片弄过来。吓吓他们就行，让他们把手里的东西都交出来。”

“他们手里到底有什么？”

“一段短视频。”赫尔曼说。

“你的性爱视频？”

赫尔曼点点头。

“你是说，你并不知道自己被偷拍了？你怎么会没注意到呢？”

“我已经记不清了，这是两年前的事了。”赫尔曼说，“他给我们寄了一张照片。他们好像在公寓里藏了一个摄像头，我们一直没发现。说实话，我那时候确实注意到客厅书架上有一个小摄像头，但我没想到它是开着的。”

“给你下套还真简单。”西于聚尔·奥利说。

“你们当时是在他们家里吗？”

“是的。”

“他们是什么样的人呢？”

“我们根本不认识他们，后来也没有再见过。我想可能是因为我妻子时常在媒体上露面，他们认出她了，于是便决定威胁我们。”

“好敲诈一笔。”帕崔克看着西于聚尔·奥利，补充道。

“他们想要什么？”

“钱。”赫尔曼说，“我们根本没有那么多钱。那女的联系我们，让我们去借钱，而且不能报警。”

“有什么证据证明他们手上真有你的那些照片吗？”

“有的。”

“什么证据？”

赫尔曼看看四周，把手伸进夹克胸前的口袋，掏出了一张照片，然后悄悄地递给了西于聚尔·奥利。照片的像素不高，显然是用家用打印机打出来的，但确实能看到一群人在开性爱派对。西于聚尔·奥利认不出来照片里的女人，但男的一看就是赫尔曼。拍照片的时候，派对貌似正要达到高潮，也就是说……

“你想让我把这些人找出来？”西于聚尔·奥利看着他的朋友问道。

“在事情发展到不可收拾之前。”帕崔克说，“你是我们认识的人里唯一可能找到这些人渣的人了。”

4

行动之前，他已经跟踪这个混蛋几个月了。不论刮风下雨，不论白天黑夜，他一直躲在格雷提斯戈塔街的这栋破房子外监视着，保持距离，小心翼翼。他不能在同一个地方待太久，否则会引起路人或者住户的注意。他们可能会报警，那是他最不愿意看到的。这可不是他第一次被警察找麻烦了。

这附近的房子都大同小异。新房子随处可见，而且都是按照当下最新潮的风格建造的；其中也夹杂着一些老建筑，其实它们才跟这条街的原貌更匹配：简陋矮小，木质结构，波纹铁屋顶，一层或者两层高，带有混凝土地下室。有一些老房子经过了精心修葺，看起来还不错；另一些有些荒废了，比如说老男人居住的这栋破房子。房子屋顶年久失修，临街的那一侧没有排水槽，房子本身的淡蓝色几乎已经看不出来了，墙上和屋顶上附着着大片的锈迹。据他观察，地下室上面那层并没有人居住，所有窗户都紧紧地拉着窗帘，他也从未看到任何人进去过。

岁月无情地在老男人身上留下了痕迹。他肯定已经七十好几了，腿僵了，背也驼了，毛呢帽子下面披散着灰白的头发，身上的夹克又旧又破。从他身上几乎完全看不到过去的风采。他的日常生活几乎一成不变：每隔一天，他会早早地去那个老游泳池，有时候去得太早，还得在外面等游泳池开门。也许他前一天晚上根本没睡，因为游完泳回家后，他一天都不会出门，直到晚上才会到当地商店买点牛奶、面包和其他杂物。有时候，他也会去酒铺，沿途从不跟任何人说话，也不和人打招呼。除非有事一定要办，他才会稍微停留片刻，一旦事情办完，他会立刻重新上路。他晚上都待在家里，只有两次例外。一次是他沿着沿海大道去海边，然后沿着沙滩走到钓鱼码头，最后从镇子的西边穿过辛霍特街区回家了。

第二次是在他回家的路上突然下雨了，于是，他趁着夜色溜进了一栋两层老楼的花园，他曾经通过自家窗户窥视过这一大家子的生活。凄风冷雨中，他在树下躲了一个多小时，远远地看着房子里的一家人，看着他们准备就寝。等房子里所有的灯都灭了好一会儿之后，他才偷偷摸摸来到一个孩子住的房间窗前，朝里面看了很长时间，然后才回到了格雷提斯戈塔街自己的家。

那天，他整个晚上都守在老男人的屋外，不顾雨水的鞭挞，紧紧盯着格雷提斯戈塔街这间地下室的门。他觉得自己是在守护雷克雅未克所有无辜的小孩子。

5

夜幕降临，暮色中，整个城市显得格外安宁。西于聚尔·奥利按响了西吉莉娜·索格瑞多提尔，也就是女敲诈犯莉娜家的门铃。他希望尽快跟她谈完。她和丈夫埃比尼泽，也就是埃比，住在东郊密林的一排平房里，离劳加拉斯电影院不远。西于聚尔·奥利遥望着电影院前的灯光，想起自己年少时还是个电影迷，曾经在那里看过很多经典电影。倒不是说他现在还记着那些电影——其实他看过的电影很快便会忘掉，而是这家电影院本身一直是他心中一处特别的地方，这要归因于他高中时那次难忘的约会。和他一起看电影的女孩最终离开了他，但他仍然记得两人在她家门外他的车里那次长长的热吻。

他并没有想好自己应该怎么帮助赫尔曼夫妇，但他想教训一下莉娜和埃比，用警方介入来威胁他们，看能不能奏效。从赫尔曼的描述来看，他们不像是惯犯。当然了，那会儿，敲诈行为还不是特别普遍。

在去莉娜家的路上，他一直在想昨天晚上打断他的那个电话。那会儿，他正舒服地窝在沙发上看美国体育频道。在美国上学的时候，他接触到了之前从未了解过的两种美国全民运动——橄榄球和棒球，并且成了达拉斯牛仔队和波士顿红袜队的忠实球迷。回国后，他专门装了卫星天线，方便自己收看大型比赛的直播。他在看球这件事上可以说到了忘我的境界。由于时差的关系，比赛直播的时间通常都是冰岛的半夜。好在西于聚尔·奥利的觉也不多，即使晚上经常看直播，也没落下过健身房的晨练。不过，他对冰岛的体育活动，比如说足球和手球，完全不感兴趣。他觉得本土比赛和国际顶级联赛相差太远，根本没有电视转播的价值。

目前，他租住在镇子西边弗拉梅斯维尔街区的一栋小公寓里，这一带比较安静。在他结束了和贝格索拉长达几年的同居生活后，两人和平地分割了所有财产，包括书籍、唱片、厨具和家具。他最想要等离子电视机，而她则喜欢一位冰岛艺术家赠给他们的一幅画。她并不怎么看电视，也无法理解他对美国体育运动的热爱。他的新公寓还是空荡荡的，因为他还没有时间好好打理它。也许，他的内心深处还抱有与贝格索拉和好的期待。

他们一次次地吵架，到后来几乎都没办法交谈了，因为一开口就会惹对方生气，两人总是互相指责。最后，她怪他在自己因为第二次流产而难受时没有给她足够的关爱与支持。他们一直没有孩子，也试过药物治疗，但都失败了。后来，她提出收养一个孩子，而他一度非常犹豫，最后终于明确表示，他不想按她所说的那样收养一个孩子。

“那还剩下什么呢？”贝格索拉问。

“就我们两个呗。”他回答道。

“我不知道这样能不能行。”她说。

最后，双方都觉得还是分开比较好。他们的关系结束了。他们都意识到也明白双方都有错。做了分开的决定之后，他们的关系反倒改善了，紧张的气氛明显得到了缓解，交流的时候也不再充满戾气。这些年来，他们头一次心平气和地结束了对话。

电话响的时候，他正躺在沙发上，喝着橘子汁，沉浸于电视屏幕里播放的橄榄球比赛。他瞄了一眼手表，发现已经过了午夜了，然后凝视着手机上显示的来电号码。

“嗨。”他说。

“你睡了吗？”他的母亲问道。

“没有。”

“你睡得太少了，早点儿睡吧。”

“然后再被你吵醒。”

“哦，已经那么晚了吗？我以为你会给我打电话呢。你父亲最近联系你了吗？”

“没有。”西于聚尔·奥利回答道，眼睛仍然盯着电视屏幕。他知道他的母亲一向很有时间观念。

“你知道他的生日快到了吧？”

“我不会忘的。”

“你明天能顺便来看看我吗？”

“哦，最近挺忙的，我会尽量抽时间去看你。回头再聊吧。”

“很遗憾你没抓住那个贼。”

“是啊，没办法。”

“回头能不能再试一试？古兹曼因为这件事情非常忧心，况且上次和她楼上那个作曲家又闹得那么不愉快。”

“好的，那个……再看吧。”西于聚尔·奥利敷衍道。他对这个建议毫无兴趣。古兹曼的感受到底和他有什么关系？不过，他只是在心里暗想，并没有大声讲出来。

挂断电话，他想重新好好欣赏比赛，但已经做不到了。这通电话扰乱了他的心绪。虽然通话时间不长，说的也都是些平平常常的事，但却让他浑身都充满了愧疚感。他的母亲总是有本事用说话的语气来扰乱他内心的平静。那是一种暗含谴责的语气，带着一点儿霸道。她说他睡得太少了，意思是说他没有好好照顾自己；她提到被他忽略的父亲，是想责怪他没有联系她，既没有打电话也没有去看望她。最后，她还提到他没抓住贼这件事，暗示他做其他事情也没什么效率。

他的母亲有企业管理学位，在一家名头很响的外企当会计师。她的职位不低，赚的钱也很多，最近开始和一个叫赛蒙迪尔的会计师交往。赛蒙迪尔是个鳏夫，西于聚尔·奥利在母亲家里见过他几次。西于聚尔·奥利上小学的时候父母就离婚了，他跟母亲生活。这些年来，母亲一直不消停，经常搬家，因此，西于聚尔·奥利总要适应新的环境，在学校也不好交朋友。她与不少男人都有过短暂的交往，甚至不乏一夜情。他的父亲则是一名政治信念坚定的水暖工。他憎恶保守党，憎恶他们拼命维护的既得利益——尽管如此，他的儿子却还是支持保守党。

“极左派的政治信念是最有力、最合理的。”他的父亲声称。西于聚尔·奥利早就放弃跟他谈政治了。当他拒绝改变自己的观点时，父亲就会说他从他的母亲那里遗传了右翼的势力倾向。

这通电话分散了西于聚尔·奥利的注意力，他渐渐失去了看比赛的兴致。最后，他关掉电视上床睡觉去了。

现在，他叹了口气，再次按响了莉娜的门铃。

会计师和水暖工。

他一直没弄明白父母当初是怎么走到一起的，而他们分开的原因倒是明显多了——尽管母亲从未给过他们爷俩儿一个明确的交代。他们简直是世上最不般配的夫妻了。而他，这唯一的儿子，是他们的后代。西于聚尔·奥利知道，自己的观念一定受到了从小养育他的母亲的影响，从他对父亲的态度上就可以看出来。很久以来，他唯一的心愿就是不要像他的父亲，根本不像最好。

他的父亲一直很喜欢提起西于聚尔·奥利从“那个女人”身上继承的另一个特质。这个特质与势利也有联系，那就是傲慢，轻视他人，尤其是社会底层人士。

一直没人应门铃，他开始敲门了。他还是没有想好要怎么劝莉娜和埃比放弃敲诈的企图，但至少他可以先听听他们怎么说。也许整个事件只是赫尔曼单方面的误解。如果不是的话，也许他可以吓得他们放弃计划。在必要的时候，西于聚尔·奥利还是能让人不寒而栗的。

他还没来得及细想，结果门被他这么一敲居然朝里打开了。他犹豫了一会儿，朝屋里喊了几声看是否有人在家。但是并没有人回答。他本该转身离开，但却鬼使神差地走进了屋子，也许是出于好奇，也许是因为并没有考虑太多。

“有人吗？”他喊道，与此同时，他进到了走廊，穿过厨房，来到了客厅。厨房门边挂着的一幅带框水彩画歪了，他下意识地把它扶正了。

房间里很暗，只有屋外的街灯让屋子里稍微有些光亮，但这已经足够让西于聚尔·奥利看清客厅的情形了。这里被打砸过，灯和花瓶碎了一地，天花板上的灯被打破了，墙上的画也被打掉了。

在这一片狼藉中，西于聚尔·奥利看到有个女人倒在血泊里，头上破了好大一个口子。

他想，这个女人应该就是莉娜吧。

6

经过查看，他发现她已经没有生命体征了。但他毕竟不是专业医生，所以还是叫了救护车。这时候他才想起来，要怎么解释自己出现在这栋房子里的原因呢？他想了几个借口，比如说接到匿名举报什么的，但最后还是决定实话实说，就说自己是应朋友所托来处理一起敲诈纠纷的。他非常希望不会牵扯到帕崔克和苏珊娜，还有苏珊娜那个从政的妹妹，但他知道，这不可能。一经调查，警察立刻就会发现他们与莉娜、埃比之间的关系。还有另外一件事情也是可以确定的，那就是一旦他说出自己出现在这里的原因，他就不能再插手这个案子了。

在等救护车和警车过来的时候，这些想法在他的脑海中飞速穿梭着。他一眼就能看得出来，罪犯不是强行闯入的，他似乎就是从前门进出的，走的时候也没有把门关好。附近的住户可能已经注意到了些什么，比如说一辆车，或者可能袭击莉娜和埃比并把他们家砸烂的人。

当他再次弯腰查看躺在地上的女人时，突然听到了一点儿响声，眼睛的余光瞄到黑暗的客厅里有什么东西在动。刹那间，一根棒球棍似的棒子向他的脑袋挥来，他本能地一躲，却还是被击中了肩膀，倒在地上。等他再次挣扎着站起来的时候，袭击者已经从前门跑了。

西于聚尔·奥利冲出房子，追到大街上，发现一个男人朝着东边飞奔而去。他掏出电话，一边追赶一边请求支援。然而，他们之间的距离越拉越大。那名嫌疑人跑得出奇得快，在跳进一座花园之后便消失得无影无踪了。西于聚尔·奥利在后面拼命地追，他跳过围栏，绕过房子的拐角，又跳过一扇围栏，穿过大街，进入了另一个花园。然后，他被一辆突然出现在面前的手推车绊倒了，一头栽进了醋栗丛，他的新外套也被蹭坏了。站起来以后，他花了好几秒钟的时间才弄清方向，然后继续追。他眼看着远处的男人飞快地穿过克莱普斯未克大街和沿海大道，进入集装箱码头附近的瓦特纳加尔达尔街区，然后朝着克莱帕精神病医院的方向跑了。

西于聚尔·奥利歇了口气，然后冲进了沿海大道的车流中，结果引来了一阵急刹车和猛烈的喇叭声。他手里的电话响了，但并没有妨碍他前进的脚步。他看见那个男人朝医院方向拐了个弯，然后消失在一座小山后面。医院大楼灯火通明，四周却是一片漆黑。尽管他追赶之前已经请求了支援，但还没有任何警车出现。快到医院的时候，他放慢了脚步，接起了电话。打电话来的是巡警，但对方搞错了方向，跑到哈弗尼斯塔养老院那边去了。西于聚尔·奥利让他到精神病院这边来并请求更多的支援，最好能出动一队警犬。他放慢脚步跑到了克莱普斯未克海边，这里一片漆黑。他停下脚步，望着南边的霍塔加尔达尔和埃利达沃于尔水湾。他静静地站在原地，仔细地听，但什么也没有听到，什么也没有看到。那个男人彻底地消失在夜色中了。

西于聚尔·奥利跑回医院，两辆警车刚好到达。他指引他们到霍塔加尔达尔一带的商业区和埃利达沃于尔水湾周边去搜查。他简短地向他们描述了一下嫌疑人的外貌特征：中等身高，皮夹克，牛仔裤，随身带着一根棒球棍。西于聚尔·奥利一直盯着那根棍子，他确定那个男人消失之前一直拿着它。

在他的命令下，警察们迅速在附近散开。他请求了更多的警力支援，没过多久，持枪警队也加入了搜寻行列。警力充足，他们的搜寻范围沿着沿海大道一直延伸到了埃利达沃于尔最前方的自然保护区。

西于聚尔·奥利征用了医院门前的一辆巡逻警车，开车回到了莉娜的家。救护车已经来过了，带走了莉娜。据说她仍有微弱的生命迹象。屋外的街道上停满了警车，有的有警标，有的没有。刑事调查局的法医小组也已经到了，正在里面取证。

“你是怎么认识这些人的呢？”他的同事芬尼尔站在屋外问西于聚尔·奥利。他已经听说了报警电话是西于聚尔·奥利打的。

“有她丈夫的消息吗？”西于聚尔·奥利问道。他还不太确定是否应该把事情和盘托出。

“他的名字叫埃比尼泽。”芬尼尔回答。

“没错，是叫那个名字。多奇怪的名字啊。”

“我们不知道他在哪里。你在追谁呢？”

“袭击那个女人的嫌疑人。”西于聚尔·奥利答道，“我估计他是用一根棒球棍重击了她的头部。那混蛋还袭击了我，把我打倒了。”

“你当时在房子里？”

“我有事要找她谈，结果发现她倒在地上，然后就被那个混蛋袭击了。”

“你觉得他是个窃贼吗？房门和窗户没有破损的痕迹，他一定是从前门进来的，是女主人开门让他进来的。”

“是的，我来的时候门是开着的。那混蛋一定是按了门铃，然后伺机袭击了她。这不是普通的盗窃案，我觉得他不是来偷东西的。他把屋子里砸得乱七八糟，还打了她的头，说不定还打了其他地方。”

“所以说……”

“我觉得他是来讨债的。我们可以抓一些这样的人回来审问一下。我没认出那个家伙，甚至都没好好看一眼。从来没见过跑得那么快的人。”

“有道理，还带着棒球棍。”芬尼尔说，“确实有可能是来要债的。”

西于聚尔·奥利跟芬尼尔一起走进了房子。

“你觉得他是单独行动的吗？”芬尼尔问。

“我看是的。”

“你到这里来干什么呢？你是怎么认识这些人的呢？”

西于聚尔·奥利有点儿不知所措了。他没办法——就算他想——隐瞒莉娜遭到袭击这件事可能与她和埃比企图敲诈钱财有关。根据他所知道的情况判断，这名袭击者很可能是赫尔曼派来的，但他不相信他的朋友帕崔克会做出这样的事情。他决定先不说出他们的名字，只解释说是调查到莉娜和埃比可能和一起淫秽照片交易案有关。

“色情照片吗？”

“差不多。”

“儿童色情？”

“很有可能。”

“我可没听说过有这样的案子。”芬尼尔说。

“哦，”西于聚尔·奥利答道，“这是今天才出的案子，可能是一起敲诈案，这没准儿能解释为什么会有讨债的人找上莉娜，如果他真是来讨债的。”

芬尼尔看着他，好像并不怎么相信。

“所以说，你是专门跑过来想听听他们怎么说吗？我好像不太明白，西吉。”

“现在似乎还为时尚早。”

“是的，但是……”

“不管怎么说，我们得找到他的下落。”西于聚尔·奥利坚定地说，想要转移话题，“那个贪财鬼，我是说。”

“贪财鬼？”

“我是说莉娜的丈夫，算了，管他叫什么呢。还有，不要叫我西吉。”

7

在回弗拉梅斯维尔的家之前，西于聚尔·奥利先去了一趟警局，发现埃琳博格已经回家了。一个年轻男人坐在走廊外面的长椅上。受家庭不幸的影响，他总是被卷进各种各样的暴力案件中，也时常干些违法的小勾当。他的爸爸在坐牢，母亲是个酒鬼。在雷克雅未克，这种故事可不新鲜。西于聚尔·奥利第一次抓他是因为他非法闯入一家电器用品店，那时他才十八岁。到现在，几年过去了，他犯下的案子也已经有一大摞了。

西于聚尔·奥利仍然在为嫌犯从自己手上跑掉而恼怒，回办公室的路上，他看到了这个年轻人，于是便停下来，走过去坐在他身边。

“这次是犯了什么事啊？”他问。

“没什么。”年轻人说。

“非法闯入吗？”

“不关你的事。”

“你打人了吗？”

“审我的家伙怎么还不来？”

“你真是个笨蛋。”

“闭上你的嘴吧。”

“你知道你是什么吗？”

“住嘴。”

“这个问题一点儿也不复杂。”西于聚尔·奥利说，“就算对你这个笨蛋来说也很简单。”

年轻人没有理他。

“你就是个可悲的失败者。”

“你才是失败者。”

“你什么也做不成。”西于聚尔·奥利说，“你知道的。”

男孩坐在那里，手被铐在长椅上。他弓着背，低垂着头，眼睛看着地面，只希望审讯能赶紧结束，然后他就可以走了。像西于聚尔·奥利这样的警察们都知道，像他这样的人很多，他们都在钻法律的空子，反正案件一旦审结，也就是说，只要他肯认罪，他就可以被放出去了，然后再次犯法。有时候，他可能会被判缓刑，或者如果他在某段时间内犯的案子太多，有可能得坐几个月的牢。但也就是几个月，不会再多了。即便如此，他也只需要服一半的刑期，因为监狱当局还要酌情帮他们减刑。男孩和他的伙伴们经常拿法官、缓刑监督官开玩笑，调侃监狱和缓刑管理局悠闲自在的生活。

“我敢打赌，之前肯定没人和你说过。”西于聚尔·奥利继续说道，“你是一个失败者。没有人当面跟你说过，对吧？”

年轻人没有反应。

“就算有时候你意识到自己不过是个卑微的可怜虫，”西于聚尔·奥利继续说道，“想必你也只是把这一切都怪到别人头上了。你们这种人都这样，都觉得自己是无辜的，把罪过都推给别人。你肯定怪你的母亲，还有你的父亲，你觉得是他们把你变成这样的。也许你还怪你的伙伴、学校以及任何和你接触过的人或组织。你有无数个借口，而且我敢打赌，你已经一个一个都用过了。你从来没有想过，有一些人的情况比你惨得多，日子过得比你糟得多，但他们并没有把时间浪费在自怜自艾上，因为他们内心有种力量支撑着他们渡过难关，最终出人头地，而不是变成你这样的可怜虫。到那个时候，他们已经有不少智慧了，他们不是彻头彻尾的笨蛋。”

年轻人还是没什么反应，仿佛完全没有听见西于聚尔·奥利说的话。他只是低着头，希望审讯能早点儿开始，然后他就可以被释放了，这桩案子也就一笔勾销了。

西于聚尔·奥利站了起来。

“作为一个毫无关系的局外人，我只是想让你知道事情的真相。哪怕只有这一次也好。”

年轻人看着他走进办公室。“王八蛋。”他小声骂道，然后又低下头看着地面。

西于聚尔·奥利给帕崔克打了个电话。莉娜被袭击的事已经登上了晚间报道头条，各大新闻网站也争相报道。帕崔克一直在看电视，但西于聚尔·奥利跟他讲了三遍他才明白过来是谁被袭击了。

“是她吗？”

“是莉娜。”西于聚尔·奥利肯定地说。

“但，怎么会……她死了吗？”

“她还活着，但是情况非常危险。我还没有说出你和赫尔曼的名字，也没有提到苏珊娜和她的妹妹，但我不知道还能瞒多久。袭击发生的时候，我就在房子外面。我是代表你去和那个女人谈判的，所以我还得解释自己为什么会出现在那里。我现在的情况跟你一样糟了，帕崔克。”

电话的那一头，他的朋友沉默着。

“我不该把你牵扯进来的。”他终于开口了，“我以为你可以帮上忙，我真不知道自己当时是怎么想的。”

“赫尔曼是个什么样的人呢？”

“‘什么样的人’是什么意思？”

“他和催债人有什么联系吗？会不会是他派了那种人去袭击莉娜和埃比？”

“不会吧。”帕崔克想了想说，“我想象不到他会干那样的事。我也没听说他和催债人有什么往来。”

“我知道你是不会干这种蠢事的。”

“我？”

“或者说你们两个。”

“我就只是把你介绍给他，别的什么也没干。你得相信我。事实上，你最好别再把我牵扯进来了。如果你要找赫尔曼，就直接找他。我再也不想管这件事了。这件事跟我一点儿关系也没有。”

“那是不是一定要保住赫尔曼呢？”

“你觉得怎么办好就怎么办吧。我不会干涉你的。”

“好。”西于聚尔·奥利说，“关于这件事，有没有什么是赫尔曼没说的呢？你知道什么我不知道的内情吗？”

“不，没有。找你帮忙是我的主意。我只是个中间人。袭击她的那个男的是个催债的吗？”

“我们还不确定。”西于聚尔·奥利含糊地回答道。他不想暴露调查的细节。“他们想要的是什么？和陌生人的变态性爱吗？这到底是怎么一回事？”

“我不知道。几年前，苏珊娜的妹妹向我们透露了一点儿情况，那时我们才知道。对他们来说，这只是一种游戏。而我既没有经历过，也没法儿理解。我从来没和他们讨论过这些事。这跟我完全没什么关系。”

“苏珊娜呢？”

“她自然是很震惊了。”

“莉娜和埃比是怎么联系上赫尔曼并用照片威胁他的呢？”

“可能是莉娜给他打了电话。我也说不准。”

“所以说，如果我们调查莉娜和埃比的通话记录，赫尔曼的名字很可能就会被暴露了？”

“我想是的。”

“好吧，我们再联系。”

回家之前，西于聚尔·奥利去了一趟位于福斯沃于尔郊区那家国立医院的重症监护室。莉娜的病房外有一名警察守着。她的父母和兄弟都坐在家属休息室里等消息，但是还没有人能联系上埃比。西于聚尔·奥利从值班医生那里了解到，莉娜还没有恢复意识，情况很不明朗。她的头部遭到了两次重击，第一次打裂了她的头骨，第二次直接把它击碎了，造成了脑出血。她全身除了右臂之外并没有其他可见伤痕，也就是说，她曾试图用手臂护住头部。

对袭击者的搜捕依然没有任何进展，尽管警察已经把搜捕范围扩大到了精神病院周边和货柜码头一带，甚至是埃利达沃于尔水湾和沿海大道附近的居民区。那个男人就这样消失得无影无踪，警察只能通过他留在莉娜家的痕迹来推测他的身份。

西于聚尔·奥利看了一会儿棒球比赛就上床睡觉了。他觉得，袭击者的目标很有可能是莉娜和埃比手上的勒索照片。如果那个男人真的是为了找照片，那么，莉娜之所以会受这么严重的伤，一定是因为她不肯说出照片的下落，也就是说，照片要么还在房子里，要么就是在一个只有埃比知道的安全地方。

就在西于聚尔·奥利快要睡着的时候，他突然想起来，那个之前非要跟他谈话的男人今天又到警局来了。他是午饭的时候出现的，值班警察认出了他。不过，那个男人还是固执地不肯说出自己的名字，也不肯说出自己找西于聚尔·奥利的目的。据值班警察回忆，那个男人名叫安德烈斯，以前在雷克雅未克流浪过，常常因为偷窃和闹事被警察抓起来。

8

事前，他并没有做什么周全的准备，也没有想好具体应该怎么做，他只知道，自己动手的时机必须恰到好处。他知道自己想达到什么样的目的，但却完全不知道该怎么实现它。最后，是长期的怒火中烧却无能为力的感觉促使他采取了行动。

去年冬天，他曾向警察透露过那个老男人的事情，警察也曾找那个老男人问过话，但最终没什么结果。他能重新遇到那个老男人完全是巧合，他甚至不是专门去找他的，只是那天碰巧看到了他。那个老男人在他的人生中已经消失几十年了，而现在，他就在那里，就在他住的这个街区活动。原来，那个混蛋也住在这里！就住在他附近！这么多年过去了，他竟然住到了离自己这么近的地方。

当他发现那个老男人的时候，内心激动的情绪简直无法用言语表达。他惊讶无比，因为他很早之前就以为此生再也不会见到他了。同时，他感到了一种久违的恐惧，因为对他来说，这个男人仍旧是这个世界上最可怕的野兽。不过很快，愤怒战胜了其他所有的情绪。

尽管这么多年过去了，但他可什么都没忘记。当他远远看到那个男人的时候，这些情绪就开始在他的内心翻腾。尽管那个混蛋已经老了，背也驼了，但仍然会让他感到害怕。他内心的恐惧不受抑制地从角落里爬出来，一把抓住了他的心脏。

也许是出于习惯，他从一开始就很小心地不让老男人发现自己。他一直监视着他，却不敢有其他的行动，他不知道该怎么办。当警察向他问话时，他本能地不敢说太多，含含糊糊，前后矛盾，因为他和警察的关系实在是称不上太好。尽管事实上，他当时喝多了酒又磕了药，事后他根本记不清发生了什么事。但从那时起，他便壮起了胆，想出了一个复仇的计划。那老男人知道警察在追查自己之后便一直很低调，还搬了家，躲到了格雷提斯戈塔的一间地下室里。

他最不喜欢的事情就是自怜。他永远都不会那样做。只要是他犯下的罪行，他都承认——别人强加给他的就另当别论了。不，他从不觉得自己可怜，尽管他的生命中确实少有欢乐。他的父母都没什么出息。成天醉酒的父亲会为了一点点小错误就把他猛揍一顿，连借口都懒得找。他会用皮带抽他，有时候连母亲也难逃厄运。

他尽量不去回想这些事情，不去回想家庭最终破裂之前的那些年他是怎么过的，怎样被送到乡下，怎样和陌生人生活在一起。尽管如此，在那里，他其实是心满意足的，当然了，这并不意味着他真的感受到了某种快乐——他不知道什么是快乐。他的内心永远有一股焦虑，一种挥之不去的恐惧感。也许，他之所以一直有这样的感觉是因为除此之外他一无所知，他不知道自己还可以有什么其他的情绪。

一天晚上，他站在格雷提斯戈塔的那栋房子外面，心想是时候结束监视了。他已经厌倦了整晚盯着地下室却什么也不做的生活。他觉得自己可以轻易地制服那个老男人，不需要花费太大的力气。他还记得小时候读过的探险故事，还有那些英雄传说。回想起来，最重要的一点就是要出其不意。他不能在大街上袭击那个老男人，一定得在他家里。半夜趁附近没人的时候去敲他的门肯定也是不行的，这会让他有所防备。必须在他最意想不到的时候袭击他。也许，大清早是最好的时机，趁他出门去游泳的时候。

他潜入地下室的那个早晨，天气湿冷。在屋外凛冽的北风中潜伏了数小时，他浑身都冻僵了，身上破旧的夹克和羊毛帽根本起不到什么御寒作用。整个晚上，没有任何人经过这条街道。到了早晨，他开始慢慢地朝房子移动，就在他马上就要到达门口的时候，地下室的门突然开了。他一个箭步冲过去，正好看到手里拿着游泳包的老男人准备关上门。他毫不犹豫地把老男人推进了门，挤到狭窄的走廊里，然后关上了门。他听到老男人反抗的声音，头也被他用游泳包打了。他一把抓住游泳包，扔了出去。老男人意识到形势不妙，想要逃到客厅去，但被他抓住了。他把老男人打倒在地，压在身下。

制服这个混蛋比他想象中的容易多了。

9

赫尔曼是做建筑生意的，负责供应机器设备。他并不想在自己工作的地方跟西于聚尔·奥利见面。所以，他们约在头天和帕崔克一起见面的那家咖啡馆。西于聚尔·奥利理解赫尔曼的谨慎，但他并不打算像他一样小心翼翼。如果赫尔曼知道莉娜被袭击之事的什么内情，他一定得问出来。

莉娜还是老样子，躺在重症监护室里昏迷着，医生们觉得她的情况并不乐观。不过，埃比尼泽倒是出现了。那天晚上他回家的时候碰到了正在取证的调查小组。当他得知发生了什么事之后显得非常担心。警察把他带到了医院，直到现在，他一直守在妻子旁边。芬尼尔给他录了口供。埃比是一名高原导游，这几天正带着一群法国游客在兰德玛纳劳卡温泉游玩。当天晚上，另一名导游负责安排旅游团队入住兰加酒店，埃比尼泽则开车回到了镇上。芬尼尔核实了他的不在场证词，很快便确定他没有撒谎。埃比声称自己完全不清楚为什么会有人袭击莉娜，也不知道这个袭击者可能是什么人，但他觉得很有可能是入室抢劫。由于他的精神状态实在不太好，警察决定推迟对他的审讯。

十一点一刻的时候，赫尔曼走进咖啡馆，坐到了西于聚尔·奥利旁边。他们约定见面的时间是十一点。

“你觉得我有那么闲吗？什么事都不做，就这样耗在咖啡馆里等你。”西于聚尔·奥利看看手表，愤怒地问道。

“手头有点儿事急着处理。”赫尔曼说，“你想问我什么？”

“那个想要敲诈你的女人，差那么一点点，”西于聚尔·奥利用拇指和食指比画着，“就死了。就算她能活下来，估计也成了植物人。有人把她的脑袋打碎了。”

“就是今天晨报报道的那件事吗？”

“是的。”

“那是莉娜吗？我刚刚看了新闻。他们并没有提到任何名字，只说有可能和催债人有关。”

“我们有理由相信是一个催债人袭击了她。”

“然后呢？”

“你认识那样的人吗？”

“我？”

“是的，你。”

“你觉得是我干的？”

“我想不到还有谁有更好的动机。”

“等等，这件事是昨天晚上发生的，也就是我和你见面的那天。你觉得我会在托你帮忙之后立刻去袭击她吗？”

西于聚尔·奥利看着他，没有说话。白天早些时候，他把外套送去了干洗店。昨天晚上他摔到灌木丛里的时候，不知道有没有把衣服毁掉。

“你应该明白，”他说，“依你现在的这种情况，最好老老实实地直接回答我的问题，别兜圈子。我一点儿也不在乎你的想法。你，你老婆，还有你们肮脏的性生活，我一点儿也不想了解。如果你不想进监狱，最好立刻回答我的问题。”

赫尔曼坐直了身子。

“我没动她一根手指头。”他说，“我发誓。”

“你最后一次跟她联系是什么时候？”

“三天前，她给我打电话，催我给钱。她威胁说要把照片散布出去。我求她再宽限几天。她说再多给我两天的时间，但她不会再联系我了。我得把钱送到她家去，否则照片就会被传到全世界的黄色网站上。”

“也就是说，照片本来应该在昨天被发布出去，也就是她被袭击的当天，是吗？”

“我们没有派任何人去袭击那个贱人。”赫尔曼说，“再说了，怎样才能找到一个催债人呢？他们有打广告吗？就算真让我去找，我也没什么头绪。”

“你和埃比对过话吗？”

“没有，我只和莉娜接触过。”

“你知不知道自己是否是他们唯一的敲诈对象？”

“不知道。但是应该不会只有我们，是吧？”

“所以说，你本来应该把钱送到她家，然后这件事就此了结，对吗？”

“是的，这本来并不复杂，但他们并不是守信用的人，他们真让人恶心。”

“但是你又不准备付钱了？”

“我以为你可以解决这件事。”赫尔曼说，“你在他们家找到照片了吗？”

西于聚尔·奥利曾经想趁着没人注意的时候在房子里偷偷搜查一下，但总有其他警察在场，他没办法搜得很彻底。结果他什么也没找到，连摄像头都没有。

“被拍照的时候，你是在他们家吗？”他问。

“是的，差不多两年前。”

“只去过一次吗？”

“不是，我们去过两次。”

“他们是最近才敲诈你们的吗？”

“是的。”

“因为你从政的妻子总在媒体上露面？”

“这是唯一可能的解释了。”

西于聚尔·奥利去讯问埃比尼泽的时候，他正在重症监护室里守着妻子。本来应该是负责调查本案的芬尼尔来讯问他，但当西于聚尔·奥利提出可以代劳的时候，芬尼尔因为自己太忙就答应了。埃比尼泽中等身高，人瘦瘦的，但很有精神。从他那饱经风霜的脸上来看，他应该已经好几天没有刮过胡子了。作为一名高原导游，他穿着厚底的登山靴。西于聚尔·奥利进门的时候，他站起来和西于聚尔·奥利握了握手。他的手很干，而且不太敢直视西于聚尔·奥利的眼睛。莉娜躺在病床上，浑身接满了仪器和输液瓶，头部绑着绷带。这对夫妻大概三十来岁，大概比赫尔曼夫妇年轻十岁。虽然西于聚尔·奥利现在没法儿看清莉娜的长相，但他们夫妻两个似乎长得都还不错。当初是他们的年轻吸引了赫尔曼夫妇吗?

“你还打算出城去吗?”西于聚尔·奥利盯着埃比的鞋子问。他们坐在家属休息室里，打从一进来，西于聚尔·奥利就一直盯着他的鞋看。按现在这种情况，他本来应该同情和理解这个男人的，但他不确定他和他的妻子是否真的值得同情。

“什么？在这种情况下？不，暂时不会出去。我只是喜欢穿这种靴子，即使在城里也这么穿。”

“我们已经确认过了。你妻子被袭击的时候，你确实正在从高原回来的路上。”西于聚尔·奥利说。

“你之前怀疑过是我干的吗？这也太奇怪了吧。”埃比尼泽反驳道。

“奇不奇怪现在还很难说。你和你妻子欠了很多钱吗?”

“并不比其他人欠得多。而且我们并没有正式结婚，我们只是同居。”

“有孩子吗?”

“没有。”

“你们找人借过钱吗？他们会不会采用暴力手段来逼债，比如说，派催债人或者其他什么人来?”

“没有。”埃比尼泽说。

“也就是说，你们并不缺钱?”

“是的。”

“那么，你以前也没有和催债人有过什么瓜葛吗？”

“没有，我不认识什么催债人，也不知道有谁可以联系到他们。袭击者难道不是一个普通的抢劫犯吗？”

“他拿走什么东西了吗？”

“我想他没拿成，因为被一个警察搅和了。”

“我从没见过哪个抢劫犯一进门就把房子给砸烂，然后又用棒球棍猛击主人的头。”西于聚尔·奥利说，“这种事可能也发生过，反正我是没听说过。”

埃比尼泽沉默了。

“有谁知道你昨天晚上出城了吗？”

“有啊，很多人都知道。但都是我认识的人，他们肯定不会做那样的事，如果你是这个意思的话。”

“而且你没有什么金钱方面的麻烦？”

“没有。”

“确定吗？”

“是的，确定。”

“那你的性生活呢？还不错吗？”

休息室里，埃比尼泽坐在西于聚尔·奥利对面，在回答他的问题时一直心不在焉地跷着腿，抖着脚。但当他听到这个问题的时候却停了下来，坐直了身子，并且稍稍往前倾。

“我们的性生活吗？”

“你们和其他人的性生活。”西于聚尔·奥利补充道。

埃比尼泽盯着他。“什么……你在开玩笑吗？”

“并没有。”

“和其他人的性生活？”

“这么说吧，你觉得莉娜被袭击这件事会不会与你们两个都和其他人发生过关系有关？”

埃比尼泽目瞪口呆。“我不知道你在说什么。”他回答道。

“你当然不知道。”西于聚尔·奥利说，“所以说，你也没有听说过‘交换伴侣’的派对？”

埃比尼泽摇摇头。

“‘交换伴侣’是换妻的另一种说法。”

“我完全不知道你说的是什么。”埃比尼泽说。

“也就是说，你和莉娜从来没有参加过换妻的活动？”

“太恶心了。”埃比尼泽说，“我们从来没做过那样的事情。你为什么要这么说？”

“我们做个交易吧。”西于聚尔·奥利说，“你把你和莉娜拍的你们和别人做爱的照片交给我，我就装作什么都不知道。”

埃比尼泽没有回答。

“别人，”西于聚尔·奥利说，仿佛被一个新问题给难住了似的，“别人是谁呢？我只知道其中的一对夫妻。当然了，你们一定在城里敲诈了很多夫妻，是吧？”

埃比尼泽又盯着他。

“有些人厌倦了你们肮脏的小把戏，于是找了一个催债人来吓唬吓唬你们。是这样吗，埃比？”

埃比尼泽决定不再忍受下去，他站了起来。

“我不知道你在说什么。”说完便气愤地离开了休息室，沿着走廊回到了莉娜的病房。

西于聚尔·奥利看着他离开。埃比尼泽需要时间来消化他刚才说的话，也需要好好考虑他的提议。西于聚尔·奥利在心中冷笑。他也算是一个经验丰富的警察了，但印象中还从没见过这么高明的骗子，或者说这么深藏不露的人。

10

西于聚尔・奥利赶到饭店的时候，贝格索拉已经坐在那里看菜单了，他又迟到了几分钟。她选了市中心的一家意大利餐厅。他一整天都在协助埃琳博格调查辛霍特街的谋杀案，事情一结束就直接赶过来了。他本想先回家洗洗澡换换衣服，但没时间了。尽管他很喜欢在外面吃饭,但对这顿饭却并不是特别期待,甚至还有点儿害怕。

他礼貌性地亲了亲她就坐下了。贝格索拉看起来很累。最近这几个月，她非常忙。她是一家信息技术公司的经理，而且持有公司大量的股份。最近，公司发展得不太顺利，所以她额外多了很多工作要做。他们一直没有孩子，最终也因此分手了，这件事给她的打击也不小。

“你看起来还不错啊。”西于聚尔・奥利坐下时她说道。

“你怎么样呢？”他问道。

“嗯，还行。在这种饭店吃饭有点儿像在约会，我不太习惯。你应该到我家去，我可以做些吃的。”

“是的，现在这样确实有点儿像以前约会的时候。”西于聚尔·奥利表示同意。

他们都盯着菜单看。和以前根本不一样，他们都心知肚明。破裂的关系、浪费了的这些年、不复存在的感觉，还有共同生活的瓦解，这些都让他们筋疲力尽。他们两个就像一家破产公司的接管人，疲于处理细枝末节和最后的索赔问题。因为贝格索拉很容易情绪化，所以西于聚尔·奥利选择在饭店和她见面。

“你父亲还好吧？”她问道，眼睛仍然盯着菜单。

“还好。”

“你母亲呢？”

“还不错。”

“她还是和那个男人在一起吗？”

“赛蒙迪尔吗？是的。”

他们点好了菜，选了一瓶意大利红酒。因为是工作日，餐厅里的食客并不多。舒缓的音乐萦绕在他们耳畔，还夹杂着从厨房传出来的说笑声。

“在弗拉梅斯维尔还住得惯吗？”

“还行，就是双人间只住了一个人。”西于聚尔·奥利说，“有人去看过我们的房子吗？”

“今天有三个人来看了，其中一个男人说会再联系我。我会想念那间公寓的。”

“当然了，那是间很好的公寓。”

他们都陷入了沉默。西于聚尔·奥利在想，要不要把赫尔曼夫妇的事情告诉她。他决定试一试，希望能缓和一下气氛。于是，他讲了他如何在跟帕崔克见面时意外看到了他的妹夫赫尔曼，讲了赫尔曼夫妇如何因为以前的癖好而陷入困境。然后他又描述了莉娜遭遇的袭击、带着一根棒球棍的袭击者，还有穿着登山靴、假装毫不知情的埃比。

“他被晒得非常黑。”西于聚尔·奥利说，“埃比是个导游。”他笑着补充道。

“真有人做那样的事吗？”贝格索拉叹息道。

“我不知道。”

“我真不知道有人会做那样的事情。换妻？他们一定是疯了，结果还陷入到了这样的麻烦之中。”

“嗯，也有可能只是偶尔一次。”

“被这样的事情缠身，苏珊娜的妹妹现在一定很难熬，她可是在政府里工作的。”

“是啊，但谁叫她当初那么蠢，非要做那样的事，明知道自己是从政的。你不必可怜他们。”

“你这个人真是一点儿同情心都没有，对吧？”贝格索拉说。

“什么意思？”西于聚尔·奥利问。

他们的对话被一位友好的中年服务员打断了，他带来了一瓶红酒，向西于聚尔·奥利展示过标签后，往他的杯子里倒了一点儿。西于聚尔·奥利看着他。

“你们已经把红酒打开了？”

服务员没弄明白他的问题。

“你们应该当着我的面开瓶。”西于聚尔·奥利说，“不然我怎么知道这瓶红酒开了多久了，或者你们在背后动了什么手脚。”

服务员吃惊地看着他。

“我刚把它打开。”他抱歉地嗫嚅道。

“但是，你应该在这里打开它，而不是在后厨。”

“我再去拿一瓶来。”服务员匆匆离去。

“他已经尽力了。”贝格索拉有些不赞同西于聚尔·奥利的做法。

“他太不专业了。”西于聚尔·奥利轻蔑地说，“我们花了大价钱在这里吃饭，他们就应该提供最好的服务。还有，你刚才说我没有同情心是什么意思？”

贝格索拉看着他。“就像刚才那样。”她说，“你总是这样。”

“你是说那个可怜的服务员？”

“你真像你的母亲。”

“什么意思？”

“你们都是那么的……冷漠，还有势利。”

“天哪！你怎么能这么说……”

“我永远都配不上你。”贝格索拉继续说，“她以前总是想让我明白这一点。你父亲倒是个好人。我真不明白，像她那样的女人怎么会纡尊降贵嫁给一个水暖工？也不知道你父亲怎么会忍了她那么久。”

“我自己也常有这样的疑问。”西于聚尔·奥利承认道，“但我母亲真的很喜欢你。她自己这么说的。你没必要说她的坏话。”

“当我们之间出现问题的时候，她从来没有站在我这边过。从来都没有。这让我觉得，她根本不关心我们的事。她好像把一切都怪在我的头上，因为我不能生孩子，拖累了你。”

“你为什么这样说？”

“因为这就是事实。”

“你以前从来没有说过这些。”

“我当然说过，只是你根本没有好好听。”

那名服务员拿着一瓶新的红酒回来了，给西于聚尔·奥利看过标签，当着他的面取出了瓶塞，然后倒了一点儿出来。西于聚尔·奥利尝了一口说确实是好酒。

服务员为两个人倒上酒，然后把酒瓶放在桌上，离开了。

“你从来都不想听我在说什么。”贝格索拉说。

“不是那样的。”

她看着他，眼眶里蓄满了泪水，然后拿起了纸巾。

“好了。”她决定转移话题，“我们别吵了。都过去了，我们什么也改变不了了。”

西于聚尔·奥利低头看着自己的盘子。他不知道该怎么处理这个局面。正如他非常乐意把罪犯绳之以法一样，他也愿意做出一切来维护家庭生活的平静。他曾问过自己，这是不是小时候父母离异导致的。尽管他曾经尝试让每个人都高兴，但最终却发现这是不可能的。

“我觉得，你总是忽略我也不容易。”他小心翼翼地说，“你从来都没有问过我的感受，总是按照你自己的想法来。你坚持要收养一个孩子，却从来没有问过我的意见。你一旦下定决心就不回头。我们为此吵了那么多次，今晚我真的不想再讨论这件事了。”

“好。”贝格索拉同意了，“我们不说这些。我也不想说的。不说了吧。”

“你说我母亲的那些话让我很吃惊。”西于聚尔·奥利沉默了一会儿，说道，“不过，我知道她是什么样的人。我记得我们刚刚在一起的时候，我好像提醒过你。”

“是的，你告诉过我别太接近她。”

“我希望你没有。”

接下来是长久的沉默。红酒来自于意大利的托斯卡纳区，口感细柔香醇。耳边的音乐和即将上桌的菜品也都是意大利式的。只有横亘在他们之间的沉默，是源自冰岛的。

“我不想收养孩子。”西于聚尔·奥利说。

“我明白。”贝格索拉回答道，“你会遇到另外一个女人，然后和她生下自己的孩子。”

“不，不是那个意思。”西于聚尔·奥利说，“我并不觉得自己能当个好父亲。”

他回到家，打开电视，开始看棒球赛，但红袜队今天的表现糟透了，完全没办法让他走出和贝格索拉吃饭留下的阴影。后来，他放在厨房桌子上的手机响了起来。他不认识来电号码，本来打算直接挂掉，但出于好奇，他还是接了。

“谁啊？”他的声音不太友善。这是他多年以来接听陌生人电话时的惯用策略。当然了，对方也有可能是慈善机构。他的名字在电话簿上有一个红色的十字标记，也就是说，他不接受陌生来电。但总有漏网之鱼打到他这里来，他总会让他们立刻后悔打这个电话。

“是西于聚尔吗？”一个女人的声音传来。

“你是谁？”

“我是埃娃。”

“埃娃？”

“埃娃·琳德。我是埃伦迪尔的女儿。”

“哦，你好。”

他的声音没什么温度。他已经知道她是谁了。跟埃伦迪尔做了多年的同事，他早就见识过她了。埃娃·琳德曾经非常任性，常常被请到警局。实际上，有这么个瘾君子女儿一直是埃伦迪尔心中的隐痛。

“你有他的消息吗？”埃娃·琳德问道。

“你父亲吗？没有。我只知道他请了假，好像是打算到东峡湾住几天。”

“哦。他没带手机吗？他只有一个电话号码，是吧？”

“我想是的。”

“他还有没有其他电话呢？他一直不接我电话。”

“据我所知，没有。”

“如果你联系上他了，能告诉他我在找他吗？”

“当然可以，但是……”

“怎么了？”

“他并没有说过要联系我。”西于聚尔·奥利说，“所以说……”

“哦，他也没说过要联系我。”埃娃·琳德说，“我们……”

“发生什么事了？”

“前几天，我们一起去兜风。他想看看雷克雅未克附近的湖。他当时……”

“怎么了？”

“他看起来心情非常低落。”

“他不总是那样吗？不用担心。我认识他这么久了，他一向心情低落。”

“我知道。”

他们都没有说话。

“有消息的话你会告诉我吧？”埃娃·琳德问。

“当然了。”

“那再见了。”

西于聚尔·奥利说了再见，挂上电话，然后就关掉电视上床睡觉去了。

11

他颇费了一些工夫才从厨房壁橱底层翻出这部老放映机。

他确信老男人绝对不会毁掉它。像这样的一台机器，只要对老男人还有用处，就绝对不会被丢掉。令人惊奇的是，这么多年过去了，这台老旧的铅灰色机器居然还能用，也许那老混蛋还在用它。把放映机从它的藏身之处拿出来放到客厅的桌子上时，他感受到了他熟悉的重量。他的眼光落到了制造商的标签上：贝尔与豪威尔。当他还是个孩子的时候，他对这个标志非常不解。后来，他的朋友告诉他，这是两个人的名字，一个叫贝尔，另一个叫豪威尔。这两个人好像是在美国一起制造了这些机器。放映机被装在隔层里的盖子下面，他拉开盖子，摇出把手，插上电线，按下开关。对面的墙壁随之亮了起来。

这个混蛋搬来和他母亲西吉维格住在一起的时候，唯一带的几样东西里就有这台放映机。那时候，他还不知道母亲的生活里有了新的男人，因为他当时在乡下。直到有一天，他得知母亲想让他搬回去和她一起住。她搬到了新郊区的一个街区，声称已经戒了酒，还找了一个新男人。后来，他接到了这个女人的电话——他从不叫她母亲，只叫她的名字西吉维格。经过两年的分离，对他来说，她已经像个陌生人了。这是她第一次也是唯一一次给身在农场的他打电话，谈话内容非常简短：她希望她最小的儿子能来和她一起生活。他回答说自己在农场生活得很开心。“我知道，亲爱的。”他听到她在电话里说，“但你要回来和我一起住。这件事已经定下来了，就这样。”

几天后，他告别了农民的妻子和他的两个女儿。农民开着车把他送到大路上，然后陪着他等公交车。那时候正是盛夏，他觉得在这个时候离开是对农民的背叛，因为马上就要到收获的季节了，而他们需要他的帮助。农民夫妻俩经常称赞他勤快，说他帮了他们很多忙。有一次，他们说他将来一定会有出息。远远的，他们看到公交车过来了，车停在他们身边时带起了一堆尘土。

“希望你一切顺利，有机会就来看看我们。”农民说。农民本来是要和他握手的，最后却变成了一个大大的拥抱，还把一张一千克朗的钞票塞到了他手里。公共汽车猛烈一抽后启动了，漫天尘土遮住了农民的身影。长那么大，他从未有过自己的钱，在去雷克雅未克的路上，他时不时地就把这张钞票拿出来，好奇地打量一番，然后再折好放回兜里。隔上一两分钟，他就又会拿出来研究研究。

西吉维格本来应该到车站接他，但当他到站的时候，她却并没有出现。那是一个寒冷的夜晚，他站在行李箱旁边等了她很久。他不知道该怎么回家，不知道公寓在哪个区，甚至不知道街道的名字。时间越来越晚，他也越来越焦急。他没有可以求助的人。农民很多年前就告诉过他，他的父亲搬到国外去了，对父亲的两个兄弟他也一无所知，他们也许比父亲更老。谁都靠不上了。

他坐在行李箱上，思绪回到了家里——或者说这两年被他称为家的地方。他们现在应该已经干完了牛棚里的农活，两个小女孩可能正在四处闲逛。之后，他们会把狗赶出厨房，准备吃晚饭。晚饭可能是煮鳟鱼，浇上了化开的黄油，那是他的最爱。

“我猜你就是我要接的小孩吧？”

他抬起头。一个他从未见过的男人站在他面前。

“你是小安迪，对吗？”男人说。

他离开城里以后就再也没人叫过他安迪。

“我是安德烈斯。”他回答道。

男人上上下下地打量着他。

“那肯定就是你了。你母亲让我代她问你好，或者至少我觉得她是要说这个。她最近的状态不是很好。”

他不知道该怎么回答，不知道这个男人的话是什么意思，或者说他说的状态是什么。

“我们走吧。”男人说，“别忘了你的箱子。”

男人朝着公共汽车站前面的停车场走去。他看着这个陌生男人消失在了拐角处，这才站起来，拿起箱子跟了上去。他不知道自己还能做些什么，但是他非常警觉。这个男人给他的第一印象就不像是一个好相处的人。他提到母亲时的口吻和他说“小安迪”时的轻蔑都表明了这一点。他注意到，男人有一根食指没有指尖，但他很快就忘记了这件事，也并没有过问那是怎么造成的。

他们回到公寓的时候，西吉维格正在卧室里睡觉。男人说自己要出门，嘱咐他别弄出响声吵到他母亲。于是，他安静地坐在厨房的椅子上，就那样等着母亲醒来。这间公寓有一个卧室、一个客厅、一个厨房，还有一个小小的盥洗室。很明显，客厅里的沙发以后就是他的床了。经过长途的旅行和在车站长时间的等待，他已经筋疲力尽了，但是他不敢躺到沙发上去，只能枕着手臂，趴在厨房的桌子上，不知怎么的就睡着了。

就在他要入睡的时候，客厅里的一样东西吸引了他的注意力。他不知道那是什么，只见它立在沙发旁的桌子上，四四方方，顶上有个把手。这个怪东西边上还有一个他看不懂的标签：贝尔与豪威尔。

他是后来才知道母亲生活里的这个新男人还有一台摄影机的，而且摄影机的名字就像这台放映机的名字一样让他困惑，完全摸不着头脑。奥伊米希，这个名字被牢牢地刻在了他的脑海里。

他久久地注视着这台老放映机和它投到墙上的光影，在这样的光晕中，某些记忆慢慢浮现了出来。听到老男人呜咽了几声，他转过身。

“你想干什么？”他问。

椅子上的老男人沉默着，浑身散发出一股浓烈的尿骚味，脸上戴的面具也被汗湿透了。

“摄影机在哪儿？”

男人通过死亡面具的缝隙盯着他。

“还有胶片，胶片都在哪里？告诉我！我随时可以杀了你。你明白吗？现在我说了算！我！不是你！你这个老混蛋。我！现在我做主！”

没有回应。面具后面没有发出任何声音，没有咳嗽声，也没有呻吟声。

“感觉怎么样？嗯？感觉好吗？想不到吧，这么多年过去了，我现在比你强大多了，现在谁是胆小鬼啊？告诉我，谁是胆小鬼？”

男人没有动。

“看着我！有种的话就看着我。看见了吗？看到当年的小安迪现在变成什么样了吗？现在不小了，是吧？他已经长大了，并且很强壮。你或许根本没有想到吧？你是不是觉得安迪永远都是那个小男孩的样子？”

他打了老男人一拳。

“摄影机在哪里？”他吼道。

他要找到那部摄影机，然后毁掉它，毁掉它拍摄的所有胶片和照片。他确信这个老混蛋还藏着这些东西。在找到这些东西并摧毁它们之前，他是绝对不会放弃的。

还是没有回应。

“你觉得我找不到吗？就算把这里翻个底儿朝天，我也要找到。哪怕把地板撬了，房顶卸了！怎么样，嗯？你觉得现在的小安迪怎么样？”

面具后的眼睛闭上了。

“你拿走了我的一千克朗。”他低声说，“我知道是你干的。你骗我说是我自己弄丢了，但我知道是你拿走了。”

说着说着，他抽泣了起来。

“你会下地狱的。为你所做的一切下地狱！”

12

为了找到袭击莉娜的人，警察记下了每一辆停在莉娜家附近的车的车牌号，因为袭击者可能是开车来的。这个想法看似很扯，其实不无道理。夹克里藏着棒球棍的袭击者不太可能乘公交车来，而且警方轻而易举地证实了他也不是坐计程车来的。另外一种可能是，他是徒步走过来的。这样的话，他出发的地方离得不会太远，也许就在离案发现场几公里之内的范围里。也有可能是有人载他过来的，然后在房子外面等他，但是西于聚尔·奥利到达的时候，并没有发现门外有什么人。那么就只剩下一种可能了，那就是袭击者自己开车来的，只是他并没有把车停在房子外面，而是停在旁边的某条街上，被西于聚尔·奥利发现之后，他不得不弃车而逃。

警察记下的几十个车牌，大部分都是附近住户的，他们都是有家有工作的体面人，既不会去伤害别人，也不认识莉娜和埃比。但是，有几个车牌的主人住得非常远，在别的街，甚至是别的区，不过他们都没有暴力犯罪记录。

西于聚尔·奥利比较熟悉嫌疑人的身形和动作，于是自愿负责审讯有嫌疑的车主。

莉娜的情况还是那样，埃比一直守在她身边。医生依然觉得她生死难料。

那天晚上，西于聚尔·奥利与贝格索拉闹得不欢而散。他们互相指责，最后，贝格索拉站起来说没法儿再跟他谈下去了，然后就走了。

尽管和这个案子有些私人的牵扯，西于聚尔·奥利还是坚信自己可以查出真相。经过仔细斟酌，他觉得自己所知道的这些事情不会影响他断案，因为他根本没打算保护赫尔曼夫妇，而帕崔克也没有被牵扯进来。他没有做任何需要向组织报告或者需要他回避的事情。唯一令他有点儿烦心的就是那次在医院里和埃比关于照片的谈话。他并不熟悉莉娜和埃比，只能猜测他们可能因为吸毒、房贷或车贷而债台高筑，或许是他们的债主派了催债人来。当然了，吸毒不是唯一会被找麻烦的原因。西于聚尔·奥利想，也许莉娜和埃比用照片敲诈了很多像赫尔曼夫妇那样的人。不排除有人狗急跳墙，想要用暴力解决这件事，至少是吓唬他们一下。至于赫尔曼是不是背后的指使者就是另外一回事儿了。虽然他现在不承认，但时间会证明一切。

西于聚尔·奥利因为自己没有向芬尼尔坦白照片的事情以及莉娜与埃比的敲诈勾当而惴惴不安，这些事情迟早会被查出来。到那个时候，赫尔曼和他的妻子就会被提审，而他也必须马上做出解释。

带着这些想法，他走进了一家肉类加工厂，找到一个叫哈弗斯特恩的人。哈弗斯特恩是个工头，见到西于聚尔·奥利时显得非常吃惊，他说他从来没有和警察说过话，好像是想证明自己一直是良民。哈弗斯特恩把他请到办公室，两人都坐了下来。这个工头穿着一件白色的外套，头戴一顶印着公司标志的轻质白色帽子。他的身材就像啤酒节上那些爱喝德国啤酒的人，强壮而有活力，脸颊发红，怎么看也不像是会用棒球棍袭击手无缚鸡之力的女人的那种人，更别说飞奔而逃了。尽管如此，西于聚尔·奥利还是按规定流程对他进行了一番问讯。讲完开场白之后，他问哈弗斯特恩当时在莉娜被袭击的那个区域做什么，有没有人可以为他做不在场证明，证据是什么。

工头看了西于聚尔·奥利好一会儿。

“等等，你说什么？我必须告诉你我在那里做什么吗？”

“你的车和案发现场只有一街之隔。你住在海港城，你到雷克雅未克去做什么呢？你是自己开车去的吗？”

西于聚尔·奥利心想，即便这个人没有袭击莉娜，但他没准儿知道点儿跟袭击案有关的线索。没准儿是他开车送袭击者过去的，然后因为慌乱弃车而逃。

“是的，是我自己开车去的，为了去见某个人。你还需要知道更多的信息吗？”

“是的。”

“我想问问你，你知道了之后要做什么？”

“我们要找到那个袭击者。”

“难道你觉得是我袭击了那个可怜的女人吗？”

“你参与袭击了吗？”

“你疯了吗？”

西于聚尔·奥利发现他脸颊的血色淡了不少。

“我能见见你的证人吗？”

“你会把这件事告诉我的妻子吗？”他犹豫地问道。

“我需要吗？”西于聚尔·奥利问道。

“不需要。”沉默了好一会儿，他说，“我……我有个女性朋友住在那条街。如果你想证实我说的话，可以去问她。真不敢相信，我居然连这个都告诉你了。”

“一个女性朋友？”

男人点点头。

“你是说情人吗？”

“是的。”

“你那时候是去看她了？”

“是的。”

“我明白了。你在那附近有没有注意到可能与袭击案有关的人？”

“没有。问完了吗？”

“是的，差不多了。”西于聚尔·奥利说。

“你会去见我的妻子吗？”

“她能为这件事情作证吗？”

男人摇摇头。

“那我就没有必要见她了。”西于聚尔·奥利说。他记下了这位“女性朋友”的电话，然后就起身离开了。

那天晚些时候，他见了另外一个男人，结果对方根本不知道自己的车子停在了莉娜家附近，因为不是他把车子开去的，而是他的儿子。他儿子说，他是去那附近找高中同学的，同行的还有另外一个同学，之后，他们一起去劳加拉斯电影院看电影了。电影开场的时间正好是莉娜被袭击的那段时间前后。

男人仔细地端详着西于聚尔·奥利。

“你用不着再去问我儿子了。”他说。

“真的吗？”

“他连苍蝇都不敢拍，自己的影子都怕。”

最后，西于聚尔·奥利见了在软饮料灌装厂做接线员的一个三十多岁的女人。西于聚尔·奥利自我介绍之后，她找人替了她一会儿，然后和他一起去了员工咖啡厅，因为西于聚尔·奥利不想让别人听到案件的相关信息。

“到底是怎么回事？”女人问道。她有一头深色的头发和一张宽大的脸庞，一边的眉毛上戴了一只小小的金属眉环，前臂上有一个文身。西于聚尔·奥利没看清文身图案，看起来像只猫，也有可能是一条盘在手臂上的蛇。她叫萨拉。

“我能知道你前天晚上在东区的劳加拉斯电影院附近做什么吗？”

“前天吗？”她说，“为什么问这个呢？”

“你的车停在了一起暴力袭击案的案发地点附近。”

“我没有袭击过任何人。”她说。

“是的。”西于聚尔·奥利也同意这一点，“但你的车停在附近了。”

他解释说，警察正在排查当天晚上停在附近的所有车辆。这是一起严重的人身攻击案件，警察想问问当时在附近的所有人是否留意到了什么线索，说不定会对案件的调查有帮助。西于聚尔·奥利说了半天，他能感觉到萨拉并不感兴趣。

“我什么也没看见。”她说。

“你当时在那里干什么呢？”

“看一个朋友。到底发生了什么事？我看到报纸上说有人闯入了民宅。”

“我们目前还没有查出什么来。”西于聚尔·奥利说，“能把你朋友的姓名和地址给我吗？”

萨拉把信息给了他。

“你在那里过夜了吗？”

“什么？你是在监视我吗？”

这时候，咖啡厅的门开了，另外一个员工走了进来，朝萨拉点了点头。

“没有。我有这个必要吗？”

萨拉笑了笑。“我表示怀疑。”

西于聚尔·奥利从工厂出来，正准备上车的时候，电话响了，他一下便认出来是芬尼尔的号码。芬尼尔直截了当地告诉他，西吉莉娜·索格瑞多提尔由于头部遭受重击，于一刻钟前不治身亡。

“你当时到底在她那里干什么呢，西吉？”芬尼尔低声说了一句，然后挂断了电话。

13

西于聚尔·奥利的母亲打开了门，她的表情告诉他：他迟到了。他并没有这里的钥匙，因为她觉得，儿子随意进出会令自己感到不舒服。她邀请他来吃晚饭，但却没等他来就已经开饭了。现在，桌上的饭菜都已经凉了。他没有看到赛蒙迪尔。

他的母亲已经年过六十了，大家都叫她“伽伽”。她住在加尔扎拜尔智能卫星城的一处独栋别墅里。那片地方住的都是会计、医生和律师之类的高收入人士，他们每个人都有两到三辆车，雇有专人打理房子、花园和圣诞装饰。伽伽的生活也并不是一直都这么优渥。她刚认识西于聚尔·奥利的父亲时，还有他们刚刚离婚时，她过得还是很窘迫的——尽管她的前夫，也就是她嘴里的“水暖工”一直在尽力帮她。一开始她是租房子住的，但总是和房东不和，只好不停地搬家。尽管西于聚尔·奥利也抱怨过老是要适应新学校新环境，但这种情况始终没有什么改善。他的母亲总是有本事和别人发生矛盾，包括他学校里的老师和校长。到最后，他的教育问题只好由他父亲出面解决。

伽伽学过商务，西于聚尔·奥利出生的时候，她是一名会计。后来，她继续进修，在一家会计事务所里慢慢地升到了高级职位。再后来，这家公司被一家大型跨国集团吞并了，而她则成了新公司的经理。

“赛蒙迪尔呢？”西于聚尔·奥利脱下去年买的冬衣，问道。这件衣服非常贵，牌子是国内最有名的。他买回来的时候，贝格索拉还摇着头说他是她认识的人里最崇拜名牌的一个。他还记得，每当他们提到他母亲时，她都会说：“你是说伽伽吗？”

“他到伦敦去了。”伽伽说，“一个在国外很有名的年轻创业者要在那里设立办事处，连总统都会到场，场面非常大，全部搭乘公司专机。”

“他们可真是了不起。”

“要知道，这都是花的银行的钱。他们真正拥有的只有一堆负债，最后都是要还的。”

“但是，我还是觉得他们干得不错。”西于聚尔·奥利反驳道，他一直特别关注在国内外取得成功的冰岛商人。他佩服他们的魄力和胆量，尤其是当他在英国和丹麦买到冰岛家喻户晓的产品时。

他们在桌边坐了下来。他的母亲给他做了金枪鱼千层面，那是他以前最喜欢吃的。

“需要我帮你热一下吗？”她问道，还没等他回答就已经把盘子放进了微波炉。热好之后，伽伽把盘子递给了自己的儿子。西于聚尔·奥利还在想着芬尼尔告诉他的莉娜的死讯。芬尼尔的声音听起来很激动，甚至是生气，而且这气是冲他来的。“你当时到底在她那里干什么呢，西吉？”这是芬尼尔的原话。他痛恨芬尼尔叫他西吉。

“最近和贝格索拉联系过吗？”他的母亲问。

“昨天和她见了面。”

“是吗？她说什么了吗？”

“她说你一直都不喜欢她。”

伽伽沉默了。她本来只是坐在那里，并没有吃东西，但是现在，她拿起勺子吃了一点儿面条，然后站起来把盘子放进了微波炉。西于聚尔·奥利心里是有些埋怨母亲的，因为她让自己守着信箱浪费了那么多时间，还有那天晚上打电话来打扰自己看球赛，不过，最主要的还是因为贝格索拉说的那些话。

“她为什么会那样说呢？”他的母亲站在微波炉旁，边等边问。

“她坚信那是事实。”

“也就是说，她把一切都怪到我头上了，是吗？你们分开的事情也怪我了？”

“我并不觉得你为我们的分开难受过。”

“我当然难过了。”他的母亲说，不过听起来不怎么真诚。

“贝格索拉以前从来没有提过这些。但是回想过去，我发现你确实很少来看我们。你很少和她接触。你是故意想避开她吗？”

“当然不是。”

“她昨天说了很多关于你的事。她很诚实，而且到了这个时候，我们也确实没有必要再向对方隐瞒什么了。她说你觉得她配不上我，而且你因为她生不了孩子的事情责怪她。”

“她胡说！”伽伽大声说。

“是吗？”

“这也太荒谬了。”他的母亲说。她拿着还冒着热气的盘子坐了下来，但并没有吃。“她怎么能那样说呢？那个蠢丫头，真是胡说八道。”

“你因为她不能生孩子而责怪过她吗？”

“噢，天哪，这本来就是她的错！用不着我去指责她。”

西于聚尔·奥利放下了叉子。

“这就是你给她的全部帮助。”他说。

“帮助？我和你父亲离婚的时候，并没有任何人帮助过我。”

“你总是喜欢按照你自己的想法来。你所说的‘帮助’是什么意思？明明是你抛弃了他。”

“好吧，不管怎么说，现在呢？你们现在打算怎么办？”

西于聚尔·奥利推开盘子，看了看四周。正对厨房的客厅非常宽敞，装修风格正是他母亲喜欢的那种性冷淡风——白色的墙壁、铺着大块黑色瓷砖的地热地板、昂贵而崭新的家具，还有价格不菲、品位却不怎么样的艺术品。

“我不知道。一切都结束了吧。”

埃比尼泽一直在哭。西于聚尔·奥利当天晚上去医院表示哀悼的时候，他还在那里。埃比尼泽下午有急事离开了一小会儿，等他回来的时候，莉娜已经去世了。现在，他独自一人待在休息室，似乎在去留之间徘徊。他看着他们把莉娜的遗体带去做尸检以确定确切的死亡原因。

“我当时不在她身边。”西于聚尔·奥利在他身边坐了一会儿之后，埃比尼泽说，“我是说，她走的时候。”

“我知道，很遗憾。”西于聚尔·奥利说。他很想讯问埃比尼泽，但他觉得最好还是给他一点儿时间让他平复一下心情。当然了，这段时间不会比他看望伽伽的时间更长。

“她一直没有苏醒。”他继续说，“一直没有睁开过眼睛。我没想到会那么严重。等我回来的时候，她已经不在了，死了。怎么……到底为什么会发生这样的事？”

“我们一定会调查清楚的。”西于聚尔·奥利说，“但你得帮我们。”

“帮你们？怎么帮？”

“她为什么会被袭击？”

“我不知道。我不知道是谁干的。”

“谁知道她当时单独在家？”

“谁？我不知道。”

“你有没有惹过那种会涉及暴力人士的麻烦？比如说，催债人？”

“没有。”

“你确定吗？”

“是的，我当然确定。”

“我不相信袭击莉娜的人只是个入室抢劫犯。据我判断，他更像一个催债人，但我们并不能确定他是不是受人指使。你懂我的意思吗？”

“不懂。”

“现在看来，似乎是有人派他去你们家里的，有人让他用暴力威胁你或是莉娜。所以我才问你有没有人知道你那天会出城，而莉娜一个人在家。”

“我完全不知道。拜托，我们非要在这个时候讨论这些吗？”

他们面对面坐着。医院里非常安静，门旁边大钟的指针缓缓地转动着。西于聚尔·奥利身体前倾，小声说道：“埃比尼泽，我知道你们两口子试图用照片敲诈别人。”

埃比尼泽什么也没说。

“这种事情是非常有风险的。”西于聚尔·奥利继续说，“我知道你干了这件事是因为我认识被你敲诈的人。你知道我指的是谁吗？”

埃比尼泽摇摇头。

“好吧。”西于聚尔·奥利说，“你不说就算了。反正我也不相信我认识的那个人会派暴徒去袭击你们。事实上，我觉得这种可能性非常小，因为我认识他们，以我对他们的了解，他们根本干不出这样的事。莉娜被袭击的时候，我正要去找她。”

“你去过我家？”

“是的。我认识的人希望我可以说服她，说服你们放弃敲诈的企图并交出照片。”

“什么……你能……”埃比尼泽不知道该说什么了。

“你知道我在说谁吗？”

埃比尼泽还是摇头。

“求你了，我们能不能下次再谈？”他问道，声音低到几乎听不见了，“看在上帝的份儿上，莉娜才刚刚去世。”

“我有理由相信，”西于聚尔·奥利坚持往下说，“那个袭击者去你家的目的和我一样，你明白吗？”

埃比尼泽没有回答。

“他去那里的原因肯定和我一模一样，就是想让莉娜和你停止愚蠢的敲诈行为。我说的对吗？”

“我不知道他可能有什么样的目的。”埃比尼泽说。

“你有没有试图敲诈过别人？”

“没有。”

“谁知道莉娜当时单独在家？”

“可能没人知道，可能每个人都知道，我说不准。也许是任何一个人。我没什么头绪，也列不出名单。”

“你就不想搞清楚这件事吗？”

“我当然想！你到底怎么回事？我当然想把这件事弄清楚。”

“那么，到底是谁在威胁你，威胁说要暴力袭击你？”

“没有谁。这只是你的胡乱猜想。”

“我几乎可以肯定，莉娜的死是个意外。”西于聚尔·奥利说，“一个不幸的意外。那个人下手太重了。你就不想帮我们把那个人找出来吗？”

“我当然想，但你能不能让我休息一会儿？我要回家，我要去看莉娜的父母，我还要……”

他似乎又要哭出来了。

“我要那些照片，埃比尼泽。”西于聚尔·奥利说。

“我要走了。”

“照片在哪里？”

“我没法儿和你谈下去了。”

“我只知道其中的一对夫妻。还有其他人吗？是谁在纠缠你？你们到底在搞什么？”

“什么都没有，别烦我了。”埃比尼泽说，“别烦我了！”他冲出了休息室。

西于聚尔·奥利离开医院的时候，一个坐轮椅的病人从他身边经过。这个人两条胳膊都打上了石膏，下巴上缠着绷带，一只眼睛肿得厉害，鼻子也被包扎起来了，估计是断了。西于聚尔·奥利一开始没认出他来，但仔细一看，发现他就是坐在警察局走廊里的那个少年，那个被他称之为“可怜的失败者”和“废物”的人。他想起来那个男孩的名字叫裴图。男孩经过他时扫了他一眼，西于聚尔·奥利把他拦了下来。

“你怎么了？”他问道。

那男孩自己没办法回答，推着他的女士帮他说明了情况。星期一晚上，他离开海维费斯格塔警察局不久就被打成这样了。她是带他来拍 X 光片的。

据她所知，警察们还没有查出来是哪个混蛋对他下了这样的狠手，而他自己始终什么也没说。

14

没过多久，西于聚尔·奥利回到了海维费斯格塔警局。正当他准备从后门进去的时候，一个外形粗野、臭气熏天的男人从阴影中走了出来，站到他面前。

“总算找到你了。”男人抓住了他的胳膊，虚弱而沙哑地说。

西于聚尔·奥利有一瞬间的吃惊，然后很快就回过神来，并且感到很愤怒。对他来说，这个男人和外面的流浪汉没什么区别，这些人西于聚尔·奥利可见得多了。尽管他对这个人有一点点模糊的印象，但他一时想不起来了，也懒得去想。

“你这样突然出现在我面前是什么意思？”他一把扯开了男人的手，男人没站稳，踉跄着后退了几步。

“我有话要对埃伦迪尔警官说。”流浪汉小声道。

“那你找错人了。”西于聚尔·奥利说完准备离开。

“我知道。”流浪汉跟在他后面，声音变得尖利起来，“他在哪儿？我要找埃伦迪尔警官。”

“他不在这里，我也不知道他在哪里。”西于聚尔·奥利打开门，不耐烦地说。

“那你呢？”

“我怎么了？”

“你不记得我了吗？”男人问道。

西于聚尔·奥利停住了。

“你还记得安迪吗？当时，你和埃伦迪尔警官在一起。他来找我问话的时候你也在，我跟你们说了安迪的事情。”

西于聚尔·奥利扶着门把手，仔细打量着眼前的这个流浪汉。

“安迪？”他重复道。

“你不记得安迪了吗？”流浪汉抓了抓裤裆，吸了吸鼻子，又问了一遍。

西于聚尔·奥利对他有一点点模糊的印象，但他花了近一分钟的时间才回想起当时的情景。这个男人比当时瘦多了，他那又破又脏的外套和衬衫至少已经大了两个码，破旧的牛仔裤松松垮垮地挂在身上，脚上那双黑色防水长靴也没好到哪儿去。他的脸也憔悴了，双眼空洞，嘴巴凹陷，面无表情，脸上的皮肤就像身上的衣服一样松弛。从外表看，完全猜不出他的岁数，但西于聚尔·奥利记得他只有四十五岁左右。

“你是安德烈斯吗？”

“我有些事情要和埃伦迪尔警官说。我必须见到他。”

“这恐怕不行。”西于聚尔·奥利说，“你为什么要见他呢？”

“我就是得见到他。”

“那我可没办法。听着，我处理不了你的事情。不过，埃伦迪尔警官马上就回来了，到时候你再和他谈吧。”

门在安德烈斯面前关上了，西于聚尔·奥利大步朝他的办公室走去。他现在已经完全想起了这个男人和他的那个案子。当时刚过新年，正是隆冬时节。

他远远就望见了芬尼尔，本想躲开他，但是太迟了。

“西吉！”他听到对方在喊自己。

西于聚尔·奥利继续往前走，假装没有听到。不管怎么说，他不喜欢同事们叫他西吉，所以他一般都是不予回应的。

“我必须和你谈谈。”他听到芬尼尔在后面喊道，一路跟着他走进了办公室。

“我现在很忙。”西于聚尔·奥利抗议道。

“那你也得抽出时间来。你当时在莉娜家干什么？你为什么直接得出了袭击者是催债人的结论？还有，你提到的那些照片是怎么回事？快说，你还知道什么我们不知道的消息？你到底为什么要瞒着我们？”

“我没有……”西于聚尔·奥利说。

“你想让我把这些都报告给上头吗？”芬尼尔打断他，“这很简单。”

西于聚尔·奥利知道芬尼尔真的会那样做，甚至会举报他渎职。他还需要一点儿时间来编一个故事，尽管他一点儿都不在乎赫尔曼夫妇，但他还是担心会把帕崔克牵扯进来。

“冷静点儿，没什么大不了的。”他说，“我只是不想把事情弄复杂了。那个时候只是严重的人身伤害案件，但现在是谋杀案了。我是打算跟你谈谈的……”

“太好了，那就说清楚吧。”

“照片是我朋友帕崔克认识的人的。”西于聚尔·奥利解释说，“是他介绍我们认识的。男人的名字叫赫尔曼。我去找西吉莉娜和埃比尼泽是因为他们拿照片敲诈赫尔曼夫妇。那些照片是他们的性爱照片。他们给我看过一张，赫尔曼被拍得很清楚。莉娜和埃比是敲诈犯。他们邀请赫尔曼夫妇到家里开交换伴侣的派对，也就是换妻派对。这种事情本来没有什么问题，但莉娜和埃比却想从中牟利。也许还有其他的受害者，不过即便真有，我也并不认识。”

“什么？你是说，你为了朋友私自做了些调查？”

“我一直想报告的。我现在已经告诉你了，不是吗？并没有妨碍到什么。我只是想在事情不可收拾之前去找莉娜和埃比谈一谈。因为这件事，赫尔曼的妻子非常担心，因为她在政府工作，还想进一步升迁。我到的时候，莉娜已经躺在地上了。后来我就被袭击了，而且我呼叫了支援，但还是没有抓住他。”

“那赫尔曼怎么说呢？”

“他说他和袭击案一点儿关系也没有。我没办法确认他说的是假话，也不能肯定他说的是实话。再说了，袭击者可能是单独行动，背后并没有指使者。”

“而且可能有很多人像赫尔曼一样被敲诈了。”芬尼尔说，“也许其中有些人和黑社会有什么联系。这就是你的调查结果吗？”

“是的，尽管如此，我认为目前还不能排除赫尔曼的嫌疑。”

“你从西吉莉娜那里查出什么了吗？”

“没有，我到的时候她已经昏迷了。”

“埃比尼泽呢？”

“他一直装疯卖傻。他不承认有什么照片，还说完全不知道莉娜为什么会被袭击。明天一早，我们应该趁他没有防备再去审问他。”

“你为什么一直瞒着我们？”

“我……你搞错了，我并不想隐瞒的。”

“好吧。这就是你一直私下进行调查的理由吗？你觉得这样正常吗？”

“自从我加入警队，我就没有一天是正常的。”

“我得向上头报告这件事情，你懂的。但如果你自己能主动说清楚的话，应该会更好。”

“随便你吧。我并没有妨碍案件的调查。我觉得我还是适合继续参与调查的，当然了，这是你的案子。”

“适合？难道你不是为了保护你的朋友吗？”

“他和这件事情没关系。”

“醒醒吧！”芬尼尔突然爆发了，“他到底为什么找上你？别再说傻话了，别让自己陷得更深。他找你帮忙是因为他自己也被牵扯其中了，只是他不想被调查。他是在利用你，西吉。你看清事实吧！”

说完这些，芬尼尔掉头走出了办公室，砰的一声关上了门。

那晚回到家，西于聚尔·奥利并没有像往常那样打开电视，而是走进厨房，做了一个三明治，倒上了一杯橙汁，坐在桌边吃了起来。已经过了午夜，整栋楼都非常安静。除他之外，楼里还有五家住户，但是，从他搬进来到现在，他一个也不认识。如果碰上了，他也会和他们打招呼，但平时，他总是自己一个人。他不愿意和陌生人说话，除非是为了工作。五家住户里有三家是有孩子的，有一对老夫妇，还有一个四十岁左右的单身男人。有一次，他见到那个男人穿着一件印有轮胎公司标志的夹克。那个男人一直试图和西于聚尔·奥利交朋友，进出大楼时经常和他打招呼，某个星期六的下午还来敲他的门，找他借点儿白糖。西于聚尔·奥利警惕地说自己没有白糖。当那个男人想和他聊聊足球的时候，他自称很忙，然后就关上了门。

吃三明治的时候，他仔细思考着帕崔克和赫尔曼的事、芬尼尔说的话，还有那个一直想见埃伦迪尔的流浪汉。上次见面的时候，他虽然也很落魄，但还没有像现在这么糟糕。那个男人是个酒鬼，住在一栋公寓里。去年一月，在那附近有一个泰国血统的小男孩被捅死了，小男孩被发现的时候已经冻僵了——那会儿真的是太冷了。警察全力调查这个案子，调查了无数住在附近的人，包括这个安德烈斯。他可是个惯犯了，从打架斗殴到非法闯入，他在警局的案底有一大摞。警察把他带去问过话之后发现，并没有证据能证明他干了什么坏事——尽管有一个很奇怪的靠不住的目击证人。

现在已经到了深秋，安德烈斯又出现了，从警局后门，像个幽灵一般出现了。西于聚尔·奥利想象不出他在烦恼什么或者他到底想和埃伦迪尔说什么。有那么一瞬间，他觉得自己是不是不应该那么随意地把他打发了。但也仅仅是一瞬间而已。

15

从乡下回城的第二天，他是在客厅的沙发上醒过来的。他睡着的时候，有人把他从厨房的桌子旁边移到了这里。他花了很长时间才完全清醒过来，一度以为自己还在农场，还有早上的农活要干。然后，他想起了前一天的旅程、在汽车站的等待，还有那个来接他的陌生男人。

他从沙发上坐了起来，不知道自己睡了多久。外面的阳光很明媚，从透进房间的光线中，他看到了房里的家具，有些是他熟悉的，有些是他不熟悉的，还有些看起来非常怪异，比如说昨天他没有注意到的那台电视机。电视机放在桌子上，曲面的屏幕，黑色的塑料边，还有一排奇怪的按钮。他站起来走向电视机，看到了自己在屏幕上诡异的影子。他的头被拉长了，身子扭曲着，脸上还有奇怪的笑容。他一只手抚摩着电视机，拨弄着那些按钮。突然，电视机发出了低沉的吱吱声，屏幕上出现了一个看不懂的图案，同时，令他崩溃的可怕的刺耳声响了起来。他赶紧从电视机旁逃开了，无助地看着四周。然后，他重新回到电视机旁，发疯似的猛按那些按钮，希望可以让噪音停下来。突然，屏幕上诡异的画面缩成了一个小黑点，然后一切都消失了，声音也没有了。他终于松了一口气。

“怎么这么吵啊？”

他的母亲从卧室里出来了。

“我想我刚才肯定是把这个机器打开了。”他尴尬地说，“我不是故意的。”

“是你吗，亲爱的？”他的母亲说，“真抱歉，昨天晚上我本来是要去接你的，但是没去成。我最近身体不是很舒服。你看见我的烟了吗？”

他四处看了看，摇摇头。

“我怎么把房间搞得这么乱？”她扫视着房间，叹了口气，“罗吉去接你了，是吗？”

他不知道该如何回答，因为接他的男人并没有说自己叫什么。她找到了一包香烟和几根火柴，点燃了一根烟，吸进去，吐出来，又吸了一口，然后把烟从鼻子里喷出来。

“你觉得他怎么样，亲爱的？”她问。

“谁？”

“当然是罗吉了。你的反应有点儿慢啊，不是吗？”

“我不知道。”他回答，“我觉得还可以吧。”

“罗吉还不错的。”她说着又吸了一口烟，“他像一匹黑马，但是我喜欢。我告诉你，他比你那爸爸好多了。比那个混蛋强。你吃了吗，亲爱的？在农场，你早饭一般吃什么呢？”

“稀饭。”他说。

“像泥巴一样，是吗？”他的母亲说，“你想不想吃点儿麦片粥？美国人现在都吃这个。我昨天特地给你买了一包，巧克力味的。”

“好吧。”他说，不想显得不礼貌。他早上喜欢吃稀饭，而且早餐总是吃稀饭——除非有大黄浓汤，因为里面有他喜欢的糖。

他跟着母亲进了厨房。她拿出两个碗和一个棕色的袋子，从棕色袋子里倒出一些棕色的小球。接着，她从冰箱里拿出牛奶，倒进碗里，然后递给他一碗。她没捻灭烟头，直接将烟头丢进了水槽，然后开始吃麦片粥。他舀了一勺小球，放进嘴里。很脆，他慢慢地嚼碎了。

“好吃吧？”他的母亲问道。

“还不错。”他说。

“比稀饭好。”他的母亲补充道。

牛奶慢慢变成了棕色，很好喝。他仔细观察着自己的母亲。她和上次见面的时候不一样了，长胖了一些，脸也鼓起来了。不过，她的下颌缺了一颗牙齿。

“回到家好吧？”她问。

他想了想。

“当然。”最后他这样说道，但听起来并不是很确定。

“什么？看到妈妈你难道不开心吗？这多好啊，虽然有些波折，最后好歹还是把你接回家了。你应该懂得感恩。你得感谢妈妈为你所做的一切。”

她又点燃了一根烟，看着他。

“这多好啊。”她又说了一遍，然后猛吸了几口香烟。

*

每当他太累的时候，他就会在格雷提斯戈塔这间地下室的地板上休息一两个小时。他已经好几天没回家了，也没好好睡过一觉。他得一直看着这个老男人，以防他逃跑。绝不能让他跑了。

到目前为止，他既没有找到那台奥伊米希摄影机，也没有找到胶片。尽管他已经翻箱倒柜，把抽屉里所有的东西都扔到了地板上，把橱柜翻了个遍，书架也搬空了，还是一无所获。最后，他犹豫了一会儿，打开了卧室的房门。这间屋子跟公寓里其他房间一样乱，床铺没有叠，床单不知所踪，只能看到脏兮兮的床垫，被子也没有被套。墙角有一个旧四斗柜，床边的椅子上有一大摞衣服，墙边立着一个大衣柜，地板上铺着棕色的塑料垫。他从衣柜开始找，把衬衣裤子都扔了出来，把每件衣服都撕开了，有些衣服他还用随身带的小刀给划开了。他的内心充满了愤怒。他爬进衣柜，一通乱捣，把柜面都捅破了。然后，他把四斗柜的抽屉全都抽了出来，内裤、袜子和纸片散了一地，他也懒得一一检查了。他一脚把一个抽屉的底给踩破了。最后，他把整个抽屉都倒了过来，从后面砸开了。他把床垫划成了碎片，扔得满地都是，还把床板掀了起来，可还是没有看到摄影机和胶片的踪影。

他回到客厅，坐在被绑着的老男人旁边。地下室里唯一的光亮就是贝尔与豪威尔放映机投射在墙上的光。它的灯光仍像新的一样，一点儿也没坏。从他找到这台机器起就一直没有关掉它。现在，他把放映机投射的光调到了戴着面具、瘫坐在椅子上的男人身上。

“你把那些肮脏的东西藏哪儿了？”他气喘吁吁地问道。

老男人抬起头来，眼睛被灯光晃得睁不开。

“放开我。”老男人呻吟道。

“摄影机在哪儿？”

“放开我。”

“你用它拍的片子在哪儿？”

“放开我吧，安迪，我们好好谈谈。”

“不！”

“帮我解开。”

“闭嘴！”

男人猛烈地咳嗽起来。

“你帮我解开，我就什么都告诉你。”

“闭嘴！”

他站起来开始找铁锤，他忘记自己把铁锤放在哪里了。为了找摄影机，他几乎把这间地下室给拆了。一片狼藉中，他看着桌子和椅子的碎片，突然想起来自己最后一次用到铁锤是在厨房。他穿过房间，跨过地上的碎片，然后瞄到了他扔在地上的铁锤。他拿着铁锤回到客厅，走到老男人面前。他紧紧地捏住老男人的下巴，让他的头朝后仰，直到露出面具上竖着的铁钉。

“告诉我！”他举起铁锤吼道。

铁锤落下来了，但就在铁锤刚刚碰到铁钉的时候，他停了下来。

“告诉我！”

“闭嘴，你这个混蛋！”

“下次我可就一锤到底了。”他低声说道。

他再次举起铁锤，正准备敲下去，老男人突然号叫了起来。

“不要，不要，等等……别这样，别折磨我了，把我放了吧……

把我放了吧……”

“放了你？”他重复道。

“放……放了我……帮我……解开……”男人的声音越来越小，“够了……已经够了……”

“够了？你受够了吗？我不是也这样求过你吗？还记得我求你停下来的时候吗？记得吗？你这个混蛋！”

他把手中的铁锤高高举起，用尽全力挥了下来，停在距离男人的脑袋几毫米的地方。

他弯下腰。

“告诉我你把东西藏哪儿了，不然我就把钉子钉进你的脑袋！”

16

西于聚尔·奥利闯进帕崔克的办公室时，他正在忙。帕崔克在一家工程公司上班，主要负责测算水电站的桥梁和水坝在施工过程中的承压能力。这家公司算是冰岛同类公司中最大的一家了，帕崔克在这行干得还不错，目前是一个大团队的副主管。当下，冰岛正值经济繁荣期，银行利率高企，国内大型工商企业大肆收购外国资产，首都周边大兴土木，东峡湾的水电站和炼铝厂促成了大批的基础设施建设项目。在这种形势下，冰岛的工程公司也迎来了前所未有的大繁荣。帕崔克肯定用不着抱怨没事做了。一大早，他就已经撸起袖子，一手拿着手机，一手拿着办公室电话，眼睛紧盯着桌子前面的两个电脑显示屏。西于聚尔·奥利关上门，坐到了桌子对面的黑色真皮沙发上，跷着腿，耐心地等着。

帕崔克看西于聚尔·奥利走进来还坐下了，有些吃惊。他赶紧挂了一个电话，但还有一个电话没讲完。一开始，西于聚尔·奥利还试着听听他在说些什么，但很快就失去了兴趣，因为整个对话都是关于钢筋混凝土的数量和增量设计成本的。帕崔克的办公桌上堆满了文件，甚至都堆到窗台上去了；墙边码着一大摞工程计划，挂钩上是一个安全帽，桌子上有一张他妻子苏珊娜和孩子的照片。

“他们最近一直找我麻烦。”帕崔克终于忙完的时候，西于聚尔·奥利说道。

桌上的办公电话又响了。帕崔克拿起听筒放到桌子上，然后拔掉了电话线。他把手机也调成了静音模式。

“谁？”他问，“为什么？怎么回事？”

“我的同事。我恐怕得把你供出来了，还有我们是朋友的事实。”

“我？天哪，为什么？”

“他们认为你和这件事有牵连。莉娜昨天死了，案子严重了。严格意义上来说，我不应该坐在这里和你说话。”

“你是在开玩笑吧？”

西于聚尔·奥利摇摇头。

“你为什么要把我说出来？”

“你为什么要来找我帮忙？”西于聚尔·奥利反问道。

“我昨天在新闻上看到她死了。他们不会真的以为我和这件事有什么牵连吧？”

“你有吗？”

“别乱说了。我要是和这件事有关，我早就告诉你了。你遇到麻烦了吗？”

“没什么解决不了的。”西于聚尔·奥利肯定地说道，“赫尔曼听说了莉娜的死后有什么反应吗？”

“我一直没和他联系。所有的事情警察都知道了吗？”

西于聚尔·奥利点点头。

“我只是想来提醒你，接下来，警察会叫你去问话，可能就是今天下午。赫尔曼和他的妻子也会被传讯。当然，苏珊娜估计也跑不了，不过我也说不好。负责第一轮问话的警察叫芬尼尔。他人不错。我希望你能把自己知道的情况都告诉他。不要有所保留，也不要说得太复杂，简单清楚就行。直接回答他的问题，不要暴露其他的信息。他没问的，你什么也别说，也别一开口就说要找律师，你的情况还没那么严重，这样说只会引人怀疑。自然一点儿，保持冷静就行。”

“你……他们怀疑是我们干的吗？”帕崔克忧郁地问。

“赫尔曼的嫌疑比你大多了。”西于聚尔·奥利说，“我不知道他们会把你怎么样，但是我跟芬尼尔说了我们是朋友，说了照片和敲诈的事情，还有你是怎么认识赫尔曼的，怎么安排我们见面的。”

帕崔克吓得瘫在了椅子上，他快速地瞄了一眼苏珊娜和孩子们的照片。

“所以说，这就是我找你帮忙的下场。”他说。

“最终，一切都会真相大白的。”

“真相大白？什么意思？我和苏珊娜什么都没干！”

“芬尼尔可不这么认为。”西于聚尔·奥利说，“他说你一直在利用我，你自己早就搅和进去了，你找我帮忙就是希望我去吓唬吓唬敲诈犯，好让他们把照片交出来。”

“我不信。”帕崔克倒抽了一口气。

西于聚尔·奥利看着他窘迫不安的朋友。

“我也不信。”他说，“芬尼尔是个好人，但是如果问我的话，我觉得整件事太不合常理了。你怎么可能同时叫我和催债人去找莉娜呢？听着，你还有没有什么没告诉我的？有没有什么线索可以帮我们找出凶手？你还认识其他一些跟莉娜和埃比打过交道的人吗？”

当他说他不相信芬尼尔的说法时，他看到他的朋友松了一口气。

“我什么也不知道。”帕崔克保证道，“我知道的都告诉你了，其他的我什么也不知道了。真的，什么也不知道。这些人我一个也不认识。”

“那就好。”西于聚尔·奥利说，“芬尼尔找你的时候，你就这么说，不会有事的。但是，看在上帝的份儿上，千万别说我提前来跟你打过招呼。”

帕崔克用祈求的眼神看着西于聚尔·奥利。

“你什么也做不了吗？”他说，“我从来没有被警察问过话。”

“我恐怕已经管不了了。”

“那媒体呢，他们会知道吗？”

西于聚尔·奥利没办法安慰他。

“会的吧。”他说。

“你到底为什么要把我牵扯到这样的事情里来？”

“是赫尔曼把你牵扯进来的。”西于聚尔·奥利指出，“不是我。”

西于聚尔·奥利回到海维费斯格塔警局的时候，他的父亲正在局里等他。他有点儿吃惊。

“一切都还好吗？”他的第一反应就是这样问。

“嗯，还好，西吉。”他的父亲回答道，“不知道你过得怎么样。我就在附近上班，所以顺便来看看你。我还从来没有到你上班的地方找过你呢。”

西于聚尔·奥利把他带进了办公室。对于父亲的不请自来，他有点儿吃惊，也因为被打扰而有点儿不太高兴。他父亲坐下来的时候轻轻地叹了口气，看起来很疲惫。他的个子不高，但长得很结实。由于常年跟扳手和管道打交道，他的手上长满了老茧；因为工作的时候总是要蹲着，他的腿关节不太好，有一点点瘸。棒球帽底下露出来的头发已经花白了，那双和善的眼睛上方的眉毛倒是依然浓密。因为很久没去理发，他前额的头发乱糟糟的，胡子也有几天没刮了。西于聚尔·奥利记得他只在每个礼拜六刮胡子，而且从来不打理眉毛。

“最近去看你的母亲了吗？”他的父亲揉着膝盖问。

“昨天晚上去她那里了。”西于聚尔·奥利回答。他很确定父亲不是平白无故来找他的。他的父亲是不会在这样的小事上浪费时间的。“我给你泡杯咖啡吧？”他问。

“不用了，谢谢，别麻烦了。”他的父亲飞快地说，“她的身体还好吗？”

“是的，非常好。”

“还是和那个男人在一起吗？”

“赛蒙迪尔吗？是的。”

这和三个星期前他父亲打来电话时的对话差不多。从那以后他们就没再联系过。按理说，他不会专门跑来问他伽伽和她男友的事情。

“肯定是个非常体面的家伙吧，我想。”他的父亲说。

“我对他不是太了解。”西于聚尔·奥利诚实地说。他一直尽量避免和赛蒙迪尔接触。

“她总是把自己照顾得很好。”

“你的生日有什么计划吗？”西于聚尔·奥利看着揉膝盖的父

亲问道。

“没有，没什么打算。我……”

“怎么了？”

“实际上，我得去一趟医院，西吉。”

“啊？”

“他们说我的前列腺里长了个什么东西。不过，对于我这个年纪的男人来说，这也不算稀奇。”

“什么……长了个什么东西？是肿瘤吗？”

“希望没那么严重。他们说这个不会扩散，但是必须尽快做手术，我只是想告诉你一声。”

“见鬼！”西于聚尔·奥利脱口而出。

“是的，该来的总会来。”他的父亲说，“没必要太担心。贝格索拉最近怎么样？”

“贝格索拉？我想应该还好吧。但是你不怕吗？医生怎么说？”

“他们问我有没有孩子，我说有个儿子，他们说想见见你。”

“我？”

“他们说你属于高危人群。本来人到五十岁才会出现这样的情况，但是很明显，现在的发病年龄越来越年轻化了，而且这种病可能会遗传，所以他们也想见见你，至少你得去检查检查。”

“你什么时候做手术？”

“下个星期一。他们说实在不能再拖了。”

说完这些，他的父亲站起来打开了门。

“就这样吧，西吉。你记得去检查一下。别拖。”

然后，他瘸着腿走了。

17

傍晚时分，西于聚尔·奥利开车去了莉娜和埃比的家。周围静悄悄的，埃比尼泽的大吉普车就停在门口。为了应对山路和冰雪等复杂的路况，这车子的轮胎设计得非常大。西于聚尔·奥利把车停在它旁边的时候想到了那些去冰岛内地探险的旅游团。他本人对此毫无兴趣，一点儿也不想领略祖国的风光，更别说让他放弃舒适的生活专门去吃苦了。到底为什么要为了冰岛的那些冰川而长途跋涉呢？贝格索拉曾经想说服他跟她一起环游冰岛，但他不愿意，他对这个提议完全提不起兴致。他就只愿意待在雷克雅未克，最好还是在他的公寓附近。

他的暑假一般都是在国外度过的，而且单纯是为了去晒太阳，而不是为了去开阔眼界。所以，当贝格索拉得知他最喜欢的地方之一是佛罗里达州时，她一点儿也没觉得惊讶。他不想去西班牙或者南欧的海岸旅行，他觉得那些地方又脏又穷，食物也不干净。历史古迹、博物馆、建筑通通吸引不了他，所以，对他来说，奥兰多是最理想的度假胜地。他对电影的品位也是如此，他受不了欧洲电影的虚伪，认为那些全是没有情节的、空洞的艺术片。相对来讲，时而惊悚、时而搞笑，还汇集了大量大明星的好莱坞电影更合他的胃口。在他看来，电影院就应该播放英语电影。如果电视里播出的节目既不是英国的也不是美国的，他会立刻换台。其他所有语言，尤其是冰岛语，在电视里听起来都非常幼稚。自然，他对冰岛电影也避之唯恐不及。他不爱看书，一年都看不完一本书。听音乐的时候，他只听美国经典的摇滚乐或者乡村音乐。

他在车里坐了一会儿，想了想他的父亲、他们之前的会面、癌症诊断，还有让他去医院做检查的提议。他面露愁容。检查前列腺肯定会很麻烦。之前为了做试管婴儿，他和贝格索拉带着小塑料盒子往国立医院跑了无数次，那些痛苦的记忆至今还历历在目。他一大早就得到卫生间把精液射进小塑料盒里，还不能让它冷掉，得尽快送到接待处女护士的手里，还要被问到一些私密的细节，他感觉自己成了她们的笑柄。现在看来，他又得去看医生，去见一个戴着乳胶手套的专业人士。那人会让他躺下，扒开他的双膝——毫无疑问，检查之前还会和他聊聊天气。

“该死！”西于聚尔·奥利咒骂着，猛拍了一下方向盘。

埃比尼泽打开门，不情愿地让他进了屋。他说自己上午还有事情要忙，好像是要去见牧师或者心理医生。西于聚尔·奥利说他完全理解，不会耽误他太久。

埃比尼泽已经整理过房间了。西于聚尔·奥利上次来的时候，整个客厅简直像个爆炸现场。现在，在微弱的灯光下，一切看起来舒适多了。椅子都被放回了原位，画也端端正正地挂在墙上，桌子上摆着一张莉娜的照片，照片前面点着一根蜡烛。

西于聚尔·奥利来的时候，埃比尼泽正在厨房里准备泡咖啡。包装袋摆在桌子上，咖啡机的过滤口还开着。西于聚尔·奥利以为他会给自己倒一杯，然而，等了半天，什么也没有。埃比尼泽的动作很熟练，但看起来有些心不在焉。显然，人死不能复生，起初的震惊渐渐退去，他现在已经慢慢接受了莉娜去世的现实。

“她说什么了吗？”埃比尼泽边放咖啡边问，“当你看到她的时候。”

“没有。”西于聚尔·奥利说，“她当时已经昏迷了。而且袭击她的人几乎立刻就袭击了我。”

“你本来不用去追他的。”埃比尼泽转向西于聚尔·奥利，“你本来可以先去救她的，但是你没有。她也许可以早点儿被送到医院。早点儿送医很关键，像那样的情况……很关键。”

“当然。”西于聚尔·奥利说，“所以我第一时间呼叫了救援。那个男人袭击我之前我就已经打了电话。我想抓住那个袭击者，这是本能反应。事实上，我并不觉得我的做法有什么不妥之处。”

埃比尼泽按下了咖啡机的按钮，但仍站在原地。

“不管怎么说，你该负的责任呢？”西于聚尔·奥利问。

“我的责任？”埃比尼泽盯着咖啡机问道。

“很明显，你想找个替罪羊，但你自己的责任呢？你在莉娜被袭击一事中扮演了什么样的角色？你们在做什么？得罪了谁？这都是你的主意吗？是你把莉娜牵扯进诈骗中的吗？你欠债了吗？你的责任是什么，埃比尼泽？你问过自己吗？”

埃比尼泽沉默着。

“你为什么不告诉我们？”西于聚尔·奥利继续问，“我知道你们在用照片敲诈别人，不用否认了。我们已经在调查那些人了，调查你和莉娜是怎么开换妻派对的、怎么拍下别人和你们的性爱照片的，以及怎么用照片去勒索钱财的。你已经暴露了，埃比尼泽。不说别的，你至少会因为敲诈而被起诉。”

埃比尼泽没有抬头。咖啡机开始冒气，玻璃壶里黑色的液体不断上升。

“你毁了这些人的生活。”西于聚尔·奥利说，“你也毁了自己的生活，埃比尼泽。为了什么？为了谁？值得吗？你觉得莉娜值多少钱？五十万？她的命就只值这么多钱吗？”

“你闭嘴！”埃比尼泽咬牙切齿地说道，眼睛仍然盯着咖啡机，“滚出去！”

“你马上就会被传讯的，也许就在今天晚上，以诈骗嫌疑人的身份。据我所知，你可能还会被拘留。也许你需要申请假释才能参加莉娜的葬礼。”

埃比尼泽盯着咖啡壶，好像那是他唯一可以看的东西。

“想想吧，埃比。”

他没有回答。

“你认识一个叫赫尔曼的人吗？你给他寄了一张照片，他给我看过了。”

埃比尼泽没有任何反应。西于聚尔·奥利深吸了一口气，不知道该不该继续问下一个问题。

“那你认不认识一个叫帕崔克的男人？”过了一会儿，他问道，“他的妻子叫苏珊娜。他们也牵扯其中吗？”

他站了起来，走到埃比尼泽身边，从外套口袋里掏出了一张照片。照片是他从家里带来的。当时一切都很好，帕崔克和苏珊娜，还有他和贝格索拉。照片是去年夏天在他家里拍的，他们都被太阳晒黑了，手里端着白葡萄酒。西于聚尔·奥利把照片放到了桌子上。

“你认识他们吗？”他问。

埃比尼泽瞄了一眼。

“你无权待在这里。”他说，声音小得西于聚尔·奥利几乎听不见，“出去，带着你的东西出去！”他把照片推到地上。“出去！”他再次高喊，还抬起了手，似乎要把西于聚尔·奥利推出去。西于聚尔·奥利捡起照片，后退了几步。他们互相瞪着对方，然后西于聚尔·奥利转身走出厨房，走出房子，回到了自己的车上。正当他准备上车的时候，他抬头看了看厨房的窗户，正好看到埃比尼泽抓起咖啡壶，用尽全力砸到了墙上。咖啡壶被摔碎了，黑色的液体在厨房四溅开来，仿佛带着血的呕吐物一般。

回家之前，西于聚尔·奥利去了一趟健身房。他在跑步机上跑了几公里，还做了些卧推，他想借此消耗自己的精力。他早上和晚上去健身房的时候经常会遇到同一批人。有时候，他会和他们开开玩笑，大多数时候，他都是自己一个人安安静静地待着，就像现在，不和任何人说话，即使有人和他打招呼，他也只是简短作答，然后走开。锻炼之后，他直接回家了。

一到家，他就用夏巴塔面包给自己做了个厚厚的汉堡，里面放了甜洋葱和煎鸡蛋。他看着美国喜剧节目，吃着汉堡，喝着美国啤酒。但他的心情非常烦躁，没办法长时间集中精力看电视，当电视里开始播放瑞典犯罪电视连续剧的时候，他把电视关了。他坐在椅子上，脑子里还在想父亲的突然到访，不知道自己是早点儿跟医生预约时间做个检查，还是不管它，听天由命。他很讨厌现在这种状况，自己突然就变成了一个统计数字，变成了某种疾病的高危人群。他平时是非常注重保健的，从来不需要看医生。他一直觉得自己很健壮，而且为自己从不进医院而感到自豪。当然了，有时候，他也会患感冒或是流感，就像这次，但多半会自己慢慢康复，没什么大不了的。

刚才把外套放到椅子上的时候，他的笔记本从兜里掉到了地上。西于聚尔·奥利站起来把它捡了起来，然后放到了客厅的桌子上。他从来都不是一个疑神疑鬼的人，从来没有担心过自己是不是得了不治之症。他一直觉得自己很健康，从来没想过生病这回事。但最终，经过仔细思考，他还是决定去看医生，他不能疑神疑鬼地过日子。

他拿起了笔记本。里面有一个细节还需要核实，他之前给忘了。他把这几天的笔记重新看了一遍，发现了一个小疏忽。有一个重要的查证电话他还没有打。他看看钟，感觉还不是很晚，于是拿起了电话。

“你好。”电话接通了，传出了一个倦怠冷漠的女声。

“抱歉这么晚还打扰你。”西于聚尔·奥利说，“不过，你认识一位叫萨拉的女士吗？她是你的朋友吗？”

电话的另一头沉默了一会儿。

“我能为你做些什么吗？”女人最终问道。

“哦，是这样的。”西于聚尔·奥利说，“她上个星期一晚上去看你了吗？能帮忙确认一下吗？”

“谁？”

“萨拉。”

“哪个萨拉？”

“你的朋友。”

“请问你是谁？”

“我是警察。”

“你找我干什么？”

“萨拉上个星期一晚上去过你那里吗？”

“你是在开玩笑吗？”

“玩笑？”

“你肯定是打错电话了。”

西于聚尔·奥利念了一遍电话号码。

“是的，是这个号码。”女人说，“但这里没有叫萨拉的人。我也不认识叫萨拉的人。我们这里是大学电影院的售票处。”

“也就是说，你不是多拉？”

“不是，我们这里也没有叫多拉的。我在这里工作很多年了，不认识什么叫多拉的人。”

西于聚尔·奥利盯着笔记本上的电话号码。那个戴着眉环、手臂上有文身的女人在说谎，他非常确定。

18

西于聚尔·奥利犹豫着要不要直接派警车去萨拉工作的地方，让她当着灌装厂同事们的面被警察带走。这是他能想到的其中一个办法。另一个办法就是，他再去一趟萨拉工作的地方，吓唬吓唬她，比如说要把她铐起来带走，还要跟她的老板谈话，让人家都知道她撒谎了。他完全不了解萨拉，不知道她是否难缠，但有一点可以确定，那就是她是个靠不住的证人，喜欢撒谎。她毫不犹豫就说出了电影院的电话号码，是在赌他不会去核实这件事情。

他决定采取第二个办法。因为就算萨拉撒谎了，也不能就此断定她一定和莉娜的袭击案有关。她撒谎的原因可能有很多。

她坐在灌装厂的总机边上，眉毛上挂着的眉环和手臂上的文身都显示出她对资产阶级保守主义的不满。在西于聚尔·奥利看来，她这种打扮既浮夸又没品。他走过去的时候，萨拉正在接一位顾客的电话，于是他等了一会儿。但电话好像怎么也打不完似的，最后，他失去了耐心，直接抓过话筒，挂断了电话。

“我们得再谈谈。”他说。

萨拉看起来很吃惊。“喂，到底怎么了？”她问。

“是在这里说，还是去局里说，你自己选吧。”

一位年纪稍长的女士站在桌子对面，吃惊地看着他们。萨拉看了她一眼，西于聚尔·奥利能看出来，她并不想在自己工作的地方惹麻烦。

“我能不能休息一会儿？”她问那位女士。女士淡定地点了点头，但是让她别耽搁太久。

萨拉把西于聚尔·奥利带去咖啡馆，打开了旁边楼梯口的门，然后走了进去。

“你到底在搞什么？”她关上门问道，“就不能别来烦我吗？”

“袭击案发生的那天晚上，你并没有去看朋友。哦，对了，现在已经不是袭击案了，而是谋杀案。你给我的你朋友的电话号码是假的。”

“我不知道你在说什么。”萨拉挠了挠她的文身说道。

“你的车为什么会停在附近？”

“我去看朋友了。”

“多拉吗？”

“是的。”

“是你自己蠢，还是你觉得我蠢。”西于聚尔·奥利说，“不管怎么说，到了局里，你有的是时间想这个问题。从现在开始，你就是嫌犯了，警察今天会过来把你带走。我现在就去申请你的拘捕令，不会花很久的。对了，别忘了带上你的牙刷。”

西于聚尔·奥利打开了通向走廊的门。

“我把车借给我弟弟了。”萨拉低声说。

“你说什么？”

“我弟弟借走了我的车。”她说，声音大了一点儿。她脸上的抗拒慢慢消失了。

“他是谁？干什么的？”

“他没有正经工作。我有时候会把车借给他。那天晚上，是他把车开走了，但我不知道他开去哪儿了，也不知道他去干什么了。”

“那你为什么要说谎呢？”

“他总是惹麻烦。你一问我车子的事，我就琢磨着他可能是干了什么蠢事。但我可不想因为他捅的娄子而坐牢。是他把车子开走了。”

西于聚尔·奥利凝视着萨拉，但她一直垂着眼睑。他在想她会不会又在撒谎。

“我为什么要相信你呢？”

“我不管你信不信，反正就是他开走了车子。我只知道这些。不关我的事。你去问他吧。”

“他把车开去干什么了？告诉你了吗？”

“没有。我们很少联系。他……”萨拉的声音越来越小。

“你只是把车借给了他。”西于聚尔·奥利替她说完。

萨拉迎上西于聚尔·奥利的目光。“不……关于这一点，我也撒谎了。”她说。

“什么？”

“他不是把车借走了，而是偷走了。害得我第二天只能搭出租车上班，结果还迟到了。我的车本来在停车场，然后就不见了。他是我的弟弟，但他更是个浑球。”

*

西于聚尔·奥利得知萨拉的弟弟叫克里斯蒂安，萨拉已经很久不借给他车子了，因为他从来都不守信用。他已经被吊销了两次驾照，而且总是不按时还车。每当他不还的时候，她都得自己去取回来，否则，她那台破玛驰就得一直停在市中心吃罚单。后来她就再也不肯把车子借给他了。不光是车，钱也好，东西也好，她统统不借。他偷过她的钱，甚至偷过她的信用卡，还把她公寓里的东西偷去卖掉买毒品。他总是惹麻烦，她完全弄不懂为什么，明明大家都是在一样的环境中长大的。他们的父母都是教师，家里有五个孩子，其中四个都过得很体面，只有他一个人总是和其他人过不去。他偷走车子的当天晚上来看过她，看起来焦躁不安，但这是他的常态。他没待多久就走了。

第二天早上，她起来去上班的时候发现车钥匙找不着了，车子也不见了。

后来，西于聚尔·奥利回到警局调查克里斯蒂安是否有案底，但是什么也没找到。萨拉说她弟弟现在住在一个朋友的地下室里，西于聚尔·奥利开着车到了那附近。他本来应该和父母住在一起，但事实上，近两年来，他没有在家住。他没有固定工作，最近的一份工作是在一家二十四小时营业的杂货店里打工，结果才干了一个星期就因为几乎每天都偷钱柜里的钱被炒了。

西于聚尔·奥利敲了敲门。地下室是在费尔区的一栋大楼里，但是有一个单独的入口。他又敲了一遍，还是没有回应。他试着按了按门铃，但并没有听到响声。然后，他发现了一扇正对公共后花园的窗户，于是他趴在窗户上往里看，但除了啤酒瓶和满地脏乱的垃圾以外，什么也没看到。他再次回到前门，用力敲门，最后还踹了一脚。

终于，一个穿着内裤、浑身脏兮兮的男孩打开了门。他的脸像死尸一样苍白，头发蓬乱地散在肩头，看起来余醉未醒，人还迷迷糊糊的。

“怎么了？”他嘟哝着，眯着眼睛看着西于聚尔·奥利。

“我找克里斯蒂安，是你吗？”

“不是我……”

“那你知道他在哪儿吗？”

“他怎么了？为什么……”

“他在里面吗？”

“不在。”

“他等会儿会来吗？”

“不会。对了，你是谁？”

“我是警察，我在找他。你知道他现在可能在哪儿吗？”

“他不会在这附近露面的，他欠了我很久的房租。如果你见到他，记得叫他还上。你为什么是警察？”

“你知道他现在可能在哪儿吗？”西于聚尔·奥利又问了一遍，试着越过他看清公寓里面的情况。这个家伙说的话他一个字也不信。他不知道他那句“你为什么是警察？”到底是想说什么，也根本就没打算回答他。

“你可以去安全帽酒吧试试，他经常在那里。”男孩回答道，“他是个废物，真的，完全是个废物。”他重复道，好像想强调自己和他不一样似的。

安全帽酒吧的酒保认识克里斯蒂安，不过最近都没有见到他，估计他欠酒吧的钱可不止一两块了。酒保说这些的时候还在笑，好像有人欠酒吧老板的钱跟他一点儿关系也没有似的。现在正是午后，吧台和小桌子上三三两两喝着啤酒的客人都在好奇地打量着西于聚尔·奥利。他不是酒吧这个时段的常客，他和酒保的对话被客人们一字不落地偷听了去。西于聚尔·奥利还没来得及亮明自己的身份，一个三十左右的人突然出现在他面前。

“昨天我在比克看见他了，我想他应该是在那里找了份工作。”他主动说道。

“比克的哪家分店？”

“赫林布劳特那家。”

根据他姐姐的描述，西于聚尔·奥利一眼就认出了克里斯蒂安。他确实在雷克雅未克西部的一家手工连锁店工作。西于聚尔·奥利在旁边观察了一会儿，发现他总是想办法避免和顾客接触。他一直在螺钉货架这边假装忙碌着，一有客人靠近，他便立刻跑到灯泡货架那边，结果刚好碰到了一个要找油漆刷的顾客。克里斯蒂安说自己非常忙，让他去问另外一个店员。他已经注意到了西于聚尔·奥利，所以看起来非常紧张。当西于聚尔·奥利最终准备去堵住他的时候，他吓得几乎想逃跑。

“你是克里斯蒂安吗？”他直截了当地问。

克里斯蒂安说他就是。西于聚尔·奥利从看到他的第一眼起，就知道他不可能是当晚那个跑得飞快、最后消失在克莱帕精神病院附近的男人。他甚至怀疑这个弱不禁风的男孩能不能拿得动棒球棍，更别说挥舞棍子了。克里斯蒂安的外表非常普通：二十多岁的样子，脏兮兮的比克制服松松垮垮地套在他瘦骨嶙峋的身子上。他看起来非常胆小。

“我是警察。”西于聚尔·奥利说着看了看四周。他们站在一排摆放园艺工具的货架旁边，克里斯蒂安刚才在这里假装整理修枝剪。“我见过你姐姐了。”西于聚尔·奥利继续说，“她说你偷了她的车子。”

“她撒谎，我并没有偷。”克里斯蒂安说，“是她自己借给我的，而且她已经取回车子了。”

“你开着车去过哪里？”

“你说什么？”

“你要车子做什么？”

克里斯蒂安犹豫了一会儿。他避开西于聚尔·奥利的目光，放下了修枝剪，又拿起了一壶除草剂。

“那是我自己的事。”他虚张声势地说。

“你把车子停在离劳加拉斯电影院不远的一条街道上。那天晚上，那附近有一个女人遭人袭击，现在已经死了。我们知道你当时就在案发现场附近。”

克里斯蒂安目瞪口呆地看着西于聚尔·奥利，一时没有反应过来。

“你开车去那里干什么？为什么把车整晚留在那里？”

“那只是个……是个误会。”克里斯蒂安结结巴巴地说。

“你和谁一起去的？”西于聚尔·奥利问。他疾言厉色，又上前了一步。“我们知道你们有两个人。你和谁在一起？为什么要袭击那个女人？”

尽管克里斯蒂安事先可能已经打过腹稿了，但现在脑中还是一片空白。西于聚尔·奥利经常见到像克里斯蒂安这样胆小的少年。他们一开始满嘴谎话，什么也不承认；但很快他们就崩溃了，放弃抵抗，乖乖地把什么都说出来了。克里斯蒂安看起来更害怕了，他放除草剂的动作太慌乱，弄倒了架子上其他三个瓶子。他弯腰把瓶子捡起来放回货架。西于聚尔·奥利冷冷地看着他，没有给他搭把手。

“我没想到萨拉会跟你乱讲。”克里斯蒂安说。

你这个可怜的小混蛋，西于聚尔·奥利心想。

19

西于聚尔·奥利对克里斯蒂安如何误入歧途完全没有兴趣。这种悲惨故事他听得多了，要不就是犯罪的借口，要不就是福利国家一片混乱的证明。克里斯蒂安是因为吸毒才债台高筑的，他几乎借遍了全城，甚至都借到其他地区去了，西于聚尔·奥利知道这些就足够了。克里斯蒂安自己根本赚不了多少钱，到处打零工，但他大部分时间都无所事事，得过且过。他四处借钱，多半是找银行和储蓄机构借，然后赖着不还，慢慢积累了一大堆债务和信用卡账单，这些债务最终都变成了坏账，由官方收债机构接管。不过，真正让克里斯蒂安担心的是另外一种催债人。

他以前犯过法，但已经脱身了，不过，他并不打算把这些事情都告诉西于聚尔·奥利。他曾经诱骗过很多少女，榨干了她们的钱财。有一次，他被女朋友的父亲—— 一位前足球冠军——给打得半死，因为他从他们家偷了值钱的东西拿去卖了。

有些事情是他姐姐萨拉告诉西于聚尔·奥利的，剩下的都是克里斯蒂安自己在海维费斯格塔警局解释给他听的。

克里斯蒂安看起来还算配合——反正他已经落到警察手里了。当然了，他现在被怀疑与谋杀案有关，自然急于洗脱自己的罪名。但西于聚尔·奥利觉得，这并不是唯一的原因。克里斯蒂安似乎从来没和别人说起过自己的故事，在经历过最初的犹豫和紧张之后，他像打开了话匣子一般，把那些让他堕落的人和事统统讲了出来。刚开始，他的叙述还不太连贯，但慢慢就有了条理，一个名字也开始频频出现：索拉林，一个货车司机。

根据克里斯蒂安的描述，这个叫索拉林的人既是个毒贩也是个催债人，这种情况相当常见，因为办起事来会比较有效率。克里斯蒂安觉得他并不是个大毒枭，但他非常冷酷无情，对欠他钱的人绝对不会心慈手软，这也是克里斯蒂安最终栽在他手上的原因。由于克里斯蒂安经常还不上钱，就算是威胁他殴打他也没用。索拉林只能让他帮自己跑腿抵债。有时候是让他去买吃喝的，有时候是让他去找走私犯或者种大麻的农民拿货。因为索拉林自己并不愿意干这些跑腿的小事。索拉林自己不碰毒品，但据克里斯蒂安说，他在酒桌上能喝倒任何一个人。他以前是个运动员，但现在有个老婆，还有三个孩子，是个有家室的人。他总是非常小心，他说自己贩毒是为了存养老金，一旦存够了就洗手不干了。克里斯蒂安经常帮他开货车，赚的钱就用来抵债。

审讯室里，西于聚尔·奥利一直在打量坐在自己对面的克里斯蒂安这个弓着身子看起来极其可怜的男孩。他对他的话半信半疑，但差不多可以肯定，这个男孩就是那个毒贩的奴仆。男孩提出想抽根烟，但他的请求直接被拒绝了。当他打听有没有什么东西可以吃的时候，西于聚尔·奥利也没理他。最后，连他去厕所的要求也被拒绝了。

“你不能不让我去上厕所。”克里斯蒂安抗议道。

“闭嘴。”西于聚尔·奥利说，“那么，星期一晚上发生了什么事情？”

“他不想用自己的货车。”克里斯蒂安说，“所以让我去弄一辆小汽车来。确切地说，是命令我去。我说我没有车，他让我去找我姐。我跟他提过她，他知道她有辆车。”

“他跟你说了要用车子干什么吗？”

“没有，他只是说晚上晚一点还给我。”

“你没有和他一起去吗？”

“没有。”

“他是自己一个人去的吗？”

“我想是的吧。我不知道。我什么也不知道。”

“他总是那么小心吗？特意提前弄了辆车？”

“他的确非常小心。”克里斯蒂安确认道。

“他借走车子之后你见过他吗？”

“我……他第二天来过比克。”克里斯蒂安停顿了一会儿，说道，“只来了一小会儿。他告诉我把车放哪儿了，让我不要告诉任何人借给他车子这件事。还有，他让我这几个星期甚至几个月都不要联系他。然后他就走了。我跟萨拉说了车子在哪里，萨拉非常生气。”

“这个索拉林告诉过你他和房子里的女人有什么瓜葛吗？”

“没有。”

“他是因为自己的原因去找她，还是被别人派去的呢？”

克里斯蒂安盯着他，西于聚尔·奥利意识到他走神了。在他们的对话过程中，这种事情发生好几次了，尤其是当西于聚尔·奥利的问题太复杂时。克里斯蒂安会不解地看着他。每当这时，西于聚尔·奥利就得把问题解释得再简单点儿。他把问题又说了一遍，而且放慢了语速。

“索拉林认识那个女人吗？”

“他袭击的那个人吗？”克里斯蒂安问道，“不，我不这么认为。我不知道。他没有提过。”

“他是去追讨毒资的吗？”

“我不知道。”

“索拉林认得那个女人的丈夫吗？他叫埃比尼泽。”

“我从来没有听他提起过叫埃比尼泽的人。那是个外国人吗？”

“你觉得索拉林是个暴力的人吗？”

克里斯蒂安想了想。索拉林曾经因为他没有及时还钱揍过他，有一次还弄断了他的中指。他抓着他的手指头，慢慢地向后掰，直到听到啪的一声，他的手指断掉了。那种痛苦简直没法儿忍受。不过，有时候，索拉林也还算不错。当他意识到自己不可能从克里斯蒂安这里弄到钱时，他就选择让他替自己干活。从那以后，他们之间就变成了某种伙伴关系。不过，克里斯蒂安觉得，索拉林这种人是不会有朋友的。他听过他跟妻子说话，并不和善。有一次，他发现她的额头肿了，嘴唇也破了。索拉林提起她的时候语气也不好。不过，他对孩子们还是不错的。但他不是那种爱笑的人，实际上，他从没见索拉林的心情好过，而且他不止一次警告克里斯蒂安，如果他敢报警，他会杀了他，他会毫不犹豫地，干净利落地，宰了他。

他在想，要不要把这些事情告诉西于聚尔·奥利。

“你说什么？”克里斯蒂安问道。他又把问题忘了。

西于聚尔·奥利恼怒地叹了口气，然后把问题又重复了一遍。

“他当然有点儿暴力。”克里斯蒂安回答，“估计他老婆的日子也不太好过。”

“还有，你刚刚说索拉林是个催债人？”

“是的。”

“你肯定吗？你见过吗？”

“他向我要过债。”克里斯蒂安说，“还有其他一些我认识的人。他追讨自己的外债时可不含糊。他也帮其他人追债。”

“什么人？”

“其他毒贩子，任何人，真的。”

“他用棒球棍吗？”

“这还用说。”克里斯蒂安毫不犹豫地说。他还没听说过不用棒球棍的催债人呢。

“你最后一次和他联系是什么时候？”

“他来找我的时候，就是事发的第二天。”

“你知道他现在在哪儿吗？”

“我想他应该在家吧。要不就是在工作。”

“你不觉得他会躲起来吗？”

克里斯蒂安耸耸肩。“也许吧。”

“如果他想躲起来的话，他会去哪儿呢？”

“我不知道。”

“你确定吗？”

"是的。"

西于聚尔·奥利接着盘问克里斯蒂安。尽管被索拉林威胁过，男孩还是把他知道的一切都说出来了。就像雷克雅未克的其他黑社会成员一样，这个索拉林也有一个外号——"飞毛腿"托吉。西于聚尔·奥利一听到这个外号就明白了。

20

一开始的时候，他几乎完全不了解母亲的新男友罗吉，因为他总是不在家。他要么在海上，要么出城干活，很少和他们母子联系。

从农场搬回家以后，他几乎都是自己照顾自己。他认识了附近的小孩子，每天下午三点都和他们一起去看电影。九月份开学以后，他刚好和一些新认识的朋友分在同一个班。他每天都自己去学校。早上自己起床，自己找衣服穿，如果厨房里有吃的，他就给自己做个午饭便当。他的母亲从来不会那么早起床，因为她晚上总是熬夜。有时候，她会见一些朋友，他每次都尽量回避。在客厅里睡不着的时候，他会偷偷溜到母亲的房间。有时候，他会听见喝酒的声音，有一次还听到有人打架，然后有人报了警。他从卧室窗户看到那个摇摇晃晃的醉鬼一边被塞进警车，一边还在对着警察破口大骂。警察对他也不客气，把他往车门上撞，还踩他的脚。他看见母亲站在门口，尖声叫骂着。然后，她砰的一声关上了门，派对的吵闹声一直到早上才停。

他因为把农民给他的一千克朗弄丢了而感到非常自责。坐在进城的公交车里，他一直小心翼翼地把它装在裤子口袋里，时不时还摸一摸。但他在车站等待的时候，因为害怕没有人来接他，所以就没去管钱的事。回到家之后，他在厨房的桌子上睡着了，第二天在沙发上醒来时，他已经把那一千克朗完全抛到了脑后。他还不习惯有自己的东西，尤其是那么一大笔钱。直到那天晚上，他才想起这份礼物。因为他还穿着之前穿的那条裤子，他把手伸进裤子口袋，两边都掏了，后面的兜也掏了，在越来越绝望的情绪中，他把上衣也翻了个遍，接着是行李箱、沙发和客厅，甚至是电视机后面。他跟母亲说他丢了钱，问能不能回车站看看是不是有人捡到了又还回来了。

"一千克朗！"他的母亲惊叫道，"谁会给你那么多钱？"

他花了好长时间才让母亲相信他所说的是实话。

"肯定是从你的口袋里掉出来了。"西吉维格说，"算了吧。没有人会还一千克朗的。没有人。你真是笨啊，那么一大笔钱。你确定你不是在做梦吗？"她点了一根烟。

最后，在他的请求下，她同意给车站打个电话问问。他听到了这个极为仓促的电话。

"没有，当然没有了，我也觉得不会有。"当她知道没有人捡到一千克朗的时候，她满意地说。

事情就这样结束了。他的母亲再也没有提到过那笔钱。后来，罗吉回家后，他们再次提到了这件事，他说自己完全不知道男孩在说什么，还说他从来没有见过那一千克朗。

他发现自己跟母亲就是亲密不起来，也弄不懂母亲为什么一定要把他从乡下弄回来。他对她几乎一无所知，她对他也心不在焉，仿佛他就是个陌生人。她好像活在自己的世界里，显然，他并不在其中。她也不和她的其他孩子或者亲戚联络。因为失业了，她唯一联系的人就是那些和她一样的夜猫子。她很少关心他过得怎么样，也不关心他是不是交了新朋友，喜不喜欢学校，有没有被欺负。

哪怕她表现出一点点的兴趣，他一定会告诉她，他在学校过得很开心，学业也跟得上。只不过，在算术方面，他需要一点帮助，但他不知道该找谁帮忙。拼写也很难，那些语法规则对他而言就像谜团一样，他的测验成绩很差，不过，老师很善解人意，也很有耐心。他写字很慢，老师在录音机里放的拼写测试太快了，他很难全部写下来。他也想告诉她，被别人发现他没有午餐便当时，他会觉得不太自在，而且他一直穿着刚来时的那件衣服，都已经有味道了。

他每天都很认真地写作业，晚上就看电视，那种感觉就像客厅里有一个电影院一样。他什么节目都爱看，从新闻、访谈节目、警匪电视剧到本国的配乐轻娱乐节目，他全都看。到了周末，电视里会放电影，他一部都不会错过。电影和动画片是他最喜欢的节目。

罗吉在家的时候非常沉默，很少说自己在干什么。他看起来没什么朋友或者熟人。没人来找过他，也没人给他打过电话。他白天都在睡觉，晚上却总是醒着。有一次他半夜醒来的时候，看到罗吉在厨房里抽烟，前面摆着罐啤酒。还有一次他醒来的时候，看到罗吉在他旁边面无表情地看着他，然后又一言不发地回到了卧室。如果说罗吉有什么特别的话，就是他好像比他母亲还关心他。他会问他学校和老师的事情，会和他一起看电视，偶尔还会给他一点儿礼物，比如说糖果、汽水和口香糖。

然后，有一天傍晚，他的母亲不在家，罗吉和他一起看电视。罗吉问他要不要看点儿好看的电影和动画片。他说好。于是，罗吉去了卧室，拿出来一个奇怪的盒子，就是那个他从乡下回来那天晚上在客厅桌子上看到的那种盒子。罗吉打开包装，拿出了放映机，然后又从卧室拿出来一盒胶片。最后，他从一个长长的筒子里拉出了一个小屏幕，支在三脚架上。

“我给你放点儿动画片看。”罗吉说着从盒子里拿出了几卷胶片，把其中一卷装入了放映机。

他打开开关，机器开始运转了。屏幕上闪起了一片白光。放映机发出了一阵悦耳的运转声，光亮随后变成了线条、点和数字，最后，画面出现了。

他们看完了一部动画片。然后罗吉把胶片拿出来，放到一边，又放进了另一卷胶片。这部和之前的一样生动有趣，都是唐老鸭动画片。

这部放完之后，罗吉什么也没说，又换了第三卷胶片。这部电影是彩色的外国电影，画面一开始是一个成年男人抓着一个不满七岁的小女孩的头发，接着，他开始脱她的衣服。

*

“我根本不想看！”他站在老男人的面前咆哮着。老男人倒在了地上，依然被绑在椅子上。“我根本不想看那种东西。是你逼我看的，你强迫我，一直强迫我……强迫我……”

他狠狠地踹着这个男人，就像在踹一条狗，一边踹，一边哭，一边喊叫。他不停地踹，不停地哭。

“我根本不想看！”

21

索拉林已经藏起来了。

西于聚尔・奥利带着一小队人——他觉得没有出动特种部队的必要——来到了索拉林位于索加维格的一栋不起眼的排屋。天色已晚，城市被寒冷的细雨笼罩着。街灯已经亮了一会儿了，为四周罩上了一层朦胧的光晕。西于聚尔・奥利敲了敲门便站在门口等人来开门，芬尼尔站在他旁边，身后不远处还有几个警察。有两个警察绕到了屋后，防止索拉林从后面逃跑。突然，门打开了，一个大约六岁的小女孩站在门前看着他们。

西于聚尔・奥利弯下腰。“你爸爸在家吗？”他问道，尽量保持微笑。

“不在。”小女孩说。

另一个小女孩出现在她身后，差不多有十岁了，也盯着西于聚尔・奥利、芬尼尔和其他警察看。

“你们的妈妈在家吗？”这回，西于聚尔・奥利选择了年纪大一点的小女孩问道。

“她在睡觉。”女孩说。

“你能帮我们叫醒她吗？”西于聚尔·奥利问道，尽量表现得和善一点，但似乎并没有什么用。

“我们不能叫醒她。”女孩说。

“亲爱的，你一定得帮我们叫醒她。”芬尼尔坚决地说道，“我们是警察，我们有话要跟你爸爸说。你知道他在哪儿吗？”

“他工作去了。”女孩回答，“我去叫妈妈。”她说完就回房间了。

他们在台阶上等了一会儿，其他警察在细雨中跺着脚。小一点的女孩还站在门口，双眼充满疑惑。他们有搜捕令，但芬尼尔拒绝了西于聚尔·奥利出示搜捕令的建议，因为他不想吓到孩子们。他们知道屋里有三个孩子，最小的一个才四岁。他们也知道索拉林不是去工作了，他们之前就了解到，他从星期一起就没再去上班了。警方已经开始通缉他的货车了。

终于，大一点的小女孩回到了门口，沉默地盯着他们，随后，她们的母亲也出现了。显然，她刚起床，还没有完全清醒。她胖乎乎的脸上还有被压过的痕迹，头发也是一团乱。

“我们有权搜查这里。”西于聚尔·奥利宣称，“但是我们觉得，还是你主动说清楚比较好。我们要和你丈夫索拉林谈一谈。你知道他可能在哪儿吗？”

女人没有回答。

“我们不想引起任何的不愉快。”芬尼尔说。

女人似乎花了很长时间才清醒过来。

“什么……你们为什么要找他？”她问道，声音里还带着一丝困意。

西于聚尔·奥利懒得讲那么多细节。他小心地把小女孩推开，带着他的人直接走进了房间，女人只得连连后退。搜查马上就全面展开了。警察搜寻着任何可能和莉娜被袭案有关或者可能显示出犯罪动机的物件，包括毒品、现金、客户名单和带血的或是撕破的衣服。最小的女孩还在父母的床上睡觉，她母亲把她叫醒，然后带她去了另外一个房间。这个女人对于警察的到来并没有觉得特别惊讶，也没想着反抗。她只是静静地和女儿们站在一起，看着警察把家里翻得底朝天。房子里异常整洁干净，衣服都干干净净地叠好放在抽屉里，厨房里的一切都井井有条，台面上完全没有灰尘。但显然，这个家庭并不富裕，因为客厅桌子上的摆设都很廉价，三件套的家具也很简陋。要说索拉林靠贩毒赚了什么钱的话，从这个家里还真是看不出来，他名下唯一的车子也只是那辆货车。

“你还记得你丈夫上个星期一穿的什么衣服吗？”西于聚尔·奥利问。

“穿的什么衣服？”女人重复道，“他总是穿着同样的衣服。”

“能告诉我们吗？”

女人详细描述了丈夫的穿着，和西于聚尔·奥利那天看到的完全吻合。她想知道索拉林干了什么。

“他星期一干什么去了？”西于聚尔·奥利并没有回答她的问题。

“他整晚都在家。”女人毫不犹豫地说，“他星期一晚上没有出去。”她补充道，生怕西于聚尔·奥利没有听清楚。

“我们掌握的信息可不是这样的。”他说，“事实上，有人见过他，所以他不可能整晚都在家。目击者就是我本人。如果你想继续撒谎，也可以。但你得跟我们回局里去。你得为你的女儿们找个保姆。如果你找不到合适的人，我们可以帮你找一个。”

女人目瞪口呆地看着他。

“或者你可以直接把你知道的都告诉我们，然后你就可以继续睡觉了。”他补充道。

女人看了看三个孩子，知道自己别无选择。最大的那个在学校里总是不让人省心，不管是学业还是课外活动。她不去游泳，也不做游戏。

“他什么都不跟我说。”她说，“我什么都不知道。”

“所以说，他星期一晚上并不在家？”

她摇了摇头。

“是他让你这么说的吗？”

她犹豫了一会儿，点了点头。

“他现在在哪儿？”

“我不知道。他干什么了？星期一晚上他回来过一趟之后我就再也没见过他了，而且他说的话我一句也没听懂。他说他得出城待一段时间，但是很快就会回来。”

“他的意思是说，他要出城？他会去哪儿？”

“我不知道。我们并没有度假小屋或者其他的什么栖身之地。”

“他在雷克雅未克之外还有什么亲戚吗？”

“我觉得没有。求你了，他到底干了什么？”

三个小女孩一直吃惊地听着他们的对话，一会儿看看自己的母亲，一会儿看看警察。西于聚尔·奥利跟她说，接下来的内容不适合小孩子们听，她立刻就把她们领到厨房去了，让大女儿给妹妹们拿巧克力牛奶喝。

“我们认为他袭击了东城区的一个女人。”西于聚尔·奥利对从厨房回来的女人说，“他在现场被看到了。”

“你的意思是说，他在外面有女人？”

“不，我不这么认为。”西于聚尔·奥利说，“袭击动机应该跟那个没什么关系。你能告诉我他消失之前都在和什么人联系吗？”

他们已经从电信公司拿到了索拉林家里打入和打出的号码清单，从这份长长的清单里没准儿能找出袭击案的相关线索。不过，西于聚尔·奥利并没有十足的把握。按照克里斯蒂安的说法，索拉林非常小心，应该不会留下这样的线索。经查并没有发现以他的名字注册的手机，但是克里斯蒂安非常确定他有一部手机。

“索拉林在忙什么我一点儿都不清楚。”他的妻子说，“他一个字都没告诉过我。我只知道他是开货车的，而且工作时间很长，有的时候连晚上都要干活。而他现在已经失踪了。”

“他失踪之后联系过你吗？”

“没有。”她肯定地说，“他为什么要袭击那个女人？”

“我们还不知道。”

“是新闻里的那个女人吗？是死了的那个吗？”她问。

西于聚尔·奥利点点头。

“你们觉得是索拉林干的？”

“你知道你的丈夫是个催债人吗？”西于聚尔·奥利问。

“催债人？”他的妻子重复了一遍，“不，你为什么会这样想？

为什么……我不相信。”

索拉林之前就有案底，在他的大女儿出生之前，或者在他认识他的妻子之前就有了。他曾因故意伤害罪被起诉过两次。第一次是在雷克雅未克的一家酒吧外面打人，被判了四个月的缓刑。第二次是在邻镇海港城的一家餐馆里打人，被判了六个月，但只服了三个月的刑。警察下午签发索拉林通缉令的时候，已经注明了此人是个危险人物。

如果克里斯蒂安的话靠得住的话，索拉林可能还打过他的妻子，不过，西于聚尔·奥利并没有看出任何痕迹来。他在想要不要追究这件事情，但最终还是决定不管了。

“我们正在调查他和案件的关系。”他说，“你最好相信我们。是你把家里打扫得这么整洁吗？”

“他喜欢整洁。”她不假思索地回答道。

芬尼尔从厨房出来了，让西于聚尔·奥利跟他走。他们一起来到了屋外。

“我们找不到任何线索。”芬尼尔说，“你问出什么了吗？”

“她刚刚得知自己的丈夫可能杀了人，也许等她彻底想通了之后会提供更多信息吧。”

“你的朋友呢？他们怎么说？”芬尼尔问。

“我的朋友？你该不会又要怀疑他们了吧？”

“你就不想知道调查结果吗？”

“我一点儿也不在乎。”

西于聚尔·奥利知道帕崔克、赫尔曼还有两人的妻子都已经被问过话了，是芬尼尔负责问讯的。要不是西于聚尔·奥利忙于追查索拉林的下落，现在应该已经看到他们的口供了。

“赫尔曼给我看了一张照片，还说莉娜和埃比尼泽敲诈他。当然了，他并不承认自己袭击了莉娜或是派人去找过照片。他看起来很可怜，他的妻子在整个问话过程中一直在哭。相比之下，帕崔克就强硬多了，他什么都不承认。”

“你会把他们怎么样呢？”

“我给他们下达了旅行禁令。帕崔克承认去找过你，而你之前并没有上报此事，所以也被记录在案了。稍后，我会写一份报告呈给内务部，到时你会接到他们的通知。”

“芬尼尔，你为什么要那样做？”西于聚尔·奥利问道。

“我真不懂你怎么还敢继续查这个案子。”芬尼尔回答道，“你牵扯得太深了，如果你还不清醒的话，我就要用我自己的方式解决问题了。这是我负责的案子，你就不要插手了。”

“你觉得你能威胁到我吗？”西于聚尔·奥利说。

“你现在的处境一点儿也不妙，西吉。你已经把案件调查变成了私人恩怨。现在是我在负责这个案子，你就应该按照我说的做。”

“你真觉得我现在靠不住了吗？你是这个意思吗？你，还有其他所有人？”

“是的，我就是这个意思。”

西于聚尔·奥利紧盯着芬尼尔。他知道芬尼尔是个好警察，但他性格有些强势，不能让他这么下去了。西于聚尔·奥利没理由受这样的气，尤其是芬尼尔给的。其他人可以，就芬尼尔不行。

“如果你继续这样，”他朝芬尼尔倾了倾身子，小声说道，“我就不客气了。想想吧。为了你自己好，最好别管我。”

“你在说什么？”

“你认识一个叫裴图的男孩吧？”

芬尼尔没有回答他，只是死死地盯着他，表情有些沉重。

“你知道他的，像他那样的浑球，成天都在惹麻烦。”西于聚尔·奥利说，“一个没脑子的浑球。前几天，他差点儿被打死了，就在离警局不远的那条街上。想起什么了吗？”

芬尼尔还是沉默地看着西于聚尔·奥利。

“如果你觉得自己是这里唯一正直的警察，那真是自己骗自己。所以，你不必假惺惺，也不必威胁我，我们各自珍重吧。”

芬尼尔一直盯着西于聚尔·奥利，好像在思考他到底在暗示什么。不过，不管他懂了没有，走之前还是狠狠地把西于聚尔·奥利骂了一顿。

下午，西于聚尔·奥利回到警局的时候发现自己有个包裹。送包裹来的人拒绝透露自己的姓名，但是从警局同事的描述来看，就是那个在警局后门堵住他的酒鬼，名叫安德烈斯。包裹被装在一个巨大的皱巴巴的超市购物袋里，里面装的东西却非常小，他一开始还以为里面什么都没装，只是个愚蠢的恶作剧。最后，他把塑料袋翻过来，使劲儿地抖了抖，然后才有东西从里面掉了出来。

那是一段八毫米的胶片。西于聚尔·奥利把胶片放在办公桌上，又翻看了一遍袋子，试图找到一点儿关于胶片的信息或者更多的胶片，但最后什么也没找到。

他拿起胶片，对着桌上的台灯把它展开，但是看不出来上面有什么。然后他坐了下来，仔细回想安德烈斯在警局后门等他的样子，想知道他究竟想干什么。

他看着这段胶片，不知道该如何处置这个用塑料袋送来的小玩意儿。从这么小的胶片里估计很难看出什么，而且他不明白这段胶片为什么会被送到警局来。

这段胶片只有十二秒。

22

星期六的午餐时间，西于聚尔·奥利去了一趟莉娜当秘书的那家会计事务所，她的同事得知她遇害后都非常震惊。他本来打算周一再去的，但是人家告诉他，由于业务繁忙，所以大部分员工周末都在加班。他见到的人都说很难想象莉娜会遇害，也不知道有什么人跟她有仇，会加害于她。他在一间小会议室里对莉娜的一个秘书同事、几个和她共事过的会计师，还有副主任伊斯雷佛——莉娜的直属上司——进行了问话。伊斯雷佛五十岁出头，有点胖，穿着高级定制西装，一副事业有成的样子。显然，整个社会经济的繁荣促成了公司的巨大发展。他把两部手机都调成了震动模式，放在桌面上。谈话期间，两部手机都震过，但他只是看了看屏幕就挂断了，只接了其中一通电话，从谈话内容来判断，应该是他妻子打来的。他温柔地告诉妻子他正在开会，等会儿再给她回电话。这句话她应该已经听过很多次了。

他说莉娜是一名很出色的员工，这是全所公认的。此言不虚，西于聚尔・奥利问过的每一个人对莉娜的评价都很高。

“我觉得她自己也想成为一名会计师。”伊斯雷佛说，“她对会计工作的领悟力很强，这可不是件容易的事。”他沾沾自喜地补充道。

“不就是算数吗？”西于聚尔・奥利说。

伊斯雷佛干巴巴地笑了笑。“很多人都这样认为，但是我可以向你保证，会计的工作可绝不只是算数这么简单。”

“莉娜替你做了很多工作吗？”

“可以这么说。她是个非常努力的员工。我们经常加班到很晚，有时候甚至连周末也要工作，但莉娜总能把自己的任务完成。”

“你们这里主要是干什么的？”西于聚尔・奥利问道，“你们的客户都是些什么样的人？”

“什么样的都有。”伊斯雷佛说着拿起了一部正在震动的手机，看了看屏幕，然后挂断了，“既有个人小业务，也有集团的大生意。从最简单的记账到最复杂的合同，业务范围很广。”

“莉娜和你们的客户有联系吗？”

“什么意思？”

“哪些客户和莉娜有直接的业务往来？”

“这我不知道。”

一部手机又震动了起来。

“……你是说私人接触还是……”

他看了看来电号码，然后又挂断了。

“任何接触，她和哪位客户有私人接触吗？”

“据我所知，没有。”伊斯雷佛回答道，“当然了，有时候你会和某些客户建立起一些联系，但通常来讲，会计师接触客户的机会要比秘书多一些。”

“你认识她的丈夫埃比尼泽吗？”

“认识，但是不熟。他好像是个导游，对吗？我知道他帮我们组织了一些在高地上的团建活动，比如说，在瓦特纳冰原上烧烤什么的。”

“他和莉娜关系怎么样？是好是坏？你清楚吗？”

两部手机都震动了起来，伊斯雷佛拿起其中一部，向西于聚尔·奥利道了歉。

“我得接一下这通电话。”他说，“公司里面和莉娜最熟的是柯尔菲娜。她也是个秘书，也许你应该和她谈谈。”

柯尔菲娜跟她的老板一样忙碌，她坐在电脑旁，正在往电子表格里录资料。西于聚尔·奥利说他正在调查莉娜的命案，问她能否抽出几分钟的时间跟他聊会儿。

“哦，可以。”柯尔菲娜说，“我听说警察来了。麻烦稍等一会儿，你抽烟吗？”

西于聚尔·奥利摇摇头。

“我们抽根烟，休息一会儿吧。”她说着关了文件，拉开抽屉，拿出香烟和打火机，然后请西于聚尔·奥利跟她出去。他们来到了大楼后面，站在一个浮满烟蒂的污水桶旁边。柯尔菲娜点燃香烟，深吸了一口。

“天哪，实在是太可怕了。”她叹了口气说道，“这些窃贼真是疯了，居然下那么重的手。”

“你觉得是窃贼干的吗？”西于聚尔·奥利说，试图找到一个不被烟喷到的地方。

“当然了，难道不是吗？我就是那么听说的。难道不是吗？”

“案件还在调查中。”西于聚尔·奥利简短地回答道。他不喜欢别人抽烟，对于在餐厅、酒店等公共场所禁烟的举措很是支持。

“她和埃比尼泽的关系怎么样？”

“他们的关系吗？我觉得还可以。但是他们有一点儿麻烦，好像欠了很多钱，有些是外币贷款，有些是车子和度假屋的贷款。他们赚得并不多，但也想潇洒潇洒，你明白吗？我不是要诋毁他们，他们只是借了很多钱。现在的人不都这样吗？”

“你刚刚提到度假屋？”

“是啊，在西南边的格里姆斯尼斯。”

“我听说埃比尼泽帮你们公司组织了一些户外活动。”西于聚尔·奥利说，“公司娱乐活动。”

“是的，我记得他组织了两次。我没有去，但莉娜去了。应该还不错，如果我没记错的话，应该是每次两三天。你应该知道，就是那种冰川吉普车之旅。他们都有越野车，那玩意儿越小，车子就越大。”她把烟灰弹进了水桶，“反正莉娜以前总是这么说。”

“这是她的经验之谈吗？”西于聚尔·奥利问。

柯尔菲娜又抽完了一根香烟，她打算好好利用这段休息时间。

“那是自然，她已经有埃比了。”

她突然小声笑了起来，西于聚尔·奥利也笑了。

“你是想问，她是不是和其他人发生过关系？”柯尔菲娜问道。谈话又回到了刚才的问题上。“应该有过吧。莉娜是那种人，你明白吗？她并不觉得乱搞男女关系有什么问题。警察了解到什么了吗？她和哪个人有什么瓜葛吗？”

她是真的非常好奇，所以当西于聚尔·奥利说目前还没有查到相关信息的时候，她看起来很失望。他问她手头上有没有参加过埃比组织的冰川旅行的客户名单，她说小菜一碟，她电脑里就有。尽管她不知道莉娜和埃比夫妇可能因为欠钱太多而招来催债人，但她反复重申他们欠了很多钱，还说莉娜并不是一个喜欢谈自己私事的人。她们共事几年了，相处得很好，但对于莉娜的私生活，她知道的并不多。

“她是个很好的工作伙伴。”她说，“但她总给人一种距离感，你明白吗？她就是那样的人。不过，我倒不是特别介意。”

“她之前看起来有没有什么异常，比如说被威胁或是处于危险之中，又或者有什么麻烦解决不了？”西于聚尔·奥利问。

“没有。”柯尔菲娜回答说，“据我所知，她一切都还好。”

她在电脑上只找到了一组吉普旅行团的名单，顺便打印了出来，还说一旦找到另外一组名单会立刻给他发邮件。西于聚尔·奥利瞄了一眼名单，里面并没有他熟悉的名字。

那天下午稍晚些时候，埃琳博格打电话给他，问他晚上能不能出来帮个忙。尽管他觉得星期六的晚上应该有更好的去处，但还是同意了。埃琳博格因为辛霍特街的谋杀案忙得焦头烂额，没日没夜地调查着。她开车来接他，然后带他去见了一个叫瓦路尔的人。这个人相当讨人厌，一会儿工夫就把西于聚尔·奥利惹恼了。

“埃伦迪尔最近联系过你吗？”结束工作之后回到车里的时候，西于聚尔·奥利问道。他想起了埃娃·琳德打电话来找她父亲的事情。

“完全没有。”埃琳博格疲惫地回答道，“他不是说要去东边待几天吗？”

“多久之前说的呢？”

“一个星期之前吧。”

“他打算在那里休息多久呢？”

“我不知道。”

“对了，他为什么要去东边呢？”

“那是他长大的地方。”

“有他女朋友的消息吗？”

“瓦尔格迪尔吗？没有。也许我应该给她打个电话，看他有没有联系过她。”

23

到了周日，西于聚尔·奥利又来到古兹曼太太住的公寓外头，躲在车里，守着大厅信箱里露出来的那份报纸。他一大早就过来了，那时候，报纸才刚刚送到。他盯着来来往往的人，打开了车内的空调。他带了一大壶咖啡、报纸，还有一沓最新的佛罗里达州旅游传单。这回看到的人比上个周日还要少，既没有看到上次那个醉醺醺的女孩，也没有看到那个自称作曲家的废物。时间慢慢流逝着。西于聚尔·奥利把报纸上的每个字都读了一遍，劲头十足地把佛罗里达州旅游传单上每张阳光明媚的照片都看了一遍。他打开电台，从脱口秀节目到音乐电台，来来回回地找着，却始终没什么合他胃口的节目，最后，他找到了一个播放经典摇滚乐的电台。

一个老头走进了公寓，手里拿着一包从附近面包店买的食品。他看都没看那报纸一眼，但他手里那包吃的却勾起了西于聚尔·奥利的馋虫。那家面包店就在街角，只要把车往后倒几米，他就能看见店铺的招牌。他考虑着目前的形势。他几乎已经闻到了新鲜面包的香气，他太想吃了，哪怕是个烤饼也行。可这样没准儿就错过那个偷报贼了。他扭头看向面包店，会不会要排队呢？他心想。

整个上午，什么特别的事情都没发生，直到中午时分，一个老太太下楼到了大厅，看了一眼玻璃门外，毫不犹豫地拿起报纸，然后又打开了通向楼梯间的门。正在玩填字游戏打发饥饿的西于聚尔·奥利一把扔下报纸，冲出车子，跑进了大厅。他把脚卡到门和门框之间，当场抓住了正准备上楼的老妇人。

“你在干什么？”他抓住老妇人的手臂，尖声问道。

她惊恐地盯着他。

“放开我。”她说，“别抢我的报纸！”她用微弱的声音喊道，“你这个贼！”

“我不是贼。”西于聚尔·奥利说，“我是警察。你为什么要偷古兹曼太太的报纸？”

老妇人的神情放松了下来。

“你是伽伽的儿子吧？”她问。

“是的。”西于聚尔·奥利回答道，有些吃惊。

“宝贝，我就是古兹曼。”

西于聚尔·奥利放开了她的手臂。

“伽伽跟你说过了吗？”他说，“我会替你看着报纸。”

“啊，天哪，是的，但我现在想看报纸。”

“但要想让我看着报纸，您就不能看报纸了。”

“不行。”古兹曼太太说着，泰然自若地继续往楼上走，“真是够麻烦的。亲爱的，记得代我向你母亲问好。”

没过多久，西于聚尔·奥利到伽伽那里吃午饭，跟她讲了今天发生的事情，还说他再也不会去守着那个信箱了。他再也不干这种无聊的事了。

伽伽似乎从儿子的不悦里找到了某种乐趣。她站在他的身后，尽力忍住笑声。她把吃的递给西于聚尔·奥利，对于他今天的好胃口深感惊讶。

倒咖啡的时候，她问西于聚尔·奥利他父亲是不是找过他了。西于聚尔·奥利跟她讲了父亲到警局来找他的事情，还有他的前列腺疾病。

“这个可怜的男人现在肯定很不安吧？”母子两人一起坐在厨房的桌子旁，“他给我打电话说这件事的时候听起来倒是比较克制。”

“既然我已经知道了。”西于聚尔·奥利说，“我得去看看他，他明天就要做手术了。他还说我也应该去做个检查，因为我现在属于高危人群了。”

“你确实应该这么做。”伽伽说，“他跟我也是这么说的。别拖太久。”

西于聚尔·奥利小口地喝着咖啡，想着父亲母亲，还有当初他们还在一起时的事情。他记得自己曾经偷听到一段关于他的对话。为了他，父亲不能和母亲离婚。这是父亲说的。而伽伽说，她完全可以独自把他照顾得很好。父亲已经尽力了，但最终还是没什么用。最后，父亲带着几个塞满衣服的箱子、一个旧衣柜、一张桌子、一些照片、书籍，还有其他的一些杂物，坐上了公寓外头那辆小货车。一切都无法挽回。那天，伽伽不在家，西于聚尔·奥利在停车场和父亲道别。不过，父亲说这并不是真正的别离，他们以后还是会经常见面的。

“也许这是最好的结局。”父亲说，“虽然我也不知道为什么会这样。”这些话一直刻在西于聚尔·奥利的脑子里。

当他问母亲为什么父亲要走的时候，并没有得到满意的答案。“我们之间早就完了。”她说，然后让他以后再也不要拿这样的问题来烦她。

在他的记忆中，父亲曾经尽力讨好母亲，但最后却完全被母亲玩弄于股掌之中。她总是当着西于聚尔·奥利的面羞辱他的父亲，西于聚尔·奥利总希望父亲可以做点儿什么，说点儿什么，发发脾气，冲她大吼两句，告诉她，她就是个不讲理的霸道泼妇。但父亲总是让他失望。父亲一个字也没说过，一点儿骨气也没有，任由她骑在自己头上。西于聚尔·奥利知道，他的母亲也有错，她天生就是那么刻薄又固执，但他对父亲的态度也慢慢变了，他开始责怪父亲，怪他懦弱，怪他无法守住家庭。他开始训练自己冷漠地对待父亲。

他永远都不会让自己陷入那样的关系之中，他无论如何也不会变成父亲那样的人。

“你们最初相遇的时候，你看中他什么了呢？”他喝完咖啡，问他的母亲。

“你父亲吗？”伽伽说着要给他再倒一点儿。他没要，站起了身。他得去医院了，之后还要去一趟警局。

“是什么呢？”他又问了一遍。

伽伽认真地看了他一眼。

“我原以为他是个有勇气的人，可惜他一点儿都没有。”

“他总是在尽力取悦你。”西于聚尔·奥利说，“我记得很清楚，我还记得你对他有多不好。”

“怎么了？为什么突然提起这些？是因为你和贝格索拉之间发生的事情吗？你后悔了吗？”

“也许是我太站在你这一边了。也许我当时应该多支持支持他。”

“你不需要做这种选择。那段婚姻已经结束了。跟你一点儿关系也没有。”

“不。”西于聚尔·奥利说，“你总说跟我没关系。你觉得这样说公平吗？”

“好，那你希望我怎么说呢？你今天是怎么了，为什么一直揪住这件事不放？都已经过去那么久了。”

“是啊，好吧。”西于聚尔·奥利说，“没什么，我得走了。”

“我并没有针对贝格索拉。”

“她可不是这么说的。”

“别管她怎么说，她说的也不一定对。”

“我得走了。”

“给你父亲带个好。”伽伽一边收拾杯子一边说。

西于聚尔·奥利来到老城区中心附近赫林布劳特区的国立医院泌尿科病房看望父亲时，他已经睡着了。他不想吵醒他，于是便坐在旁边等着。他的父亲单独住一间病房，裹在白色被褥里，很安静。

等待父亲醒来期间，西于聚尔·奥利想到了贝格索拉。他在想，自己是不是太固执了？现在才想挽回他们的关系会不会已经太晚了？

24

到星期一下午，警察仍然没有发现索拉林的踪迹。他们查问了许多认识他或者和他有关系的人，包括货车司机、亲戚和老主顾，但是谁也没有他的消息，谁都不知道他躲到哪儿了。警察跟进了部分线索，剩下那些实在太不靠谱，几乎没有调查的价值。他的通缉令已经被发布在媒体上了，用的是他妻子提供的他的一张近照。警方宣布他和西吉莉娜·索格瑞多提尔的谋杀案有关，是个危险分子。这样一来，用不了多久就会有消息涌进来了，不仅来自雷克雅未克，还有可能来自更远的地方，甚至是东峡湾。

与此同时，西于聚尔·奥利把他当天的大好时光都花在了另外一件更麻烦的事情上，那就是找个唇语专家。到晚上，他终于找到了一个。在埃琳博格的建议下，他给聋人福利促进会打了电话，接电话的女士着实帮了他大忙，给了他好几个人的联系方式。最终，他联系上了一位女士，据说她是全国最顶尖的唇语专家。他给她发了邮件，约她晚上六点在海维费斯格塔见面。

西于聚尔·奥利想让她看看那个用脏塑料袋装着送到警局的短片。

他找专家处理过胶片，把它转成了DVD格式，在有限的时间里尽可能让画面清晰了一些。这卷胶片是柯达公司生产的胶片，一九九〇年就已经停产了。从短片内容来看，这是一个业余人士拍了在家看的，不过，他们还不能肯定这一点。目前，他们尚不清楚短片是在哪个国家拍摄的，可能是在冰岛，也可能是在其他国家。技术人员打电话向西于聚尔·奥利汇报分析结果时是这样说的。

由于种种原因，他们很难推测出这段短片是在何时何地拍摄的。首先，影片的视野很窄，除了一件不知道是床还是沙发的家具之外，完全看不到周围还有什么其他的东西。这一方面没有什么线索供他们继续追查。时间上，短片可能拍摄于一九九〇年之前不久，但也有可能拍摄于这款胶片最流行的时期，也就是一个世纪之前。这很难有定论。而且，短片实在是太短了，一秒钟十六帧画面，总共只有一百九十二帧，而且是同样的场景，同样的角度，同样的动作。显然，短片是在室内拍摄的，因为有床——也可能是沙发，所以，地点可能是卧室。但是，因为看不到窗户，所以不能通过窗外景物来定位。整个短片都是镜头朝下拍摄的。

短片没有声音，不过，可以清楚地看到片里的人说话了。技术人员和西于聚尔·奥利都没办法弄清楚他到底说的是什么，所以，他想到了唇语专家。

西于聚尔·奥利对这个十二秒的短片本身没有丝毫的兴趣，但它没有展现出来的东西——它所暗示的东西——吸引了西于聚尔·奥利的注意力。这个短片虽然不是很清晰，但大概情节是能看出来的。它默默地见证了这个社会中最无助的一个群体所忍受的苦难，它让人不得不怀疑，除此之外是不是还有更多更恶劣的事情存在。既然影片被送到了警察局，这种可能性就是存在的。虽然经验表明，事实可能并非如此。西于聚尔·奥利觉得，如果能找到短片其余的片段，可能会揭露出更悲惨的黑幕。

快六点的时候，他被告知有两位女士找他，于是他来到楼下大厅。其中一位是唇语专家，名叫伊丽莎白，另一位名叫希尔迪尔，是位手语翻译。互相认识之后，他们一起来到了西于聚尔·奥利的办公室。办公室里放了一辆推车，上面有一台 DVD 播放机和一台平面电视。他们坐在电视机前的三个椅子上，西于聚尔·奥利向唇语专家详细地介绍了一下情况。警察收到了一段所有者不明的短片，短片记录下来的可能是发生在过去某个不确定时间的犯罪行为。他希望她可以帮他们弄清楚这段画面里的说话内容。他说话的时候，手语翻译把他的意思传达给了唇语专家。这两位女士看起来非常普通。唇语专家大概三十岁左右，身材娇小似鸟，她看西于聚尔·奥利的时候简直脆弱得像个瓷娃娃。而那位手语翻译五十多岁，又高又壮，声音洪亮。她的听力很好，看起来也从来没有哑过，奇怪的是，她居然可以那么快地比画手语，而且能清楚准确地翻译唇语专家的话。

她们看了一遍影片，然后又看了一遍，接着又看了第三遍。她们看到一个十岁出头的小男孩，他正在躲避一个看不见的拿着摄影机的人。小男孩浑身赤裸，像是从那个沙发上——也可能是床上——滚了下来。他在地上趴了一会儿，然后像蜘蛛一样爬着，想要躲开摄影机，嘴里还在说着什么。他拼命想逃开的样子就像一只落入陷阱的动物。很明显，他被摄像的人吓坏了，看起来正在求饶。影片戛然而止，结束和开始一样突然，只留下一股无助和绝望的感觉。小男孩脸上的痛苦刺痛了这两位女士。当初第一次看到这段短片时，西于聚尔·奥利也被刺痛了。她们都转向了他。

“这是谁？”希尔迪尔问，“这个小男孩是谁？”

“不知道。”西于聚尔·奥利回答道。希尔迪尔向唇语专家翻译了他的话。“我们正在查。”

“到底发生了什么？”伊丽莎白问道。

“我们也不知道。”西于聚尔·奥利说，“这就是我们收到的全部短片。你能告诉我这个小男孩在说什么吗？”

“很难说。”伊丽莎白通过手语翻译说道，“我还得再看一遍。”

“你知道是谁拍的吗？”

“不知道。”

“太短了。还有没有更多的呢？”

“没有。我们只有这一段。”

“这是在哪一年拍摄的呢？”

“不知道，但也许已经有些年头了。这很难查，因为片段里没有可以确定时间的线索。尽管我们知道这种胶片在一九九〇年就停产了，但也没有证据表明它不是在胶片停产后拍摄的。我们唯一可以做出判断的依据就是小男孩的发型。”

西于聚尔·奥利告诉两位女士，他从短片中截了三张小男孩的相片，然后拿给几家理发店里资历最老的理发师们看。他们看到照片后都得出了同样的结论：这个小男孩的发型——后面和两边比较短，前面是长长的刘海儿——在七十年代以前很流行。

“也就是说，短片是在六十年代拍摄的？”伊丽莎白问。

“有可能。”西于聚尔·奥利回答道。

“那个时候，很多男孩会在夏天被送到农场干农活，去之前都剪了这种后面和两边很短的发型，不是吗？”希尔迪尔说，“我有两个出生在六十年代的哥哥，他们去乡下之前总是把头发剪成那样。”

“你的意思是说，这段短片可能是在乡下某个地方拍摄的？”西于聚尔·奥利问道。

希尔迪尔耸了耸肩。

“很难看出他在说什么。”她传达着伊丽莎白的意思，“但我觉得可能是冰岛语。”

他们又看了一遍，伊丽莎白聚精会神地盯着小男孩的嘴唇。短片在他们眼前掠过了一遍又一遍，十遍，二十遍……而伊丽莎白始终全神贯注地盯着小男孩的嘴唇。西于聚尔·奥利也曾试过猜测小男孩在说什么，但没有成功。他觉得可能是一个名字，也许他是在喊正在摄像的人，但他知道不会这么简单。

“……停下……”

伊丽莎白的眼睛盯着屏幕，吐出了这么几个字。

这几个字没有重音，语调单一机械，甚至有点儿扭曲，她的声音清晰响亮，像个孩子。

希尔迪尔看看她，又看看西于聚尔·奥利。

“我以前从来没听她说过话。”她低声惊叹道。

“……停下……”伊丽莎白又说了一遍，然后不停地重复道：“停下。”

直到深夜，伊丽莎白才终于非常自信地听出了小男孩祈求的话语。

停下。

停下。

别再这样了，求你了……

求你了，停下。

25

当天早些时候，当他带着小男孩的照片开车往返于理发店时，西于聚尔·奥利还去找过安德烈斯。备案显示安德烈斯依然住在去年冬天登记的那栋大楼里。于是，他驱车前往，使劲砸他家的门，敲门声回荡在整个楼梯间。但始终没人开门。他正准备直接闯进去的时候，隔壁的门开了，一位七十多岁的老妇人走了出来。

“是你搞出那么大的动静吗？”她盯着西于聚尔·奥利。

“你知道安德烈斯的下落吗？最近见过他吗？”西于聚尔·奥利问道，没有理会老妇人愤怒的神情。

“安德烈斯？你找他干什么？”

“没什么，只是想找他谈谈。”西于聚尔·奥利说，压抑着跟老太太说不关她事的冲动。

“安德烈斯好久没出现过了。”老妇人边说边打量着西于聚尔·奥利。

“他有点儿像个流浪汉，是吗？他是个酒鬼吗？”西于聚尔·奥利问道。

“管他是什么呢？”老妇人回答道，感觉被冒犯了，“他从来没有打扰过我。他可不像你，他从来不会弄出这么大的噪音，也从来没跟别人要求过什么。就算偶尔喝点儿酒又怎样？”

“你最后一次见到他是什么时候？”

“我能问问你是谁吗？”

“我是警察。”西于聚尔·奥利回答道，“我得和他谈谈。没什么大事。我只是想见见他。你能告诉我他在哪儿吗？”

“我什么都不知道。”老妇狐疑地看着西于聚尔·奥利说道。

“他会不会还在公寓里？只是因为某种原因没听见我敲门？”

她的眼睛掠过安德烈斯的门。

“你很久没看见他了。”西于聚尔·奥利说，“你有没有想过，他可能正无助地躺在公寓里呢。”

“他给了我一把钥匙。”老妇人说，“他说他总把钥匙弄丢，所以在我这里留了一把备用的。他有时候会用到。上次我见到安德烈斯就是他来取备用钥匙的时候。”

“他那时候怎么样？”

“非常憔悴，可怜的家伙。”老妇人承认道，“他看起来非常疲惫，不知道为什么，但他叫我别担心。”

“那是什么时候的事？”

“夏末的时候。”

“夏末！”

“我经常很长时间见不到他。”老妇人心怀戒备地说道。

“我们难道不应该打开门看看他在不在吗？”西于聚尔·奥利提议道。

老妇人犹豫了。门口的铜板上写着她的名字：玛格丽特·埃蒙德。

“我无法想象他会在里面。”她说。

“确认一下不是更好吗？”

“我觉得应该没什么大碍。”她说，“当然，这个可怜的男人可能真把自己弄伤了。但是，你最好不要动屋里的任何东西。我觉得他不会希望有警察在他的公寓里面打探的。”

她去拿来备用钥匙，然后打开了安德烈斯家的门。他们刚进屋就被屋内的恶臭污秽惊呆了。西于聚尔·奥利之前来过这里，所以对这样的情况并不惊奇。醉鬼的家。公寓并不大，所以他们没花多长时间就确定安德烈斯并没有躺在地上奄奄一息，或者更糟。事实上，他不在家。西于聚尔·奥利打开了灯，照亮了一屋子的狼藉。

他回想着上次来的时候，安德烈斯、埃伦迪尔还有自己都说了些什么。安德烈斯的行为有点儿古怪，仿佛总是处于喝多了的状态。他提到附近住着一个危险的男人，一个他认得的老男人，据说是个恋童癖。但安德烈斯怎么也不肯透露那个男人的更多信息。后来，他们从其他渠道打听到，那个人叫罗吉瓦德，是安德烈斯的继父。他有过很多化名，包括盖斯图尔。他们去见过那个老男人一次之后，他就溜之大吉了。那次见面之后，他们并没有获得太多的信息，他们了解到的还是只有安德烈斯告诉他们的有限而不合逻辑的证词，而他们对他说的话还持有怀疑态度。安德烈斯说，那个男人毁了他的一生，那个罗吉瓦德是一个让他无法醒来的噩梦，他还暗示罗吉瓦德曾经杀过人。但除此之外，他不肯再透露更多信息了。埃伦迪尔认为，安德烈斯就是这个“谋杀案”的受害人，尽管看起来很奇怪，但他很可能是在拐弯抹角地讲述罗吉瓦德曾经如何折磨他并毁了他的一生。

西于聚尔·奥利并没有在公寓里找到有关安德烈斯下落的线索。

但是，在这一片凌乱之中，他发现了一个令他惊奇的细节：安德烈斯在厨房里切割过皮革。皮革的碎片散落在厨房的桌子和地板上，周围还有一根针和一些线。西于聚尔·奥利查看了一下这些皮革的边角余料，揣测着安德烈斯用这些东西做了什么。老妇人坚持让他赶紧走，因为安德烈斯不在家，但是他没有理会，还是继续研究着碎皮革，试图在头脑中将碎片拼接起来。这些皮革是有内在联系的，他一开始没有注意到。后来，他开始试着在桌子上把它们拼起来，看看被剪掉的是什么。很快他就发现，这是一块边长约四十厘米的正方形皮革，被剪掉的是底部逐渐变尖的一个椭圆形。

西于聚尔·奥利看着桌子和上面的针线。桌上还有几块小的皮革碎片，他把它们放进椭圆形里，很快便看出了一张有眼睛有嘴巴的脸的样子。西于聚尔·奥利有些困惑，安德烈斯好像做了一个面具。

回到警局，西于聚尔·奥利调出了安德烈斯的档案。安德烈斯曾经因为盗窃和暴力事件坐过牢，不过时间很短。他并不是惯犯。从本质上来讲，他是个酒鬼，还是个瘾君子，偷盗只是为了维持他喝酒和吸毒的开销，当他需要自卫的时候，就发生了暴力事件——警局档案上是这么写的。人们总是无缘无故地欺负安德烈斯，想要夺走属于他的东西。但是，按照他自己的说法，他不会让任何混蛋欺负他。

西于聚尔·奥利向一些资历比较老的警察打听安德烈斯，试图了解他的最新消息。结果发现他几乎人间蒸发一般。大部分人完全不记得安德烈斯这个人了。不过，在西于聚尔·奥利的坚持下，有一个警官给一位退了休的同事打了电话，最终获得了一些信息。退休同事清楚地记得安德烈斯，并且提到了安德烈斯以前在雷克雅未克的好朋友霍姆盖尔，人称“盖里”。尽管他现在不再酗酒，有份正经工作，但之前有好多年他都穷困潦倒，在警局是个有案底的酒鬼，经常有些情节轻微的违法行为。

目前，盖里在一家国际连锁的大型家具商城做夜间保安。西于聚尔·奥利想找他问话的时候正好是他的上班时间，所以西于聚尔·奥利决定晚上回家的时候顺便去他那里一趟。他提前给霍姆盖尔打过电话，所以等他到的时候，霍姆盖尔直接让他从后门进了商城。盖里穿着工作服，一边肩膀上的皮套子里装着一只对讲机，手里拿着一只手电筒和其他的一些工具。西于聚尔·奥利不由得想起了十年前的盖里，那时候的他还在街头流浪。

西于聚尔·奥利之前已经向他解释过来意，让他提前想想，所以他一来就开门见山，问他是否知道安德烈斯现在可能住在哪里。

“我已经努力地想过了，但恐怕给不了你什么帮助。”霍姆盖尔说道。这个胖胖的男人已经年近五十了，看起来很喜欢这身工作服。他的脸上还留着过去的风霜痕迹，声音嘶哑，好像得了慢性咽炎。

“你上次见到他是什么时候？”

“已经是很久以前了。”霍姆盖尔说，“也许你没听说过，那时候的我简直像活在地狱里，运气非常不好，过得糟透了，睡在垃圾堆里。一直好多年，我都是个酒鬼，也正因为如此，我认识了安德烈斯，他那时的情形比我还要糟。”

“他是个什么样的人呢？”西于聚尔·奥利问道。

“他连一只苍蝇都不会伤害。”霍姆盖尔立即回答道，“他总是有点儿不合群，喜欢一个人待着。我不知道该怎么说，他对于别人说的话或者做的事总是很敏感。他有时候完全不可理喻。我常常在别人为难他的时候帮他。警察为什么要找他？你能告诉我吗？”

“我们得找他谈一桩旧案。”西于聚尔·奥利不想透露任何细节，“并不是很紧急，但我们希望可以找到他。”

从一开始，西于聚尔就确信短片里的小男孩是安德烈斯，安德烈斯把短片寄给他就是想引起警方——更确切地说，是跟自己打过交道的西于聚尔·奥利——对他儿时遭遇的注意。这样一来，时间正好就对上了。短片里的小男孩大概十岁左右。警局的档案显示，安德烈斯四十五岁，生于一九六〇年。而且他曾经说过，他的继父罗吉瓦德是个恋童癖，而短片拍摄时，罗吉瓦德正好和他的母亲住在一起。

“他有没有说过自己为什么会流落街头？”西于聚尔·奥利问道。

“他从不说自己的事情。”霍姆盖尔回答道，“我问过他，但他从来没有说过。有些人永远都在抱怨、哀号、怨天尤人，我也是其中之一。但我从来没有听他抱怨过。他好像接受了自己的命运。但是……”

“但是什么？”

“你能感觉到，他的内心其实是充满愤怒的。我一直不知道到底是因为什么。虽然我们总是混在一起，但我却从来没有真正了解过他。安德烈斯是一个非常神秘的人。他总是满怀愤怒，那种愤怒一直被他压抑着，不知道什么时候就会爆发。不过，很多事情都已经模糊了，你明白的，很多事情我可能已经忘记了。”

“你知道他以前是干什么的吗？他以前有工作吗？”

“是的，他曾经想做室内装潢。”霍姆盖尔说，“他年轻的时候也想过学外贸。”

“室内装潢？”西于聚尔·奥利重复道，脑海中浮现出了安德烈斯公寓中的那些皮革碎片。

“当然了，最终都没成。”

“你知道他最近还干不干这些活计吗？”

“不知道。”

“你也不知道他可能住在哪里？”

“不知道。”

“他还有其他可以求助的朋友吗？”西于聚尔·奥利问道，“你知道他可能还和谁有联系吗？”

“没有，他没去过其他地方，也没有人来探望过他。有一段时间，他总是在赫莱姆汽车站闲逛。那里很暖和，不惹麻烦就不会有人来烦我们。但是，他没有朋友。再说了，那种友谊通常都不长久，因为很多人都熬不过冬天。”

“他没有家人？”

霍姆盖尔想了想。

“他有时会提起他的母亲，但她好像已经去世很久了。”

“他是怎么说他母亲的？”

“没什么好说的。”

“为什么呢？”

“我记不清了。好像是和跟他在乡下一起住的人有关。”

“你记得那些人是谁吗？”

“不记得了，但安德烈斯说他们是很好的人。我想他宁愿和他们待在一起也不愿意到城里来。他说那是他一生中唯一快乐的时光。”

26

西于聚尔·奥利差不多午夜才回到家，直接瘫在电视机前的沙发上。他看了一会儿美国喜剧，但很快就失去了兴趣，然后便开始不停地换台，直到看到一场正在直播的美国橄榄球比赛。但他还是安不下心来。他的脑海中不停地浮现出他的母亲、父亲、贝格索拉，还有他们之间的关系。他并没有真的做过什么去挽回，而只是放任自流，直到覆水难收。也许正是因为他的固执和冷漠，他们的关系才会变成现在这样。

他又想到了帕崔克，自从被警察问过话之后，他就再也没有什么消息了。然后，他想到了威胁说要惩罚自己的芬尼尔。这不像芬尼尔的为人。芬尼尔做事一向很有条理，这样鲁莽并不符合他的个性，当然了，帕崔克和苏珊娜又不是他的朋友。西于聚尔·奥利并不讨厌芬尼尔。芬尼尔是个居家男人，于公于私都很小心谨慎。他的三个女儿分别差两岁，生日都在同一个月。他的妻子是一名兼职高中教师。他谨慎到了近乎迂腐的程度，认为一切都得摆到台面上来，不管是对同事，还是对待日常工作。所以，他反对西于聚尔·奥利搅和到案子里并因此导致了两人的冲突，这一点不足为奇。当然了，芬尼尔也有他的弱点，西于聚尔·奥利已经提醒过他了。他现在暂时把他稳住了，但不知道能撑多久。尽管自己的朋友和这个案子有关联，但西于聚尔·奥利并不觉得自己继续查这个案子有什么不妥。他对自己的判断力有绝对的信心，而且冰岛是个小国家，这种沾亲带故的情况在所难免，只要大家做事的时候能够保持诚实专业的态度就可以了。

比赛结束了，西于聚尔·奥利换了台。他又想到了那个短片，还有小男孩的低声哀求。去年新年过后不久，他和埃伦迪尔曾去探访过安德烈斯。安德烈斯浑身臭烘烘的，显然是个老酒鬼了。那时候，他突然开始自称小安迪，埃伦迪尔说那可能是他儿时的小名。所以说，这个小安迪就是短片里的小男孩吗？其他的短片在哪儿呢？还有其他的吗？小安迪到底遭到了继父怎样的折磨？他的继父，那个罗吉瓦德，如今在哪里呢？西于聚尔·奥利在警局查过他继父的名字，可惜查无此人。

如果说去年一月他们在安德烈斯家里见到他的时候，他看起来很糟，那么今年秋天再次看见他的时候，他的情况就更糟了。他出现在警局后门，拦住了西于聚尔·奥利，那个时候的他简直像个鬼魂，成了以前的自己的影子。他一脸憔悴，看起来很久都没刮过胡子了，身上脏兮兮的衣服散发着阵阵恶臭。他的背驼了，精神极度紧张。到底发生了什么事？他到底躲到哪里去了？

短片里的男孩肯定是安德烈斯。

西于聚尔·奥利还记得那个年纪时的自己。那时候，父母刚刚离婚，他和母亲生活在一起，但常常和父亲一起过周末。父亲有时候会带他一起去上班，因为他好像一周七天都要工作到很晚，西于聚尔·奥利也因此学到了一点修水管的手艺。他还发现，父亲的同事给父亲起了个外号，这个外号起初让他很困惑。有一次吃午饭的时候，他和父亲一起去了一家咖啡馆。那天是工作日，但因为是圣灰星期三，所以学校放假一天。于是，他跑去找父亲，而父亲总是在那里吃午饭。那家咖啡馆在阿姆里，商人和工人们喜欢在上班之前聚在这里，吃点儿便宜的肉丸和烤羊肉。他们大快朵颐，抽烟吹牛。只需二十分钟，至多三十分钟，他们就吃完离开了。

西于聚尔·奥利站在一张桌子旁边，等着父亲排队买饭。突然，一个男人匆匆跑了过来，差点儿把西于聚尔·奥利撞倒了。

“抱歉，小朋友。”男人说着扶了他一把，免得他摔着，“但你挡在路中间干什么呢？”

男人说话的声音很粗鲁，好像小男孩不该出现在他面前似的。也许他很好奇，好奇这么小的男孩跑到工人们吃饭的地方来干什么。

“我和他一起的。”西于聚尔·奥利指了指转过身来冲他笑的父亲，小声地解释道。

“哦，是普玛马桶啊。”男人说着朝他的父亲点了点头，拍了拍西于聚尔·奥利的头之后就走了。

那种得意扬扬的嘲笑声和毫不尊重的口吻让西于聚尔·奥利喘不过气来。他以前从来没有想过父亲在社会上的地位，过了很久他才明白，那个男人口中的“普玛马桶”指的是他父亲，那是一种充满鄙视的称呼。

他从来没跟父亲提起过这件事。后来，他知道了“普玛马桶”

的意思，但还是弄不明白父亲为什么会有这个外号。以前，他觉得父亲和其他手艺人没什么两样，但自从发现父亲有这么一个丢人的外号之后，他感到非常沮丧。不知道为什么，西于聚尔·奥利感觉自己也被连带着侮辱了。在别人眼中，他的父亲是个怪人吗？是个失败者吗？是因为他喜欢独来独往，没什么朋友，不合群又古怪吗？父亲也承认自己确实不喜欢和别人待在一起。

那天早些时候，西于聚尔·奥利到医院去探望过父亲。他坐在父亲床边，等待他术后苏醒。他还在想那个外号的事情。多年以后，他终于明白了自己当时的感受。那是一种突然觉得父亲很可怜，突然很同情他，甚至想要保护他的情感。

父亲醒了，睁开了眼睛。医生告诉西于聚尔·奥利，手术很顺利，前列腺已经被切除了，似乎就只有那一块地方有癌细胞，并没有发现癌细胞扩散的迹象，他的父亲很快就可以康复。

“你觉得怎么样？”父亲一醒，他赶紧问道。

“还好。”他回答道，“就是有点儿虚。”

“你看起来还不错。”西于聚尔·奥利说，“好好休息就行。”

“谢谢你来看我，西吉。”父亲说，“你没必要来的。不用在我这个老家伙身上浪费时间。”

“我最近一直在想你和母亲的事情。”

“哦？”

“我不明白。你们两个那么不一样，到底是怎么走到一起的呢？”

“你说得对，我们……我们确实完全不一样。”他费力地说道，“从一开始就不一样，但那会儿这并不是问题，问题是后来才出现的。她工作之后就变了，我是指她当上会计之后。所以，你觉得整件事很难理解吧？她怎么会和我这样一个水暖工在一起？”

“我不知道。”西于聚尔·奥利说，“我觉得这不太像她。你说的后来，是指我出生之后吗？”

“跟你没有任何关系，西吉。你的母亲就是个工作狂。”

他们都陷入了沉默。后来，父亲又睡着了。西于聚尔·奥利在他的床边待了一会儿。

西于聚尔·奥利站起来关了电视。他看了一眼手表，现在打电话可能太晚了，但是他想听到她的声音。他一整天都在想这件事。他拿起话筒，犹豫再三，最终还是拨通了她的电话。响第三声的时候，她接了电话。

“我这通电话是不是打得太晚了？”他问道。

“没有……没关系。”贝格索拉说，“我还没睡着。一切都好吗？你为什么这么晚打电话来？”她的声音听起来充满关切，但很激动，几乎上气不接下气。

“我只是想和你聊聊，跟你说说我父亲，他住院了。”

他告诉她，他的父亲生病了，不过手术很顺利，而且用不了多久就可以康复出院了。他还告诉她，自己已经去看过父亲两次了，而且准备在父亲恢复期间都去照顾他。

“他现在愿意接受别人对他的照顾了。”

“你们之前一直不是很亲近。”贝格索拉说。她对这个前公公并不是很了解。

“是的。”西于聚尔·奥利承认道，“事情不知道怎么就变成那样了。我不知道为什么。听着，我在想我们能不能再见次面？可以在你家里，我们干点儿有趣的事。”

贝格索拉沉默了。他听到了一点声响，一个低沉压抑的声音。

“谁在你旁边吗？”他问道。

她没有回答。

“贝格索拉？”

“抱歉。”她说，“刚才电话掉到地上了。”

“谁和你在一起？”

“也许我们可以改天再聊。”她说，“现在真的不是很方便。”

“贝格索拉？”

“我们改天再聊。”她说，“我再打给你。”

她挂断了电话。西于聚尔·奥利盯着电话。不知道为什么，他从来没有想过贝格索拉会开始新的生活。他觉得自己可以这么做，但当贝格索拉这么对他的时候，他感觉受到了打击。

他小声咒骂了一句。

他根本不应该打这个电话。

她和别人在一起干什么？

他又骂了一句，然后放下了电话。

27

他们认为没有必要把克里斯蒂安——那个催债人兼毒贩索拉林的共犯——抓起来。一切证据都表明，索拉林就是袭击莉娜并致其死亡的凶手。克里斯蒂安从自助商店辞职了，重新回到了游手好闲的状态。西于聚尔·奥利在之前的酒吧里找到了他，在这之前，他已经喝了几杯了。看到西于聚尔·奥利，他坐在角落的椅子上挥着手，仿佛他们早就是朋友了一样。

“他们说你把比克的工作辞了。”西于聚尔·奥利走过来，对他说。

正午刚过，克里斯蒂安独自坐在桌旁，面前摆着半杯啤酒、一包香烟和一个打火机。他和上次见面的时候没什么两样，索拉林并没有联系他，对此他感到很庆幸。显然，他很希望警察能够尽快抓住索拉林，然后把他关上一辈子。

“他不是我的朋友。”克里斯蒂安声称，“你可别那么想。”

他几乎是这间酒吧唯一的顾客，正拿着前几天上班挣来的工资享受平静的生活。在过去的几年间，他经常窘迫到饭都没得吃。

“我没那么想。”西于聚尔·奥利说，“我可不觉得他是个好伙伴。我见过他的妻子了，但她不知道他躲到哪里去了。”

“什么？你是说，你们还没找到托吉？”

“是的，他像是人间蒸发了一样。现在的问题就是他到底能扛多久。一般人几天之后就会投降。你知道他可能在哪儿吗？”

“完全不知道。为什么不放松放松喝杯啤酒呢？抽烟吗？”

克里斯蒂安把烟往西于聚尔·奥利面前推了推，他在自己的地盘上显得自在多了，啤酒也给他壮了胆。西于聚尔·奥利静静地审视着他，简直不能相信这是同一个人。这种屈辱他还要忍受多久？这份工作唯一让他接受不了的就是他不得不跟像克里斯蒂安这样的混混打交道，要跟他瞧不起的人逢场作戏，甚至要假装成他们中的一员，试着站在他们的角度上看问题。埃伦迪尔觉得这没什么难的，因为他理解这些失败者，而埃琳博格被迫和这样的罪犯打交道时也可以运用某种女性的直觉。但在西于聚尔·奥利看来，他和像克里斯蒂安这样的流氓之间有着一道不可逾越的鸿沟。他们之间没有任何共同点，从来都不会有，而且永远不会是一路人。他们一个是奉公守法的好公民，一个是惯犯。西于聚尔·奥利认为，这些渣滓根本不配被视为社会的一员。但有些时候，就像现在，西于聚尔·奥利还得假装很关心这些人的想法，思考他们的小脑袋是怎么运转的。为了得到更多的信息，他决定再套套克里斯蒂安的话。

“不了，谢谢，我不抽烟。”他说着，挤出一个笑容，“我们得尽快找到他。如果你有任何关于托吉的线索，包括他在哪儿或是他会和什么人联系，我们会非常感激。”

克里斯蒂安突然谨慎了起来。这个警察的态度和之前很不一样，他一时间不知道该怎么回应。

“我什么也不知道。”他反驳道。

“他有什么朋友，平时和谁混在一起，我们对此一无所知。他最近都没犯过事，所以我们只能靠你了，你明白吗？”

“是的，但我早就说过……”

“一个名字，告诉我一个名字就够了。他提过的名字。他总该提到过一次吧。”

克里斯蒂安看着他，喝完了杯里的啤酒，然后举起了酒杯。

“再给我续一杯吧，老兄。”他说，“然后咱们好好谈谈。谁知道呢，或许我可以想起点儿什么。”

续了三杯酒，又无聊地待了半天之后，西于聚尔·奥利开车沿着米克拉布劳特双车道一直向东行驶，寻找着一个专修摩托车和雪地机动车的修车厂。据克里斯蒂安交代，那里有个叫霍迪的，算得上是索拉林仅有的几个朋友之一。克里斯蒂安也不记得他们一开始是怎么认识的了，但他们曾经互相帮忙收债或者处理其他的一些事情。有一次，霍迪在车主的要求下放火烧了一辆价值一千二百万克朗的白色路虎揽胜。那个车主有很大一笔债务要付，所以想从保险公司骗点儿钱。这活本来是托吉接的，他负责和车主联系，但他当时正在西班牙，而这活又耽搁不得。霍迪很快就帮他把这件事解决了。克里斯蒂安说，他非常擅长纵火。除此之外，他就不知道“飞毛腿”托吉还有什么朋友了。

霍迪的体形高大健壮，肚子有点儿鼓，头完全秃了，留着厚厚的胡子。他穿着牛仔裤和一件印有联邦旗帜的黑色T恤衫，看起来像个美国乡巴佬。西于聚尔·奥利到的时候，他正在店里弯着腰修理一辆摩托车。这家店很小，克里斯蒂安说，他既是老板也是唯一的员工。

“下午好。”西于聚尔·奥利说，“我在找一个叫霍迪的人，是你吗？”

男人直起身子。“想问什么？”他问道，似乎早就闻到了麻烦的味道。

“我要找托吉，也就是索拉林，听说你认识他。”西于聚尔·奥利说，“是因为一桩案子，你也许已经听说过了。我是警察。”

“什么案子？”

“东边郊区的一件袭击妇女案。”

“为什么来问我？”

“是这样的，我……”

“是谁让你来的？”霍迪问道，“你是一个人来的吗？”

西于聚尔·奥利不知道该怎么理解他的最后一个问题。究其本质，警察从来不是一个孤立的个体，但他并不想跟霍迪讨论哲学问题。那么，这个问题到底是什么意思呢？如果他是一个人来的，霍迪会袭击他吗？西于聚尔·奥利也没法儿回答他的第一个问题，他并不打算暴露克里斯蒂安，尽管他私心里想就中午那段无聊的时光报复一下他。所以，他只是静静地站在那里，打量着这间修车厂。店里都是些等着被改装得更快更吵的雪地机动车，还有正在被加大马力方便随时超速的摩托车。

霍迪朝他走了过来。“你为什么觉得我会有托吉的消息？”他问道。

"是我在问你。"西于聚尔·奥利说,"你知道他可能在哪儿吗？"

霍迪愤怒地看着他。"不知道，这就是我的答案。我什么也不知道。"

"那么，你认识一个叫埃比尼泽或者埃比的人吗？"

"我以为你要问的是托吉。"

"埃比的事情也要问。"

"我从来没有听过这个名字。"

"他有个妻子叫莉娜。你认识她吗？"

"不认识。"

男人口袋里的手机响了。他看着西于聚尔·奥利，任凭电话响了四声，五声，六声。最后，他无奈地接起了电话，但仍然看着西于聚尔·奥利。

"喂。"他说，然后听了一会儿。

"我一点儿也不在乎。"他说，"是……是……是的，跟我没关系。"

他又听了一会儿。

"我不在乎他跟你有什么关系。"他吼道，"我要敲碎他的膝盖骨。"

他说这句话的时候一直挑衅地看着西于聚尔·奥利。不知道是为了报复，还是为了收债，霍迪威胁说要带着棒球棍去袭击某人。不管出于哪种原因，霍迪显然并不打算隐瞒这件事。他是在故意激怒西于聚尔·奥利，好像在说他们什么证据都没有，并不能把他怎么样。

"闭嘴！"霍迪对着手机吼道，"是……是……好，是的，去你的。你可以闭嘴了，老兄。"

他挂断了电话，把手机塞回口袋。

“托吉最近联系你了吗？”西于聚尔·奥利问道，就像没听到刚才的对话一样。

“我不认识什么托吉。”

“他也叫‘飞毛腿’托吉。”

“我也不认识。”

“我想你们在高地上就是骑这些吧。”西于聚尔·奥利指着旁边马力强劲的雪地机动车说道。

“你为什么不直接闭嘴然后滚蛋呢？”

“或者去冰川旅行的时候。”西于聚尔·奥利继续说，并没有被男人的盛怒干扰。“我说的对吗？我说的是公司或者机构的旅游团，不是自己一个人瞎逛。”

“什么玩意儿？”

“你组织过那样的旅行团吗？做过那种事情吗？为公司客户组织冰川旅行，骑雪地机车、户外烧烤之类的？”

“我经常去冰川旅行。这跟你有什么关系？”

“我说的那个埃比，他就是组织高地旅游的。你和他共事过吗？”

“我不认识什么埃比，老兄。”

“好吧。”西于聚尔·奥利说，“你爱怎么说就怎么说吧。”

“是的，好了，快滚吧，别烦我。”说完，他又去修理摩托车了。

西于聚尔·奥利回到海维费斯格塔的时候发现有一封邮件，是莉娜公司的另一名秘书柯尔菲娜发给他的。她之前说过会把参加过埃比和莉娜组织的第二次冰川旅行的员工和客户名单发给他。西于聚尔·奥利把名单打印了出来，从头开始往后看。他竟然看到了赫尔曼的名字。然后，再往下看，他忽然停住了，因为他看到了一个熟悉得不能再熟悉的名字，他几乎不敢相信自己的眼睛。

那是他朋友的名字，帕崔克。

28

当他走进一家酒铺准备买两瓶冰岛黑死酒的时候，店员们都狐疑地看着他。他已经尽量把自己收拾得利索一点儿了：他提了提裤子，穿上了外套，还戴上了一顶羊毛帽来遮挡自己久未打理的脏兮兮的头发，顺便御个寒。然后，他又走了很远，来到了城市最西边塞尔蒂亚纳内斯半岛的艾迪斯托格广场，这里有另外一家酒铺。他尽量避免总在一家店铺买东西，因为之前在市中心格雷提斯戈塔附近的酒铺已经引起了店员的注意。克林兰购物中心的那家分店也不能去了，他最近去的次数也太多了。他得用现金付款，因为他没有信用卡，从来都没有过，所以有时候还得去银行取钱。他的伤残抚恤金是直接打到银行账户上的，除了这些，他还有上一份工作攒下来的一点钱。这些天，他的花销也不多，他几乎不怎么吃东西，黑死酒对他来说既是食物又是饮料。

酒铺的店员像看罪犯一样打量着他。也许是因为他的外表吧，他希望是这个原因。他们怎么会知道什么呢？他们什么也不知道。

他们并没有拒绝卖东西给他，就算他不像有钱人，钱总归是钱。他们尽量避免和他接触，一个字也不跟他说。他才不在乎他们怎么想呢。对他来说，他们什么都不是。再说了，他和他们又有什么关系呢？什么关系都没有。他只是来买几瓶酒，仅此而已。他不想惹麻烦，作为顾客，他和别人没什么两样。

所以说，他们到底为什么要这样盯着他看？

难道喝黑死酒还规定要穿什么样的衣服吗？

他走出酒铺，脑子里一片混乱，不停地朝身后看，好像怕被人跟踪似的。他们会不会已经通知警察了？他加快了脚步。卖给他酒的那个年轻男人坐在钱柜旁边，一直隔着玻璃门看着他，直到他消失不见。

他并没有看到警察，但以防万一，他还是立刻转到了另外一条街。从那里，他慢慢地朝雷克雅未克市中心一所旧墓园走去。他特意挑了最安静的街巷走。身边没人的时候，他总会时不时地停下来，从塑料袋里拿出酒来喝上一口。当他终于到达墓园的时候，酒瓶几乎已经见底了。另一瓶他得慢点儿喝了。

苏德嘉塔的这片墓园是他最喜欢的庇护所，在这里，他可以享受到一丝宁静。现在，他坐在一段矮墙上休息，墙里面是个大墓地。他一口接一口地喝着第二瓶酒，酒很凉，但他好像根本感觉不到。穿着厚厚的外套，喝着酒，他似乎找到了一点安全感。

酒对他来说有修复作用，他觉得自己有些生机了，心里也轻松了一点。每次喝酒的时候，他的脑海中都反复吟诵着一句诗：黑死酒是你最好的朋友，永远不会让你失望。以后，他会尽量避免去市中心。你永远不知道什么时候会突然碰到熟人或是警察，那可是他最不愿意遇到的事情了。很多次，他只是在城里露个面就被当作罪犯了。他并没有打扰谁，他只是坐在沃斯特佛勒广场的长椅上，想着自己的事情，两名警察就朝他走了过来。他叫他们走开，也许还说了几句脏话——他自己也不记得了，接着，他就被关到牢房里了。“影响市容”，他们是这样跟他说的。

墓园里长满青苔的墓碑和倒塌的坟墓之间长满了树木，他的视线穿过树木看向头顶的天空。天空阴沉沉的，几乎是黑色的，但过了一会儿，山后面的几片云散开了，透出了一点光和一小片蓝天。随后，天空再次被一大片云遮住了，天色便又阴了下来。

他并没有出席母亲的葬礼。不知道是什么时候，在什么地方——也许是在她住院的时候吧，他不知道，母亲把他的名字写到了近亲一栏。那样的话，当母亲去世的时候，会有人通知他。有一天，他接到了一个电话，电话那头的人告诉他，西吉维格去世了。直到现在，他还时常能听到那通电话的内容，像是从很远的地方——也许是天际之外——传来的声音。

“为什么要告诉我？”当时，他这样问道。

他既不觉得悲伤，也不觉得吃惊或者愤怒。他能感受到的只有麻木。之后，他麻木了很长一段时间。

那个女人说要和他谈谈他母亲的遗体安置和丧事操办问题，还有一些其他的事情，但他并没有听清楚。

他慢慢拿起酒瓶，抬头看看云，看它们有没有再次散开，但他一丝阳光也没有看到。他非常熟悉这个墓园，经常来这里休息。在这里，没有人打扰他。

坐在这片旧坟墓之中，他有一种平静的感觉。有时候，他甚至不确定自己到底身处坟墓的哪一边。

当他注意到警察朝他走过来的时候，他几乎已经忘了自己为什么要来这里。他一下子没想起来警察叫什么。西于什么的。

西于聚尔。

29

办公桌上的电话响起来的时候，西于聚尔·奥利正站在旁边看资料。他不耐烦地接起了电话，却什么也没听到，只有微弱的呼吸声，还有因为呼吸急促而抽鼻子的声音。

“哪位？”他问道。

“我想见你。”

他一下就听出来了，是安德烈斯的声音。

“是安德烈斯吗？”

“我……你现在能见我吗？”

“你在哪儿？”

“在电话亭里，我……我会去墓园。”

“哪个墓园？”

“苏德嘉塔那个。”

“好的。”西于聚尔·奥利说，“你现在在哪儿？”

“……差不多两个小时之后。”

“好，两小时之后，墓园见。墓园的哪个位置呢？”

他没有听到回答。安德烈斯已经挂断了电话。

差不多两个小时之后，西于聚尔·奥利停好车，从西侧走进了雷克雅未克的这片老墓园。他不知道该去哪里找安德烈斯，但决定先从左边找起。他穿过一个个坟墓和墓碑，沿着蜿蜒的小路下山，几乎快走到了路的尽头。终于，他看到了安德烈斯。他正坐在长满青苔的矮墙上，这堵墙围着两座坟墓，已经立在那里很多年了。安德烈斯看着西于聚尔·奥利朝自己走来。他的手脏兮兮的，藏在长长的夹克袖子里。他的头上戴着一顶羊毛帽，看起来和上次在警局后门见到西于聚尔·奥利时一样，很久都没刮胡子了。

安德烈斯本来想站起来，但最终还是放弃了。他身上散发出来的恶臭让人难以忍受。那是一种屎尿和酒精混合在一起的臭味。显然，他已经好几个星期没换过衣服了。

“你来啦。”他说。

“我一直在找你。”西于聚尔·奥利回答道。

“好吧，我就在这里。”

他身边放着一个酒铺的塑料袋，西于聚尔·奥利估摸着里面装了两瓶酒。他在墙边挨着安德烈斯坐了下来，看着他从塑料袋里拿出来一瓶，拧开盖子，大口地喝着。西于聚尔·奥利注意到，这瓶酒已经快喝完了。他醉着的时候可能比醒着的时候更容易问出点儿什么，西于聚尔·奥利心想。

“怎么了，安德烈斯？”他问道，“你为什么一直找我？有什么需要我帮忙的吗？”

安德烈斯朝四周看看，眼睛从一个墓碑扫到另一个墓碑，接着又喝了一口酒。

“还有，你到墓园来干什么？我到你的公寓去找过你了。”

“只有这里才清净。只有这里。”

“是的，这的确是个安静的地方。”西于聚尔·奥利说道。他突然想起之前在冰岛民族英雄乔恩·西古尔德逊的坟墓旁发现了一具年轻女孩的尸体。贝格索拉是那个案子的目击证人，他们就是这样认识的。偶尔有车辆经过苏德嘉塔，而墙的那一边静静地立着科举加斯提格的豪宅。

“你收到我的包裹了吗？”安德烈斯问道。

“你是说胶片吗？”

“是的，一段胶片。我终于找到了。不是很多，但是够了。他只留了两卷，其他的都丢了。”

“我们在短片里看到的是你吗？”

“我们？我们是谁？我那是给你看的。你给别人看了吗？你不应该给别人看！别人不能看！你不应该给别人看！”

安德烈斯生气了，西于聚尔·奥利赶紧安抚说他只是给唇语专家看了，是为了弄清楚短片里的小男孩说了什么。他强调说没有其他人看过——事实差不多也是如此。他还没把案子交给官方调查，因为他想先自己看看，看是否有足够的证据，是否值得刑警队花费时间和人力来追查这个案件。

“短片里的男孩是你吗？”

“是的，是我。”安德烈斯虚弱地说，“还能……还能是谁呢？”

他陷入了沉默，继续喝酒。

“你花了很长时间才找到胶片，是吗？那么，你最后是在哪里找到的呢？”

“我的母亲……不是……不是很强势。她管不了他，你明白吗？”安德烈斯说道。他并没有理会西于聚尔·奥利的问题，而是顺着自己的思绪往下说。他没刮胡子，脸上满是污垢。一只眼睛下面有一处正在流血的伤痕，好像刚跟人打了一架或者出了什么事故。他的眼睛又小又暗，没有什么光彩。他的鼻子肿着，而且歪了，好像曾经被打断过但没有接好。也许这些年他都是在赫莱姆汽车站游荡取暖。

“你说的是谁？她管不了谁？”

“他只是利用她，你知道吗？她给了他一个住的地方，他却把她弄得整天不是醉酒就是嗑药。没人管我。他想对我做什么都可以。”

他的声音嘶哑而含糊，夹杂着陈年的愤怒与憎恨。

“还有其他胶片吗？”

“拍短片能让他觉得兴奋和刺激。”安德烈斯说，“他有一台摄像机，是他在乡下的一所学校里打工时偷来的。他还藏了很多用船偷渡来的色情片。”

他又安静了下来。

“你说的人是叫罗吉瓦德吗？”西于聚尔·奥利问道。

安德烈斯呆呆地看着前方。“你知道他是谁吗？”

“一月份的时候，为了另一件案子，我们找你问过话。”西于聚尔·奥利说，“你还记得吗？记得那天吗？我们跟你谈到过罗吉瓦德。他是你的继父，是吗？”

安德烈斯没有回答。

“你寄给我们的短片是他拍的吗？”

“他没了一根手指。他从来没有告诉过我是怎么没的。但那一定很疼，我有时候会这样安慰自己。我希望他狠狠地吃些苦头，疼得尖叫。因为他活该。”

“你说的是那个男人吗？”

安德烈斯耷拉着脑袋，勉强地点了点头。

“那是什么时候的事？”

“很久以前，好多年了。”

“那时候你多大？”

“十岁。开始的时候是十岁。”

“这么说，就是一九七〇年左右了？我们也是这样猜测的。”

“你永远都摆脱不了。”安德烈斯的声音小到西于聚尔·奥利几乎听不见了，“不管怎么努力，你始终都摆脱不了。大部分时间，我就想一醉了事，但还是没用。”

他抬起头，坐直了身子，看了一眼天空，好像是在天上寻找什么东西。他的声音非常微弱。

“那两年，我就像活在地狱里。几乎时刻活在地狱里。然后，他离开了。”

30

一辆公交车闹哄哄地从他们身边经过，朝着市中心开去了。科举加斯提格的豪宅里传出一阵欢笑声。整个城市的生活像往常一样继续着，而对于墓园里的安德烈斯来说，一切仿佛都停止了。他一言不发。西于聚尔·奥利不想催他，静静地等着他继续说。几分钟过去了。安德烈斯从塑料袋里拿出酒，喝了一大口，然后又放了回去。他躲进了自己的世界。他似乎没打算继续讲自己的故事。于是，西于聚尔·奥利清了清嗓子。

“为什么是现在？”他问道。

他不确定安德烈斯是否听见了他的问话。

“为什么是现在，安德烈斯？”

男人扭过头看着他，像看一个陌生人。

“什么？”他问道。

“为什么选择现在告诉我？”西于聚尔·奥利又问了一遍，“就算我们抓住了罗吉瓦德，案子也早就过了追诉期，早就过了。我们现在什么也做不了。法律现在制裁不了他了。”

“是的。”安德烈斯慢慢地说，“你们什么也做不了。你们也从来没有……”他的声音越来越弱。

“罗吉瓦德后来怎么样了？”

“他搬走了，再也没有露过面。”安德烈斯说，“其他的事我一无所知。他就那么消失了。消失了这么多年。”

“然后呢？”

“后来我又看见了他。我告诉过你的。”

“我们没有找到他。而且后来，我们发现他和那件案子没有关系，他并没有在那附近出现过，于是就立刻停止了对他的调查。我们没法儿相信你的证词，太含糊了，你又不肯给我们更具体的信息。所以说，你现在为什么突然又说起这些呢？”

西于聚尔·奥利等着他回答，但安德烈斯只是盯着自己的脚尖。

“如果我没记错的话，”西于聚尔·奥利继续说，“你暗示过他杀了某个和你差不多年纪的男孩。你说的是你自己吗？你指的是他对你做的那些事情吗？他杀死了一部分的你？”

“也许他真该直接杀了我。”安德烈斯说，“也许那样还好一点。我不记得我跟你说过什么了。我一直……一直都不是太清醒。”

“你可以寻求帮助，明白吗？”西于聚尔·奥利说，“像你这样的人，遭受过这种事情的人。你尝试过寻求帮助吗？”

安德烈斯摇摇头。“我想见你……想告诉你到底发生了什么。不管事情变成什么样，都不全是我的错。你明白吗？那不全是我的错。我想让你，让你们警察，明白这一点。”

“事情变成什么样了？”西于聚尔·奥利问，“什么意思？”

“你们会知道的。”

“你找到罗吉瓦德了吗？”

安德烈斯没有回答。

“我不能让你就这么走了。你不能只留下这么个暗示就走了。”

“我不是在找借口。该发生的已经发生了，不能挽回了。他走了之后我试过……试过振作起来，但我怎么也忘不了那种感觉。后来，我发现酒精和毒品可以让我忘记这些，所以我开始喝酒、嗑药，开始和卖这些东西的人混在一起，只有那样才可以让我忘记那种感觉。他走的时候，我十二岁，第一次喝酒、吸毒。什么都试过。从那以后，我几乎就没怎么清醒过。事情就是这样，我不是在找借口。”

他停下来，咳嗽了起来，又伸手到袋子里找酒瓶。

“你们会知道的。”他继续说。

“什么？”

“你们会知道的。”

“我听说你曾经想当个室内装潢设计师。”西于聚尔·奥利说，希望借此鼓励他继续说，多说一些，多透露一些罗吉瓦德的事情。显然，安德烈斯已经处在身心崩溃的边缘了。

“这些年来，我一直试着重新做人。”他说，“但总是坚持不下来。”

“你最近用皮革做过什么东西吗？”西于聚尔·奥利小心地问道。

“你什么意思？”安德烈斯突然警惕了起来。

“住在你隔壁的女邻居非常担心你。”西于聚尔·奥利解释说，“她怕你出事，所以让我进到了你的公寓。我在厨房里看到了一些皮革碎片，拼在一起是个椭圆形，像一张脸。”

安德烈斯没有反应。

“你剪下来的是什么？”

“没什么。”安德烈斯说着，开始四处张望，似乎想要逃跑。“我不明白你为什么要到我的公寓去。我不明白。”

“你的邻居很担心你。”西于聚尔·奥利重复道。

“是你让她开门的。”

“不，我没有。”

“你不该进我的公寓。”

“你用皮革做了什么？”

“这是我的私事。”

“你还记得一月份我们在你的公寓里发现了未成年人色情片吗？”西于聚尔·奥利说道。他打算换一种策略。

“我……”安德烈斯支支吾吾。

“你拿它做什么？”

“你不明白。”

“你说得对，我不明白。”

“我……我比任何人都看不起自己……我……”他又开始支吾了。

“罗吉瓦德在哪儿？”西于聚尔·奥利问道。

“我不知道。”

“你不说的话，我是不会让你走的。”

“我不知道该怎么办。然后，我想起了农民是怎么用钉子的。所以我就知道该怎么做了。”

"钉子？"

"它的一端比一克朗还薄。"

安德烈斯说话开始颠三倒四了。

"罗吉瓦德在哪儿？"西于聚尔·奥利又问了一遍，"你知道他在哪儿吗？"

安德烈斯木讷地坐在那里，看着地面。

"我总是想回到那里。"他最后说道，"但一直没抽出时间。"

他又走神了。

"罗吉就是个混蛋，我看不起他，他让我恶心。他真是个混蛋！"

他看向远方，仿佛是在看别人都不知道的一个非常遥远的地方，嘴里不停地嘟囔着。西于聚尔·奥利完全听不清他在说什么。

"但我最看不起的还是我自己。"

就在这时，西于聚尔·奥利的手机响了，打破了墓园的宁静。他立刻从大衣口袋里摸出手机。是帕崔克打来的。他犹豫了一会儿，看看安德烈斯，又看看手机，最终还是决定接起电话。

"我要见你。"他抢在帕崔克开口前说道。

"好。"

"你骗了我。"西于聚尔·奥利说。

"什么？"

"你觉得骗我没什么的，是吗？你觉得让我陷入麻烦，对我撒谎，这些都没有关系，是吗？"

"你什么意思？"帕崔克问道，"冷静点儿。"

"你说你从来没见过莉娜。"

"是的。"

“你现在还要坚持编这样的瞎话，是吗？”

“坚持什么？你这是什么意思？”

“我在说你，帕崔克。”

“先别激动。你到底在说什么？”

“你和她一起参加过冰川旅行团，你这个混蛋！”西于聚尔·奥利说，“还有一堆其他的人。记起来了吗？去年，一个冰川旅行团。你想起来了吗？”

电话那头陷入了长久的沉默。

“我们得见个面。”帕崔克终于开口了。

“确实如此。”西于聚尔·奥利愤怒地说。

他接电话的时候转身避开了安德烈斯，当他转回去的时候，安德烈斯已经不见了。

他立刻挂了电话，在坟墓间狂奔，寻找着安德烈斯的踪迹，但他已经完全消失了。他跑到大门口，门外的那条街已经荒废了。于是，他又跑回墓园，穿过整个墓园也没有找到他。他又让安德烈斯跑掉了。

他停下来大声咒骂着。趁着西于聚尔·奥利打电话的工夫，安德烈斯溜了。他可以选择任何一个门逃走。

他走回停车的地方，上了车，然后开着车沿附近的街道寻找安德烈斯，但一切都是徒劳的。

安德烈斯消失得无影无踪。西于聚尔·奥利完全不知道他可能躲到哪儿去了，也不知道他是否找到了罗吉瓦德。如果找到了，他又会对他做什么呢。

他试着回想他们刚才的对话，但依然没有什么头绪。安德烈斯刚刚提到了自己的母亲，最后又说起了比一克朗硬币还要薄的钉子，还有他对罗吉瓦德的恨意。他要让西于聚尔·奥利知道，不管发生了什么，都不全是他的错。

不知道出于何种原因，对他而言，让警察了解这一点非常重要。

31

西于聚尔·奥利走进咖啡馆，坐到帕崔克对面。这时，帕崔克抬起了头，面露愧色。这里还是他们之前见面的地方，但现在，店里比较热闹，其他客人嘈杂的说话声使得他们不得不提高音量。他们都感觉这里不太适合谈话，于是决定换个地方。他们从市中心出发，朝着码头慢慢走去，经过前冰岛轮船公司总部，穿过沿海大道，来到了东部的码头，这里正在建一个大型音乐厅和会议中心。他们一路都没有说话，但现在开始东拉西扯一些城市建设的事情。

“我们正在做基础工程建设。”帕崔克停了下来，看着工地说道，“我不知道人们有没有意识到它的规模——它会有多大。”

“建这么大有什么用呢，还不知道雷克雅未克愿意去听音乐会的乐迷有没有一千个人呢。”西于聚尔·奥利否定道，尽管他连“交响乐”这个词都拼不对。

“这我就不知道了。”

他们还没有聊到帕崔克撒谎的事情。西于聚尔·奥利想先等等，看帕崔克怎么说，但他猜帕崔克估计也是这么想的。

为了建新的音乐厅，附近的老建筑正在被拆除。西于聚尔·奥利想起自己在一份报纸上读到过的一篇评论文章，那是一位经济学家写的。那位经济学家觉得，这个项目非常庸俗，显示出了这个新近富裕起来的国家急于树立丰碑的贪婪姿态。马路对面是堡垒一样的中央银行总部，整个建筑都铺着沉重漆黑的辉长岩。

帕崔克也认可那位经济学家的看法，认为这种行为是典型的小国家爱搞的面子工程。这个男人在求学期间就抛弃了新保守主义，转投激进主义。

“我觉得我们的资本家们已经失去立场了。”他继续说道。

“那也是拜你们所赐。”西于聚尔·奥利说，“难道你自己就没有失去立场吗？”

他们陷入了沉默。

“赫尔曼最近联系过你吗？”西于聚尔·奥利终于开了口。

“没有。”帕崔克回答道。

西于聚尔·奥利看过他们的笔录，发现他们的口径都和最开始说的一样。芬尼尔可能还会找他们去做进一步的问话。帕崔克明确表示他不认识莉娜，和她没有任何关系。他们都不承认认识一个叫索拉林的货车司机，并且否认莉娜的袭击案和自己有任何关系。

“你是怎么认识莉娜的？”西于聚尔·奥利问道。

“我在想，你能不能让那张纸消失。”帕崔克说，“事情结束之后，我会向你解释清楚的。你可能不相信我，但我真的是这么想的。”

“直接回答我的问题。”西于聚尔·奥利说，“我和你不是在同一条船上吗？不要兜圈子。”

“我也不想跟你撒谎。”

“说重点。”

“一年前，我参加了一个冰川旅行团。”帕崔克解释道，“和几个外国客户一起。当时有好几个组，有我们公司的人和莉娜公司的人，还有几个银行家。埃比负责所有的准备和安排工作。这是我们招待外国人的惯用手段，带他们去远足，看看冰川景象。我们开车去了瓦特纳冰原，在那里搞了个烧烤派对。因为是周末两天的旅程，于是又在东边的赫本住了一晚。”

“赫尔曼也一起去了吗？”

“我邀请了他，但他只来了一天。是他把我介绍给莉娜的。她过来的时候，他有点儿慌乱，当时我就觉得有点儿奇怪。现在，我终于知道他为什么不能一直和我们待在一起了，他早就认识莉娜。”

帕崔克犹豫了一会儿。

“然后呢？”西于聚尔·奥利追问道。

“然后，我和莉娜上了床。”

西于聚尔·奥利看向他的时候，他显得有些尴尬。

“你和莉娜上了床？”

帕崔克点点头。“埃比当时不在。他待在别的地方，而她……我们……总之，我们最后睡到一起了。”

“天哪。”西于聚尔·奥利十分意外。

“我应该早点儿告诉你的。”

“你总是背着苏珊娜偷欢吗？”

“之前还有过一次。”帕崔克说，“两年前。类似的情况，不同的女人。也是在一次旅行的时候。我那时候不是太清醒，但我知道那不是借口。莉娜很会玩，非常开放。很自然地，我就那么干了。”

“自然地？”

“我能说什么呢？事情都已经发生了。我不想找借口，它确实是发生了。”

“她告诉过你她认识赫尔曼吗？告诉过你她想敲诈赫尔曼吗？”

“没有，当然没有。”

“所以说，她并没有拍你的照片？”

“还好没有。”

西于聚尔·奥利耸耸肩。

“当赫尔曼和我的小姨子跑来问我在警察局里有没有认识的人时，你根本无法想象我当时有多震惊。”帕崔克说，“当他们告诉我事情的原委时，我几乎吓疯了。我生怕我和莉娜的事情会被发现，生怕她已经告诉他了。当时，除了自己，什么也没心思想了。”

“你就不该那么做。”西于聚尔·奥利说道。他一点儿都不同情他的朋友，尽管帕崔克看起来相当后悔。

“你以为我不知道吗？”

“那赫尔曼说的换妻派对呢？他说他们完全是偶然认识的。”

“我相信这是真的。”帕崔克回答道，“我不觉得赫尔曼在撒谎。我们完全不知道他们参加换妻派对的事情。苏珊娜当时完全惊呆了，她无法理解那样的游戏，当然了，她也无法理解谎言和不忠。我们想帮助他们，毕竟那是苏珊娜的妹妹，就像我一直和你说的那样。我们肯定是要帮他们的。所以，我同意找你帮忙，让你向莉娜和埃比施压，在事情失控之前有个了断。当然了，我应该告诉你实情的。我不该骗你，我太自私了。我知道，是我把你拖下了水。但整件事情太让人难为情了。后来，她被袭击了，事情突然变得严重了，我就更开不了口了。而且，说实话，我太害怕了，害怕到要窒息了。”

“你就没想过自己去找莉娜吗？你不是认识她吗？”

“赫本那晚之后，我就没再联系过她，我是绝对不会去找她的。”

“你觉得她会不会是因为你才想到要敲诈赫尔曼的？”

“天哪，不会，我觉得不会。”

“你跟她说过赫尔曼的妻子是个有前途的政治家吗？”

“没有，我应该没说过，我真的不记得了。”

“那么，你到底为什么要把我牵扯到这种事情里来？”

“我没想到事情会闹得那么大。”帕崔克说，“我本以为你可以解决。他们威胁说要到处散布那些照片，在报纸上，还有网络上。赫尔曼惹上的显然是一对神经病。我不想卷进去，我是不会自己去找他们的。我以为你是最合适的人选，你可以拿法律吓吓他们，就像我们当时商量的那样。我知道你做得到。他们确实非常无赖，但我觉得，让你去说服他们放弃这种疯狂的计划应该并不难。”

“他们欠了很多债吗？你了解这个情况吗？”

“赫尔曼说他们肯定欠了很多钱，所以才会干出这种事。不过，我说的并不是银行贷款。银行早就把他们列入黑名单了。他们两个都吸毒。赫尔曼确信他们欠了很多毒贩子的钱，所以莉娜才会被袭击。”

“你确定吗？他们吸毒的事？”

“赫尔曼说他们之前给过他一点，我不记得叫什么了。他自己都不知道那玩意儿叫什么，但他们有很多。”

“他知道他们是从哪儿弄来的吗？”

“不知道，他没问。”帕崔克说。

“所以，那晚之后你就再也没见过莉娜，是吗？”

“没有。好吧，其实，她后来又给我打过一次电话。是在我工作的时候打来的，问我过得怎么样。我们聊了一会儿，然后我让她以后不要再联系我了。那晚只是个错误，我并不想再见到她。”

“她想见你吗？”

“是的。”

“你不愿意？”

“是的。”

“埃比知道你们上床了吗？”

“我不这么认为。”帕崔克说，“至少我觉得他应该不会知道。不过，以他们的生活方式来看，我想她也许和他说过。但即使说过，我也不知道。”

对话暂停了下来。最后，帕崔克叹了口气说道：“我应该早点儿告诉你真相。我指的是我和莉娜的事情。我一直都担心被你发现。但我不想毁了我们之间的友谊。我希望我没有。”

西于聚尔·奥利没有回答他。他们站在那里看着码头边发生的一切。西于聚尔·奥利的思绪开始飘荡，从埃比和莉娜，到威胁、敲诈、催债人、冰川旅行和会计，到他的同事芬尼尔和那个在警局后面被暴打的可怜的年轻人裴图，到不知道丈夫不忠的苏珊娜，到赫尔曼和他那位有政治抱负的妻子，到贝格索拉和他们上次的对话，再到躺在医院里的父亲。

“你会告诉苏珊娜吗？”他最终问道。

“我已经告诉她了。”帕崔克说，“我实在是忍不下去了，所以我把一切都告诉她了。”

“然后呢？”

“我不知道。她还在考虑。她非常生气，那是肯定的。她气疯了。她说每个人都疯了，像兔子一样到处乱交。”

“也许这一切都是为了钱。”西于聚尔·奥利说。

他仔细观察着他的朋友。

“帕崔克，你没对莉娜做什么吧？”

“绝对没有。”

“你不想让她闭上嘴吗？”

“不。你是说杀了她吗？你疯了吗？我从来都没这样想过。天哪，事情不是这样的。”

“那赫尔曼呢？”

“我觉得他也不会，肯定不会。但你还是得去问问他。我已经把我知道的都告诉你了。”

“好吧。那次旅行还有什么人跟你一起？其他人我一个也不认识。”

“外国人。”帕崔克回答道，“有像我这样的工程师，也有银行家。我跟他们不是很熟。他们都是美国人，到这里来是为了研究地热能和可再生能源。我被派去和他们一起是因为我是在美国读的研究生，搞过一点儿关于替代能源的研究。然后……”

“然后怎么了？”

“是这样的，旅行过后不久，他们当中的一个人出意外死了，是个银行家。我不记得他的名字了。当时，他和一群人一起旅行，然后就失踪了，直到去年春天才被发现。就是这样。”

32

霍迪住在布莱德霍特街区一栋年久失修的破旧排屋里。修车厂前面的一片石板地上停着两辆雪地机动车，房子外面的街道上还停着一辆崭新的大型 SUV、一辆拖车和一辆摩托车。能买得起这些车，说明霍迪修车厂的生意很好。西于聚尔・奥利看着他结束了工作，然后去了健身房，最后回了家。但他在房子附近并没有看到其他人，不知道霍迪是不是个有家的男人。除了三年前因为斗殴被抓——后来指控还被撤销了——外，他在警局并没有别的案底。

西于聚尔・奥利被冻得不轻。他的车停在离房子不远的地方，希望不会引起注意。他不确定自己还要等多久，也不明白自己为什么要盯着霍迪。其他警察都在监视索拉林的家，以免他突然回来。他的妻子名下没有手机号码，所以他们家的座机也被监控了，以防他与妻子联系。

西于聚尔・奥利后来一直都没有安德烈斯的消息，也不知道该去哪里找他，甚至不知道是否还有找他的必要。他坐在冷冰冰的车里，想着安德烈斯为什么要找他。显然，他还在想童年时期发生的事情，尽管事情已经过去很久了，但对他而言，一切却从未过去。他内心还是充满了苦涩和愤怒，对当事人的恨意毫无消减。单凭他绝口不提自己的母亲就能说明问题。每当提到罗吉瓦德的时候，他的言语中总是充满了憎恨。西于聚尔・奥利不知道安德烈斯是不是去见过他了，也不知道如果见过了又会发生什么。面对那样一个恶魔，一个折磨了自己那么久的人，他会怎么做呢？安德烈斯从来没有表达过愿意原谅他的意思。

西于聚尔・奥利还是想把安德烈斯带回警局，这样的话，安德烈斯就能得到一点儿帮助，他们也能搞清楚他到底要干什么。从他所说的话里实在是猜不出来，有些话甚至没法儿理解。他喝了太多的酒，麻木太久了，身体一直不好，而且一直被自己的记忆折磨着。喝酒是他遗忘痛苦的方式。西于聚尔・奥利给雷克雅未克所有的酒铺都发了通知，如果看到安德烈斯就报警。

他被短片里的小男孩触动了。这对他来说是从未有过的体验。以前，他从来没有同情过案子里不幸的人，但小男孩的痛苦、愤怒和无助触动了他。以前，他总觉得可怜之人必有可恨之处。他只是干好自己的工作，下班后就不再想工作上的事情了，直到第二天上班。有些警察，尤其是新手和老前辈，会在碰到疑难杂案时分外投入，但他觉得，投入过多情感只会干扰工作。大家总是说他过于无情，但他并不在乎。

除了明显的虐童情节之外，安德烈斯的困境对他产生了难以理解的强烈影响。警察总归会碰到这样的案件，但西于聚尔・奥利很少见到如此清晰地呈现出来的长期虐待。安德烈斯把今天的一切都归结于过去发生的事情。他以前的生活肯定没有多少欢乐，而如今，他仍然在忍受着痛苦和愤怒。

车窗起雾了，他打开一扇窗户，放进来一点儿新鲜空气。他不知道自己还要在霍迪的房子外面盯多久。已经过了晚上十点了，什么动静都没有。

他的电话响了，是他母亲打来的。

“你最近去看你父亲了吗？”他一接起电话，伽伽就问道。

他说去了，并且告诉她手术很顺利，父亲现在很好，很快就会康复。

“你自己去检查了吗？”她又问。

“没有。”他说，“以后有的是时间。”

“你得快点儿去。”伽伽说，“总是拖着不好。”

“我会去的。”西于聚尔·奥利不情愿地说。他还不确定自己是不是真的会去，不仅仅因为害怕检查，还因为他长久以来一直都害怕面对医生和治疗。他受不了候诊室和手术室里的味道，受不了等待，当然，他最怕的还是面对医生，尤其是牙医。他不喜欢躺在椅子上看着这些百万富翁们，听他们抱怨平常要花多少钱，他觉得没有比这更糟糕的事情了。耳鼻喉科的医生也差不多。当他还是个小男孩的时候，母亲坚持要割掉他的扁桃体，免得他总是感冒、流鼻涕、喉咙痛、耳朵痛。时至今日，每当他想起麻醉药在嘴里的味道时还是会觉得恶心。急诊室就更不用说了。有一次，西于聚尔·奥利因为跟人打架要去急诊室。那无休止的等待简直像噩梦一样，空气中有他最害怕的防腐剂的味道，还有又旧又脏的杂志。他对那些杂志有种特别的厌恶。他之前在哪里读到过，这些整天被病人翻看的杂志其实并不一定带有病菌，但他还是将信将疑。

母亲把要说的话都说完之后就挂断了电话。五分钟之后，他的电话又响了。这次是贝格索拉打来的。

“你父亲怎么样了？”她问道。

“还不错。”西于聚尔·奥利简短地回答道。

“一切都还好吗？”

“是的，我正在工作。”

“那我就不打扰你了。”贝格索拉说。

她说话的时候，霍迪走出了房子。他小心翼翼地关上门，确认了两遍是否锁好了门，然后走向那辆 SUV。

“哦，没关系的。”西于聚尔·奥利说。想到上次那通电话，他尽力压抑着自己的愤怒，尽管这很难。“昨天晚上，我是不是打扰到你了？”

霍迪把拖车挪到了雪地机动车那边放好，然后钻进自己的 SUV，开车离开了。过了几秒钟，西于聚尔·奥利也发动了自己的车子，远远地跟在后面。

“是这样的。”贝格索拉说，“我一直想告诉你，三个多星期前，我认识了一个男人，我们已经开始交往了。”

“真的吗？”

“我们见面的那天晚上，我本来是要告诉你的，但是不知道该怎么开口。”

“他是谁？”

“你不认识。”贝格索拉说，“至少他不是警察。他在一家银行做事，人很好。”

“人好就好。”西于聚尔·奥利说。他发现，想要偷偷跟着霍迪而不被发现实在是太难了，尤其是同时还要跟贝格索拉讨论一些他根本不想听的事情，还不能让贝格索拉发现他的小情绪。

“我知道你很忙。”贝格索拉说，“也许我们应该下次再聊。”

“不，没关系的。”西于聚尔·奥利说。霍迪开得很快，转向了布莱德霍特的双向车道。气温已经降到零度以下了，地面像玻璃一样滑，而西于聚尔·奥利的车用的还是夏季轮胎。他尽力保持着车子的稳定。霍迪已经开到前面去了，向北前进。

“你昨天打电话来有什么特别的原因吗？”贝格索拉问。

“原因？”

“你昨晚打电话的时候，那时候已经很晚了，我还以为你出什么事了。”

“没有，我……”

又转了一个弯，车速太快了，车子经过一个黄灯，进了布斯塔达维格。他的轮胎有一瞬间打滑了。霍迪已经消失在了布斯塔迪教堂旁边的山包后面。他要把他跟丢了。而且他觉得，他也快要失去贝格索拉了。

“……只是想和你说说话。我……我不知道，我觉得我们上次吃的那顿饭不是很愉快。我只是想再跟你谈谈。”

“你在开车吗？”

“是的。”

“这样好吗？边打电话边开车？”

“不，不是很好。”

西于聚尔·奥利等红灯的时候，霍迪在另一条路上出现了。路上的车子不多，所以他往旁边看了一眼就打了变道灯。

“这其实不关你的事，但我想……”

“什么？”

“我觉得你好像有一点儿……你昨晚打电话的时候，好像有点儿怪。”贝格索拉说。西于聚尔·奥利看着霍迪穿过了米克拉布劳特双向车道上面的大桥。“你介意我和别人约会吗？你反对吗？”

“我……”西于聚尔·奥利结结巴巴地说道，想要集中注意力，“……我没有任何权利反对。你有权做你想做的事情。”

贝格索拉沉默着，好像在等他说下去。他的语气背叛了他说的话。他无声地挣扎着，气氛变得压抑起来。他打电话是为了问她是否愿意和他重新开始。这次不会再像以前那样了。他决定改变自己，试着倾听她的想法，试着不要那么倔强，不要那么难相处。他不想像他母亲那样。但此刻，他开车飞驰在这个城市结冰的路上，而且用的还是夏季轮胎，实在是说不出什么顺溜的话。

“我不耽搁你的时间了。”贝格索拉最后说道，“我们再联系吧。小心点儿，开车时不要打电话了。”

他很希望她能继续和他说话，但他的脑子里一片空白。

“好吧。”他说。

西于聚尔·奥利看着霍迪消失在了沃加尔地区，同时听到贝格索拉挂断了电话。这下简直不能更糟了，他心想。

33

他已经看不到霍迪的车子了，但以目前的情况，他也不敢开得更快了。他转到霍迪可能去的那条街，开到底却发现是条死路。于是他又转了出来，继续寻找霍迪的SUV。他开到一个路口，不知道该往哪边拐，最后决定左转，因为那边也是回家的方向，反正他几乎已经打算放弃了。结果，他发现霍迪的车子停在一家外卖店门口。

他慢慢地开了过去，发现霍迪排在一条很长的队伍里，正抬头看着闪亮的食物招牌。西于聚尔·奥利远远地停下了车。跟踪霍迪完全是他自己一时冲动的决定。通常，他是不会这样独自一人跟踪嫌疑人的，应该还有其他警察参与，并且整个行动要有周密的计划。但此刻，除了霍迪不配合的态度以外，他并没有什么其他证据。是的，这个男人的确惹恼了西于聚尔·奥利，但并不意味着他应该被二十四小时监控。

与此同时，外卖店外的队伍越来越短。西于聚尔·奥利觉得霍迪可能是开车出来兜风，顺便在他喜欢的外卖店里买个汉堡。他看起来能吃不少奶酪汉堡。

西于聚尔·奥利自己也饿坏了，他想象着店里热乎乎的汉堡，再也没有等下去的决心了。他决定不跟了，回家去，然后在路上找个汉堡店买点儿吃的。就在这时，霍迪拿着一包外卖出来了，钻进了自己的车子。

他开出这个片区，来到了一个路口，沿着沿海大道向东行驶，朝着埃利达沃于尔水湾去了。然后，他右拐开过一排小门面，最后在其中一家修车厂门前停下了车。他下了车，走向那家门面，掏出钥匙打开了门。西于聚尔·奥利一时没看清那家店叫什么，但他记得索拉林是在克莱帕精神病院附近消失的，并且向南逃向了埃利达沃于尔水湾。他会不会是逃到这里来了？他袭击莉娜之后一直躲在这里吗？

直接敲门似乎不太明智，他不知道自己一个人要怎么应付两个催债的老手。但他也不想呼叫支援，因为他还不能确定“飞毛腿”托吉躲在里面。霍迪可能只是来这里办点儿事，从他手头的车来看，他的生意肯定挺兴隆。西于聚尔·奥利决定在车里等着，观察一下店里的动静。

半小时后，门开了，屋里并没有开灯，霍迪是空着手出来的。他并没有左顾右盼，而是径直走向自己的车子，然后开车离开了。

西于聚尔·奥利等了好一会儿才从车里出来走向那家修车厂。他把耳朵贴在门上听里面的动静，但却什么也没有听到。然后，他抬起头，看到了这家店的名字：伯尔格尔修车厂。接着，他绕着门面走了一圈，确认没有其他出口。

他蹑手蹑脚地回到前门，轻轻地拧了拧门把手，发现门是锁着的。他捶了三次门，巨大的拉门每次都会发出震天的声响。他再次把耳朵贴在门上听，还是什么声音都没有。他更加用力地敲门，里面依然没有什么反应，只有一声低沉的戛然而止的抱怨声。

西于聚尔·奥利现在有两个选择，要么闯进去，要么等第二天早上其他警察来了再处理。他看看表，夜还很长。他四处寻找闯门的工具，就算是块石头也行。门上有四扇玻璃窗户，这家店似乎并没有安装报警装置，估计里面没有什么值得偷的东西。

他在附近找到了一截废弃的管子，拿在手里掂了掂，然后用它砸破了一扇玻璃窗。清理掉玻璃碴之后，他小心翼翼地把胳膊伸进了窗户，拧开了门锁，打开了门。如果被问起来，他会说自己接到了密报，而且来的时候窗户已经这样了。

他关上门，踮着脚走进了修车厂，在入口处摸索着灯的开关，他摸到了一排三个开关。微弱的灯光从屋顶的椽上透出来，照亮了一排排车胎。西于聚尔·奥利没有动，他在观察着这间修车厂。这里和城里的修车厂没什么两样。西于聚尔·奥利心想，这个伯尔格尔是什么人，是霍迪的亲戚吗？还是和索拉林有什么关系——假如索拉林真的藏在这里的话？

“有人吗？”西于聚尔·奥利喊道。但没有回音。“索拉林！”他继续喊道，“你在这里吗？”

他经过了一个小玻璃厅，里面有一个接待台和两把椅子，桌面上堆着一大堆脏兮兮的杂志。这里可能是间办公室吧。他闻到了一股咖啡的味道。打开员工休息室的门，他果然看到一个桌子和三把椅子、一台肮脏不堪的咖啡机和一堆脏咖啡杯。在垃圾桶里，他看到了霍迪刚才拿着的外卖袋子和一盒吃到一半的汉堡和薯条。西于聚尔·奥利盯着垃圾桶。难道霍迪大半夜跑到这个没有人的修车厂来，只是为了安安静静地吃顿饭吗?

“索拉林！我是警察。我们知道你在这里，我们要跟你谈谈。”

没有回答。

西于聚尔·奥利又走回了修车厂。

“别浪费我的时间了。”他喊道。

他并不想在这里耽搁太久，他觉得这样乱喊真是傻透了，谁知道托吉是不是真的藏在这堆零件和轮胎里边。要是不在，西于聚尔·奥利可就真成傻子了。

当他穿过这间修车厂的时候，他突然发觉这里少了点儿什么。这些年来，他也买过不少车了，有好的也有一般的。他经常去修车厂。有的时候问题不大，有的时候他搭个便车回家，只有实在没办法的时候，他才会搭计程车回家。大部分时候，他会让师傅当场把车子修好，他要么在店里等，要么出去散个步。所以，他对汽车修理厂的情况还是略知一二的。照他的观察，这间修车厂的设备并不是最先进的。

他站在地板中央，终于反应过来这里少了什么，是汽车升降机。

就在这时，他似乎听到脚底下传来了微弱的摩擦声。

西于聚尔·奥利低头往下看。此刻，他正站在一个巨大的方形金属活板门上面。而刚才那声音就是从这底下传来的。他跺了跺脚。

“索拉林！”他又喊了一遍。

没有回答。但西于聚尔·奥利已经知道这家修车厂为什么没有汽车升降机了。他们不是把汽车升上去，而是修理工钻到汽车底下的一个坑里去。伯尔格尔估计是买不起升降机，或者他根本用不着那样的设备，甚至连这个坑也用不着，因为它被盖起来了。

西于聚尔·奥利很快就移开了金属活板门，看到了底下的坑。然后，他看到索拉林就坐在墙边，盯着他。

“你到底是怎么找到我的？”他问道，无法掩饰自己的震惊之情。他站了起来，依然盯着西于聚尔·奥利，然后爬出坑，弹了弹身上的灰。

“你是要找麻烦吗？”西于聚尔·奥利问道。

“你到底是怎么做到的？”

他并没有反抗。

“也许我以后会告诉你。”西于聚尔·奥利说，“你在这里待很久了吗？”

“刚刚才到。”

“那你一直以来都藏在哪儿呢？”

“天哪，我真是被吓到了。”索拉林没有回答他的问题，继续说道，“你敲门的时候我正在吃汉堡。我只能躲到坑里来。是霍迪吗？你跟踪他来的吗？”他开始不着痕迹地往门边移动。

“站住。”西于聚尔·奥利命令他，“警车就要到了。你哪儿都不能去。”

“你是一个人来的吗？”索拉林问道。

西于聚尔·奥利今天已经是第二次被问到这样的问题了。

“外面还有两个警察。”他说，“他们在等我们。”

他希望自己的说辞能让索拉林放弃逃跑的念头，他实在不想再来一场追逐的戏码了。他们听到远方传来了警笛的声音。

“整条街都是我们的人，你听得到吧？”

“是谁告发的霍迪？”

“放轻松。”西于聚尔·奥利说着，挡在了索拉林和大门之间，“要么我们抓到你，要么你自己投案，没有别的可能了。”

34

索拉林被带到了海维费斯格塔警局，当时已经过了午夜，所以他们决定第二天早上再审问他。于是，西于聚尔·奥利看着他被关了起来。他决定不说自己是怎么追踪到索拉林的，这样就不会暴露克里斯蒂安，但他不知道能不能蒙混过关。最好的办法就是说他接到了一通匿名电话，打电话的人说霍迪和索拉林有关系。虽然听起来不太可信，但他还是决定试一试。没错，就说接到了密报。结果他就看到买了汉堡外卖的霍迪去了埃利达沃于尔水湾附近。于是他想起来，托吉袭击莉娜之后也是往那个方向逃了，所以他觉得事情值得做进一步调查。当他发现霍迪带着外卖进了修车厂，然后空着手出来之后，他决定立刻采取行动，于是便闯入了修车厂，最终找到了索拉林。

这样就可以不提到克里斯蒂安，也不会因为撒谎而感到羞愧了。虽说克里斯蒂安是个混蛋，但还不至于让两个催债人都去对付他。没有人会质疑他的，关键是索拉林被抓住了，至于是怎么抓住的就不那么重要了。警察抓到犯人也常常是意料之外的事情。

那天晚些时候，霍迪、修车厂的老板伯尔格尔，还有他的一个伙计，全都被逮捕并送进了海维费斯格塔警察局。索拉林用来袭击莉娜的棒球棍也在距离修车厂两百米左右远的垃圾堆里找到了，棍子的一端还沾着血迹。

离开警局的时候，西于聚尔・奥利碰到了芬尼尔。

“你应该呼叫支援的。”芬尼尔说。他还在负责侦办这个案子。“这不是你的独角戏，就算你的朋友牵扯其中。”

“下次我会记得的。”西于聚尔・奥利说。

第二天一大早，他参加了对三名嫌疑人的审讯。伯尔格尔说他完全不知道他的修车厂里藏了嫌疑人，他不是他们的共犯。他说霍迪是这家修车厂的合伙人，所以有店里的钥匙。白天营业的时候，伯尔格尔和他的伙计丝毫没有发觉托吉的存在，他一定藏得非常好。修车厂并不大，白天的时候，每个角落都有人进进出出，所以他很可能只有晚上才会藏在那里。因为伯尔格尔和他的伙计都没有任何犯罪记录，所以他们的证词被认定为可信，可以被释放。

“我被砸的玻璃由谁赔呢？”伯尔格尔一得知修车厂大门的玻璃被砸坏了就问道。他说他的生意并不好，实在负担不起修理费。

“你可以把账单寄给我们。”西于聚尔・奥利说道，但听上去并不怎么热心。

霍迪可就不好对付了。被关了一个晚上之后，他非常烦躁，丝毫不配合，问什么都不说。

“你是怎么认识索拉林的？”西于聚尔・奥利第三次问道。

“住口。”霍迪说，“我要是出去了，你最好当心点儿。”

“怎么了，你还想报复我啊？”

“去你的。”

“你是在威胁我吗？”

霍迪盯着西于聚尔·奥利，而后者只是笑了笑。

“闭嘴。”他又说了一遍。

“你是怎么认识索拉林的？”

“去你的。”

霍迪又被送回去关着了。

索拉林被带来审问时，一点儿害怕的样子都没有。审讯室里，他坐在他的律师旁边，面对着西于聚尔·奥利，懒洋洋地叉开双腿，一只脚还有节奏地敲着地板。芬尼尔也参加了审问。他们先问索拉林这几天都躲在哪儿了，他很快就回答了。那天晚上甩掉警察之后，他跑到伯尔格尔的修车厂外躲了一夜，后来，他投奔了霍迪。霍迪一开始把他藏在自己家里，但后来，警察到他的家里来了，于是他便让索拉林到修车厂去等他。他们在修车厂打烊之后碰了头，霍迪打开修车厂让他进去等着，随后带了点儿吃的给他。接下来，索拉林打算转移到霍迪在西部博尔加峡湾的一栋度假屋去。他可以在那里待上几天，慢慢考虑自己今后的去向。

“你就没想过要投案自首吗？”芬尼尔问。

“我没有杀她。”索拉林说，“这家伙出现的时候她还活着呢。”他指指西于聚尔·奥利，“肯定是他杀了她。我知道你想让我替他背黑锅，所以我得逃走。”

西于聚尔·奥利震惊地看着索拉林的律师。

“你相信他说的话吗？”他问道，“你来之前都没做功课吗？”

律师耸耸肩。“他有他的说法。”他说。

“的确，我发现你们的时候她还活着。”西于聚尔·奥利说，“而救护车把她带走时她也还活着，她是第二天在医院去世的。但尸检结果显示，她的死因是脑部遭到重击，而这个重击就是我们在你的藏身之处两百米以外找到的棒球棍造成的。我去的时候并没有携带棒球棍。托吉，你请的可能是冰岛最差的律师了。三岁小孩子都唬不住。你可别在这里丢人现眼了。”

索拉林扫了一眼自己的律师。

“我们想知道，你当时为什么会出现在那里？”律师问道，试图挽回一点儿面子。“你和西吉莉娜有什么关系？我认为我的当事人有权知道这一点。”

“恰恰相反，这不关你们的事。”西于聚尔·奥利纠正道，“索拉林是个催债人，同时还是个毒贩子。我在莉娜的家里发现了他，当时，莉娜已经半死不活了，头上的伤口流血不止。我到那里去是为了调查另一件完全不相干的案子。索拉林袭击了我，然后在一大队警察的围追堵截中以惊人的速度逃跑了。怎么看他也不是无辜的吧，是吗？”

“你到莉娜家去干什么，索拉林？”刚才一直沉默着的芬尼尔问道。

西于聚尔·奥利一直在猜测芬尼尔在想什么，他准备怎么应对索拉林和他的律师的狡辩。他们绝不可能知道西于聚尔·奥利和莉娜有什么关系，只是想混淆视听，造谣中伤。他不确定自己刚刚说的去莉娜家的理由会不会被正式调查，因为目前来看，整件事还不是很明朗。但他影响不了审讯的进程，只能先往好的方面想。事实上，接下来的事态主要取决于芬尼尔。

索拉林看到他的律师朝他点了点头。

“是为了讨毒资。”他说，“你说的对。我有时候卖点儿毒品，而她欠我的钱。我们起了一点儿争执，我是出于自卫才会打她。我不是故意的。这都是意外。那家伙出现的时候我吓坏了。”索拉林又指了指西于聚尔·奥利。

“这就是你的辩白吗？”西于聚尔·奥利问道。

“这是个意外。”索拉林说，“她先袭击的我，我是自卫。就是这样。”

“她先袭击的你？”

“是的。”

“你带着棒球棍闯入她家，把家里砸得乱七八糟，而你却说是她先袭击的你？”

“是的。”

“今天就先到这里吧。”芬尼尔宣布。

“我现在能走了吗？”索拉林笑着说，“我可没时间耗在这里，你知道的。我是个有家的男人。货车司机的钱可不像银行经理那么好赚。”

“我估计你一时半会儿除了监狱哪儿都去不了了。”芬尼尔回答。

“你去她家的时候开的是什么车？”西于聚尔·奥利问道。

索拉林顿了顿。

“车？”

“是的。”

“这跟这件事有关系吗？”

“如果你没打算袭击她，而整件事情就是个意外，为什么你要借一辆车开着去她家呢？”

“这有什么关系吗？”律师问道。

“这说明你是有预谋的，我们称之为犯罪意图。你不想被人发现。”

“是基蒂吗？”索拉林说着往前倾了倾身子，“你肯定找过基蒂了。这个该死的笨蛋！我要……”

“哪个基蒂？”芬尼尔看着西于聚尔·奥利问道。

“回答我的问题。”西于聚尔·奥利说，他觉得自己说得太多，暴露得太快了。

“是克里斯蒂安告的密吗？是他告诉你霍迪的事情吗？这个混蛋。”

“克里斯蒂安是谁？”芬尼尔又问了一遍。

“我不知道。”西于聚尔·奥利说。

35

他感觉自己睡了一个世纪，醒来的时候已经分不清昼与夜了。他静静地躺着，回想自己的处境，慢慢地，他想起了墓园里的对话、阴暗寒冷而扭曲的树木和破损的墓碑。宁静。

他记不清自己和警察之间发生了什么，尽管他记得他们见了面，还坐在一起聊了会儿天，然后发生了点儿什么事情，但他不记得了。具体发生了什么事、他们是怎么分开的，以及他说了多少自己的事情，他都不记得了。他本来想把一切都告诉他的。当他给这个警察打电话的时候，他是准备把所有事情都告诉他的，包括格雷提斯戈塔、罗吉、他的母亲、童年时发生的事情，还有他是怎么被虐待的。他本来打算把警察带去格雷提斯戈塔，让他看看那个老男人，把整件事情都告诉他。但不知道为什么，他并没有那样做。他逃跑了吗？他此刻能记起的唯一的事情就是自己刚从地下室的地板上醒来。

他费力地坐了起来，摸索着那个塑料袋。他已经喝完一瓶酒了，但另一瓶还剩下一半，于是他喝了一大口，想着自己又得去一趟酒铺了。突然，他回想起自己翻过墓园的墙，来到马路上，差点儿被一辆车子撞到的一幕。是的，他现在想起来了，那个警察当时在打电话。

他还没想好到底要不要再给那个警察打电话，约他见面。他确信自己寄了一段胶片给他，那是他在那个老男人家里找到的。如果没有记错的话，他一共找到了两卷。但后来，即使他把房子翻了个底朝天也没找到其他的。

找到影片之后的几个小时，他一直在犹豫要不要放出来看。那段经历实在是太痛苦了。他把其中一卷放进了放映机，打开了机器。胶片开始转动，白色的墙上出现了一个小男孩的身影，那是他自己。然后，所有的记忆都涌了出来。讽刺的是，他记不住二十四小时之前发生的事，却清楚地记得三十多年前发生的事。他飞快地关掉放映机，拿出了胶片，然后在废墟中找到了一把剪刀。他剪下了一小段胶片，放进了地上的一个塑料袋里。

他不想让其他人看到这些短片，这是他的秘密。所以，他把剩下的胶片都放在厨房水池里，一把火烧了。胶片燃烧释放出令人作呕的浓烟，他早就料到了。于是，他打开厨房和客厅的窗户通了通风。确定所有胶片都化成灰烬之后，他把灰渣冲下了水池。

一切都结束了，一了百了。

他又喝了一口酒，酒瓶已经见底了。他得出去再买些了。

他想再跟那个警察谈谈，向他坦白一切。他不想再逃跑。这次，他会尽量不再逃跑了。

36

西于聚尔·奥利按门铃的时候，埃比尼泽并没有来开门，于是他使劲儿拍起了门。他喊他的名字，但并没有什么用。埃比尼泽的吉普车就停在门口，西于聚尔·奥利本能地觉得他就在家。后来，他想通过窗户观察一下屋里的情况。他先是透过厨房的窗户往里看，发现厨房有些脏乱，然后又来到房子后面的客厅窗户，从那里往里看。他费尽眼力才辨别出了一条男人的腿，还有毯子下面的头。他使劲儿拍打着窗户，拍得窗户咚咚直响。而埃比尼泽只是动了动，翻了个身。咖啡桌上满是瓶瓶罐罐，看来，埃比还沉浸在悲伤之中。

西于聚尔·奥利继续拍打着窗户，朝埃比尼泽大声地喊着，他终于慢慢地醒了过来。他费力地分辨着这动静是从哪里发出来的，最后看到了窗户外面让人讨厌的警察。他从沙发上坐了起来。西于聚尔·奥利回到前门等他来开门。然而，什么都没有发生。他失去了耐性，猜想埃比尼泽可能又睡着了，于是又按响了门铃，然后大力地敲着门。

过了很久，埃比尼泽终于出现了，看起来极度不耐烦。

“吵什么吵？”他声音沙哑地问道。

“我能进来坐会儿吗？”西于聚尔·奥利问道，“不会太久。”

埃比尼泽眯起眼睛看了一眼外面的太阳，尽管已经有点儿晚了，但天色依然很亮。他看了一眼手表，又看了一眼西于聚尔·奥利，最后允许他进了门。西于聚尔·奥利跟着他走进了客厅，他们都坐了下来。

“看看家里乱的。”埃比尼泽说，“我还没……”他想为房间的杂乱和自己的不修边幅找个借口，但一时没有想到，于是便放弃了。“我看新闻了，你们抓住他了。”他说。

“是的，我们已经逮捕了袭击犯。”西于聚尔·奥利说，“他说了自己的动机，但我们暂时还不能确定他说的是真是假。所以，我想找你多了解一些情况。”

“什么动机？”

“袭击莉娜的动机。”西于聚尔·奥利解释道。

“哦，他是谁？”埃比尼泽还是半睡半醒的。

“他的名字叫索拉林。我们确定是他袭击了她。”

“她并不认识叫索拉林的人。”埃比说着，拿起了一个啤酒罐，充满希望地摇了摇，却发现啤酒罐是空的。

“是的，他们并不认识对方。”

西于聚尔·奥利暂时还不想透露太多的调查细节，所以他把最新的进展简略地跟埃比讲了讲并把托吉目前的处境告诉了他。然后强调说，既然现在出现了疑问，就应该把细节再核实一下。埃比尼泽似乎并没有听到他说的话。

“也许你需要点儿时间清醒一下。”西于聚尔·奥利提示说。

“不。”埃比回答道，“没有关系。”

“不会耽误你太久的。”西于聚尔·奥利说。

埃比尼泽看起来很累很憔悴，他的神情非常麻木，而这并不仅仅是因为宿醉。西于聚尔·奥利觉得也许是自己错了，莉娜的死对埃比的打击比他想象中的重得多。于是，他试着表现得礼貌一些，得体一些，尽管这两样都不是他的强项。他心里其实是有些讨厌这个男人的，他忘不了帕崔克所说的埃比和莉娜威胁说要把照片散布到黄色小报和网络上的那件事。

“那么，他的动机是什么？”埃比尼泽问道，“我说的是你们抓住的那个人。”

“为了讨毒资。”西于聚尔·奥利回答道，“我得到消息说你嗑药，你和莉娜都吸毒。所以，在我们看来，为了讨毒资也是合理的。”

埃比尼泽看了一眼西于聚尔·奥利。

“我们并不欠任何人的钱。”他最后说道。

“索拉林既是毒贩子也是催债人，不过，他一直都在逃避法律的制裁。他很谨慎，没有在警局留下多少案底，平时以货车司机的身份作掩护。如果不是你们欠了他的钱，他那样的人会有什么动机去袭击莉娜呢？你告诉我。”

埃比尼泽沉默地坐着，认真琢磨着这个问题。

“我不知道。”他说，“我……说实话，莉娜和我只是嗑药玩一玩，但我们工作都很努力，付得起钱。我完全不认识这个索拉林，我相信莉娜也不认识他。我不知道他为什么要袭击她。”

“好吧。”西于聚尔·奥利说，“假如不是因为毒品，而是因为别的事情，那可能是什么事情呢？除了嗑药和诈骗，你和莉娜还干了什么？”

埃比尼泽没有回答。

“很明显，你们得罪了人。到底得罪了谁呢？”

还是没有回应。

“你在怕什么？或者说你在怕谁？你们还敲诈了谁？”

“那些照片。”埃比尼泽想了很久，终于开口了，“我们以前没干过那样的事。莉娜想要试一试，看看结果会怎样。如果管用的话，我们就能挣上一笔；如果不管用，也没什么坏处。我不是要把责任都推到她身上，但这确实是她的主意，她对这茬儿比我上心得多。这些照片一直也没派上什么用场。后来，莉娜在电视上看见了她。”

“赫尔曼的妻子？”

“是的。”

“所以，你们把照片寄给了他们？”西于聚尔·奥利追问道。这是埃比尼泽第一次承认他参与了敲诈。

“是的。莉娜说她很有政治前景，所以想试一试，找找乐子。”

“找乐子？你们毁了两个家庭！莉娜被杀了！”

西于聚尔·奥利非常生气，非常严厉。但他突然发现，自己根本不应该这么生气。芬尼尔之前就说过，他不可能保持中立。

“我很抱歉。”他放低了音量，“但你难道不是在推卸责任吗？”

“根本没有。”埃比尼泽回答道，“莉娜总有一些非常大胆的想法。”

“什么样的想法？敲诈吗？”

“不，就是各种各样疯狂的想法。但她从来没有付诸行动，除了这次。”

“你都知道，是吗？”

“是的，我知道。”

“你不介意她和其他男人睡在一起吗？”

“我们就是这样的。”埃比尼泽说，“她也不介意我和其他女人一起。就是这样。”

“那换妻呢？”

“我们上大学的时候就那样玩了。那时候我们才刚刚在一起，之后也一直没变。”

“她会跟你说起和她上床的男人吗？”

“有时候会。可能算是经常说吧。”

“她和工作上遇到的人上过床吗？”

“据我所知没有。”

“你和她一起去过她公司的高地旅行吗？”

“经常去。是莉娜向她的公司推荐了我。他们知道我是个导游，经常安排那样的短途旅行，所以当莉娜说我能干的时候，他们立刻同意了。他们对结果也很满意，旅行非常成功。”

“你认识去的那些人吗？”

“不，不认识。”

“他们是银行家？工程师？外国投资者？”

“是的，是那些人。还有很多外国人。”

“我听说有个意外。”西于聚尔·奥利说，“有个人失踪了，几个月之后才被发现。你记得这件事吗？”

“莉娜提到过，我记不清她当时是怎么说的了。但这件事不是在我的旅行团里发生的。”

“她认识那些人吗？”

“我不这么认为。”

“也就是说，她没有和他们上床？”

埃比尼泽没有回答，他被这个问题激怒了。但在西于聚尔·奥利看来，这没什么——莉娜并没有因为和帕崔克上了床而感到不安。她和埃比的婚姻不正常，至少在他看来不正常。

“我想要回那些照片。”他说。

“什么照片？”

“你们和赫尔曼夫妻的照片。在你这里吗？”

埃比尼泽考虑了一会儿，然后起身去了厨房，打开了杂物间的门。西于聚尔·奥利坐在原地等待着。过了一小会儿，埃比尼泽拿着一个信封出来了，然后把信封递给了他。

“这是全部的照片吗？”西于聚尔·奥利问道。

“是的。”

“没有存到电脑上？”

“没有，我们洗了四张照片，寄了一张给他们，好让他们知道我们是认真的。我们从来没有想过真的把照片散播出去。这只是个玩笑。”

埃比尼泽好像词穷了。他看起来非常不安，扫视着这个房间。

“天哪，这里可真够乱的。”他叹了口气，说道。

“你还要继续否认你们已经负债累累了吗？”西于聚尔·奥利问道。

埃比尼泽摇摇头，一脸挫败。西于聚尔·奥利觉得，他已经快要哭出来了。

“我们现在一团糟。”他承认道，“房子，车子，一切都是贷款买的。我们已经债台高筑了。我们到处都欠了钱，也欠了毒资。”

“卖毒品给你们的是谁？”

“我不想说。”

“你最好说出来。”

“不，我不能说。”

“你被威胁了吗？”

“有好几个毒贩都卖给我们毒品。但他们都没有威胁过我们——这句是胡说。我不认识那个叫索拉林的人。我没有找他买过毒品。我不知道他所说的债务是什么。我们不欠他的钱。”

“他也叫托吉。”

“那也没听过。”

“你完全不知道他为什么袭击莉娜吗？”

“是的，不知道。”

“原谅我问了这么多问题。”西于聚尔·奥利说，“但不管怎样，我们得调查清楚。莉娜有没有因为钱和什么人上过床？”

这个问题没有再次刺激到埃比尼泽。之前，当被问到两人之间的性生活时，他很生气，但现在的他却异常冷漠。西于聚尔·奥利不知道他们的关系是怎样的，不知道这种关系到底基于什么。

“如果有，她也没有告诉过我。我只能这么说。”

“你会介意吗？”

“莉娜是个很特别的女人。”埃比尼泽回答道。

“如果她做过那种事情的话，会是和谁呢？是她办公室里的人吗？”

埃比尼泽耸耸肩。“事实上，她确实提到过一件事，和那个家伙的业务有关，那个和我们一起旅行过的人。”

“你是说银行家吗？失踪的那个吗？”

埃比尼泽又拿起了一罐啤酒，摇了摇，听到了里面液体晃动的声音。他喝光了这罐啤酒，然后用手把罐子捏变了形，发出了响亮的爆裂声。

“很显然，他们在搞什么赚钱的计划。”

“计划？”

“那些家伙一心追名逐利。”埃比尼泽说，“就是和他一起去旅行的人。莉娜提到过。”

“什么时候？”

“就是不久前。”

“她是怎么说的？”

“你知道的，他们对那些事情有着狂热的兴趣。”

“什么？”

“我不知道。是银行交易方面的事情。莉娜也不是很清楚，但她知道他们有个计划，而且是个令人难以置信的计划。”

“怎么难以置信了？”

“就是非常冷酷。这是他们最大的特点。真是令人吃惊。”

37

西于聚尔·奥利并没有打开信封。他把它带回了海维费斯格塔警局，却不知道该拿它怎么办。于是，他把信封放进了抽屉。在他看来，埃比尼泽说没有副本很可能是在撒谎。不管怎样，照现在的发展来看，西于聚尔·奥利觉得，这些照片和案件并没有什么关系。埃比想尽量息事宁人，把敲诈说成是莉娜开的玩笑，说他们只是想试试看能不能弄到钱。如果弄不到，他们就会放弃这个想法。不管真相是否如此，至少埃比希望他能相信这一点。

电话铃响的时候，他正想着这些事情。

“你好？”他接起电话。

“我没有……”

“你好？”

电话那头有撞击的声音，接着传出了沙沙声。

“什么？”西于聚尔·奥利问道，“你是谁？”

没有回答。

“安德烈斯？”西于聚尔·奥利好像听出了他的声音。

“我说过……我没有……”那声音含糊不清，几乎听不出来他说的是什么，“我没有告诉你……”

他并没有把话说完。西于聚尔·奥利听到了他的喘息声。

“安德烈斯？是你吗？告诉我什么？”

“……知道……知道……这个老混蛋的所有事情……”

“什么意思？你想说什么？”

“是你吗？和我在墓园说话的是你吗？”

“是的。你为什么跑了？你现在在哪儿？我能来找你吗？”

“我在哪儿？谁关心呢？谁在意呢？没人在意。没人在意过我在哪儿。现在……去找他……去找那个混蛋……”

“谁？”西于聚尔·奥利问道，“找谁？”

西于聚尔·奥利等了一会儿。电话那头静了一会儿。然后，安德烈斯突然开始讲话，好像一下子振作了起来。

“我找到了！那天见面的时候我就想告诉你。我要告诉你，我找到他了。他跑不了。你不用担心他跑了。我做了……做了一个面具……他并不喜欢。他并不愿意看到我。这么多年过去了，他并不愿意再见到我。我告诉你，他不想见到小安迪。噢，不，不，他不想。”

“你在哪儿，安德烈斯？”西于聚尔·奥利坚决地问道，他把屏幕上的电话号码抄了下来，然后在网上电话目录中进行了搜索，最后看到了安德烈斯的名字和地址。“我可以帮你。”西于聚尔·奥利说，“让我帮你吧，安德烈斯。你在家吗？”

“但我能应付他。”安德烈斯忘我地继续说道，“我……我以为会很难，但他已经老了，一个又老又虚弱的混蛋……”

“你说的是罗吉瓦德吗？你抓住罗吉瓦德了吗？安德烈斯！”

电话被切断了。西于聚尔·奥利从椅子上跳起来，抓着手机就出去了。他打电话到号码查询台，想查一下安德烈斯邻居家的电话号码。他知道她的地址，却一时想不起她的名字了。他拼命地回想着。

玛格丽特·埃蒙德。他想起来了。

他们帮他把电话直接转接到了玛格丽特家，电话铃响到第三声的时候，玛格丽特接起了电话。这个时候，西于聚尔·奥利已经开着车朝他们家去了。他介绍了自己，当他确认她想起他是谁了之后，他让她去安德烈斯家看看他是否在家。

“你是说安德烈斯吗？”她问道。

“是的。如果你看到了他，尽量拖住他，等我过去，可以吗？他刚刚给我打了电话，我觉得他需要帮助。你在他家门外了吗？”

“什么，你想让我去监视他吗？”

“你的电话是无线的吗？”

“无线的？是的。”

“我在帮他。我怕他会做傻事。你能把电话交给他吗？拜托了！”

“等一会儿。”

他听到了开门声、敲门声，还有玛格丽特喊安德烈斯的声音。西于聚尔·奥利踩了踩刹车，咒骂了一声。前面出了车祸，造成了交通堵塞。

“你在干什么呢，亲爱的安德烈斯？”他听到了她惊讶的询问声。

西于聚尔·奥利按着喇叭，想要变道。他听不到安德烈斯的声音，但他模糊地听到玛格丽特和他说有个警察要来找他，然后就是“你要去哪儿”，还有充满母性的“你不能这么出去，亲爱的”。他想跟她说点儿什么，但她并没有把电话听筒放在耳边。

玛格丽特再次开始说话的时候，他已经通过了车祸现场，以超过限速一倍的速度穿梭在车流之中。

“你好？”她不确定地问道。

“是的，我还在。”西于聚尔·奥利回答道。

“那个可怜的男人，”玛格丽特说，“他看起来糟透了。”

“他跑了吗？”

“是的，我拦不住他。他没理我，直接跑下了楼，他好像醉得厉害。”

“他出了大楼之后往哪边跑了？”

“我没看见。我没看见他跑去哪儿了。”

西于聚尔·奥利在公寓附近停了下来，到处搜寻着安德烈斯，但并没有发现他的踪迹。他去其他几条街道找了找，但显然已经找不着了。于是，他又把车停在了公寓外面，按响了玛格丽特家的门铃。她正焦急地等着他，马上让他进了门。

“你没有找到他吗？”她一看见西于聚尔·奥利就问道。

“他消失了。他和你说什么了吗？”

“什么也没说。可怜的男人。他一定很久没有洗澡了，臭得要命。他看起来像个流浪汉。我以前从没见过他那个样子。从来没有。”

“你知道他可能去哪儿了吗？”

“不知道。我问了，但他没有回答。他就那样冲下楼梯不见了。”

“他离开公寓的时候手里拿什么了吗？”

“没有，什么也没拿。”

“你听他提起过一个叫罗吉瓦德的男人吗？”

“罗吉瓦德？没有，那是他的朋友吗？”

“不，”西于聚尔·奥利说，“并不是。”

玛格丽特像之前那样让他进了安德烈斯的公寓。她站在门口，西于聚尔·奥利迅速地朝里面看了一眼。一切貌似都没有变。西于聚尔·奥利觉得，安德烈斯回来只是为了给他打电话，告诉他自己找到罗吉瓦德了，不管那到底意味着什么。

西于聚尔·奥利的电话响了，是缉毒组的同事打来的。

“我刚刚听说你们抓到霍杜尔·瓦格松了？”

“霍迪吗？是的。他怎么了？”

“我们之前一直在调查他，目前还没有什么进展。但我们一直在监听并记录他的电话，我突然想到你可能会用得上。”

“你有文字版吗？”

“有，已经放在你的办公桌上了。”

“你们查到什么了吗？”

“会查到的，除非你赶在我们前面先查清楚了。有件事你必须清楚，霍迪这个混蛋是个白痴。”

他听到电话那头发出了轻笑声。

“你有没有监视他的朋友索拉林的电话呢？”

“托吉？”

“是的。”

“没有，我们只知道他的名字。如果他也是个毒贩子，而且不是新入行的，那他一定非常小心，这是最起码的。我敢说，他一定比霍迪聪明多了。”

这是西于聚尔·奥利第一次到银行总部来，他立刻就感受到了一股奢华之气。他从雷克雅未克市中心来到了一个完全不同的世界。建材均为玻璃、钢铁或深色实木，明快的古典风格的线条在热带植物的叶丛之间依稀可见，尽显豪富。他终于找到了一个类似接待台的地方，那里有个老人想通过银行转账付款。

“是的，但我爱莫能助，我们不办理转账业务。”桌子后面的女士说道。在一片富丽堂皇之中，这里就像一个小岛。

“但这里是银行，不是吗？”老人问道。

“是的，这里是银行，但如果你要转账的话，你得去我们其中一个分行办理。”

“但我只是想付个款。”老人坚持道。

“需要帮忙吗？”女士转向西于聚尔·奥利问道，她已经不想再花时间在那个老人身上了。

“我找融资部的斯韦里尔，他在吗？”

女士输入了这个名字。“很抱歉，他刚刚出去了，几个小时以后才回来。”

“那克努蒂尔呢？”西于聚尔·奥利问道，“克努蒂尔·荣松，他也在融资部。”

“您有预约吗？”女士用悦耳的声音问道，这句话她应该已经说过上千次了。

“没有。”

“那么，最近的分行在哪里呢？”老人问道，他还没放弃付款的事。

“劳加维加。”接待员头都没抬。

“克努蒂尔·荣松正在开会。您介意等一会儿吗？我怎么向他介绍您呢？您是要找他咨询外汇账户的事情吗？”

西于聚尔·奥利决定只回答第二个问题，他说是的，然后他看见老人抓着账单从大玻璃门出去了。

“在二楼。”接待员说，“电梯在那边。”

西于聚尔·奥利等了差不多十五分钟，一个男人从会议室里出来了，一起出来的还有一对年轻夫妇。他长着一张娃娃脸，头发是金色的，健壮结实的身体裹在精心设计的西装里。他微笑着向年轻夫妇道别，承诺之后会把更详细的外汇账户资料发给他们，然后转向西于聚尔·奥利。

“你是在等我吗？”他笑着问道。

“如果你是克努蒂尔的话。”西于聚尔·奥利说。

“是的，你对外汇账户有兴趣吗？”

“并没有。我是警察，我想了解一下你那个意外丧生的同事索尔芬尼尔的情况。不会耽误你很久。”

“怎么了？那件事情有什么新的进展吗？”

“我们还是不要在走廊里谈论这件事情吧。”

克努蒂尔盯着西于聚尔·奥利，然后看了看表。西于聚尔·奥利沉默地站着，直到克努蒂尔把他请进办公室。虽然他很忙，也不太清楚西于聚尔·奥利到底想干什么，但还是可以匀一点时间给他，他这样解释道。

38

克努蒂尔对于同事去年在冰岛西部斯奈山半岛意外死亡的描述和警局的报告完全吻合。他们一共四个人，都是银行职员，打算一起到斯奈山半岛的布迪尔酒店去。他们是在一个星期五开着两辆四驱越野车去的那里，准备在那里待上两个晚上，完成一些工作，顺便在半岛上游览一番，星期天再回城。星期五晚上他们到的时候，天气很平静，气温在零度以下。星期六早上，他们分开行动，克努蒂尔和阿尔纳决定报名参加一个攀登斯奈山冰川的旅行团，而斯韦里尔和索尔芬尼尔则开车去了半岛最西边的悬崖海岸灯塔，南临斯卡拉斯纳其，北临昂德瓦达尼斯。他们原计划当天下午晚一点在酒店会合，但后来，天气变坏了，风力越来越强，最后竟然下起了暴风雪。去爬冰川的两个人按时回来了，但去悬崖海岸灯塔的两个同事却没有回来。他们并没有制订详细的应急方案，但大致知道另外两个人去了哪里。

他们两人一驶离主路，手机就没有信号了。

两个人中只有一个人从悬崖海岸灯塔回来了。斯韦里尔的手机信号一恢复，就立刻给另外两个同事打了电话，告诉他们索尔芬尼尔和他走散了。当时，他们沿着悬崖一直往南走，准备去斯卡拉斯纳其的灯塔。天色渐晚的时候，斯韦里尔打算回来，而索尔芬尼尔还想继续往前走。于是他们商量好，斯韦里尔去取车，然后在贝吕湾附近的路边接索尔芬尼尔。但斯韦里尔到的时候并没有看到索尔芬尼尔。他等了一会儿，然后到处找了近一个小时，直到天气变糟。斯韦里尔想问问同事有没有索尔芬尼尔的消息，但他们并没有，距离他们分开已经有三个小时了。克努蒂尔和阿尔纳开车去了那片荒野，他们三个人又继续找了很久，最后不得不选择报警寻求救援。

救援队在古夫斯卡拉集结准备去悬崖海岸灯塔的时候，天色已经漆黑了，暴风雪也越来越大。三位同事都参加了搜救，斯韦里尔跟救援队说了他和索尔芬尼尔分开的地点，除此之外，他也帮不上什么忙了。这片荒野很不好走，经过在黑暗和极端天气中几个小时的搜索，救援队被迫终止了搜救。第二天天一亮，救援就又开始了，救援工作者仔细搜索了靠海一侧的荒野，但险峻的悬崖边风急浪高，几乎站不稳脚跟。

救援队告诉这三个来自雷克雅未克的男人，他们当地人把这个悬崖称为“黑堡”——船翻了的渔民最后看到的就是这漆黑的峭壁。峭壁的边缘都是日积月累被海水侵蚀出的裂缝和沟渠。索尔芬尼尔有可能是离边缘太近，结果失足掉到海里去了。

“他们并没有找到他。”克努蒂尔告诉西于聚尔·奥利，“他就像是被大地吞没了似的。我从来没想过会遇到这样的事。”

“直到第二年春天。”西于聚尔·奥利说。

“是的。简直没法儿描述，太惨了。虽说他没有成家，还是单身，但还是很惨。”

“你觉得那重要吗？”

“不，不，当然不是。”

“这事发生在一年前？”

“是的。”

“我听说你们对那一块儿都不熟。”

“斯韦里尔比较熟悉，是他带我们去的。他家是从那边搬来的，所以他比较清楚……所以……不，我并不熟悉那里。那是我第一次去冰川。我都不确定还会不会再去。”

“尸检结果显示他死于意外。几个瑞典游客发现了他。当时，他的尸体被冲到了黄金海滩上。他在海水里泡了太久，已经面目全非了。但后来，他的身份得到了确认。最后的结论是，他是不小心跌落悬崖而意外身亡的。”

“是的，差不多是这样。”

“你们都在这里上班吗？”

“是的。”

“斯韦里尔是最后看见索尔芬尼尔还活着的人吗？”

“是的。他因为没有看好索尔芬尼尔感到非常自责。他觉得，发生这样的事情都得怪他。但当然了，这并不是他的错。索尔芬尼尔是个很固执的人。”

“他坚持要自己一个人走？”

“是的，斯韦里尔是这么说的。索尔芬尼尔对那里的风景非常着迷。”

克努蒂尔的黑莓手机响了，他看了一眼屏幕，跟西于聚尔·奥利说了声抱歉，因为他得接这通电话。他在桌边坐了下来，把椅子转向了另一边，但西于聚尔·奥利还是听到了整段对话内容。

“前几天的管弦乐队你是从哪里找来的？那个室内乐队。”克努蒂尔问道，“不，我要举办一个晚宴。”他继续说道，好像是在回答什么问题，“是的，我知道时间很仓促，但这是个重要场合，我已经请到了一位高管。我觉得有室内乐队会好一些。”

他匆匆记下了些什么，迅速道了别，然后就转回到西于聚尔·奥利这边。

“问完了吗？”他看了一眼电脑屏幕上的时间问道，暗示他现在很忙，没有时间继续对话了。

“你们在同一个部门工作吗？”

“不是，不过我们的业务有时候会有重合的地方。我们一起合作过很多业务。”

“你能说说吗？”

“不能说，说了就违反保密协定了。银行的保密协定可不是空穴来风，你明白吧？但我可以告诉你，我们都在融资部。”

西于聚尔·奥利感受到了自己的无能。克努蒂尔比他小几岁，但很可能比他富有五十倍。一个长了这样一张娃娃脸的人，为晚宴订室内乐队。通常，西于聚尔·奥利会非常佩服那些有能力、有干劲儿的成功人士，而不是嫉妒他们的成就。但克努蒂尔的态度惹恼了他，不知道为什么，订乐队的事情让他不太高兴。

“我明白。”他说，“所以说，你们四个其实并不是太熟？”

“当然了，我们是因为工作原因才经常接触的。为什么你现在要问这些？这个案子要重新调查吗？”

“说实话，我也不知道。你认识一个叫西吉莉娜·索格瑞多提尔的女人吗？”

“西吉莉娜？”克努蒂尔想了想。他站了起来，好像觉得这次谈话已经结束了。他走到门边，打开了门，但西于聚尔·奥利还是牢牢地坐在椅子上。

“不是太有印象。我应该认识她吗？”

他朝走廊里的人点了点头。他的下一个会议要开始了，他还有事情要做。

“她是一家会计公司的秘书。”西于聚尔·奥利回答道，“最近在家里遭到了暴力袭击。你应该在新闻上看到过。她在医院里去世了。”

“我看了新闻，但我没对上号。”

“你和你的同事参加过她们公司组织的高地旅行，就在斯奈山半岛的意外发生之前。她的丈夫是你们的导游。她叫莉娜。”

“噢，她啊。真的是她被袭击了吗？”克努蒂尔好像终于反应过来了，“警察查出什么了吗？”

“案子还在调查当中。所以说，你记得她？”

“是的。既然你提到了那次旅行，说实话，那次旅行棒极了。”

“你和她还有什么联系吗？后来有吗？”

“没有，完全没有。”

“那你的同事呢，你们银行的同事呢？”

“不，我不这么认为。至少据我所知没有。”

“你确定吗？”

西于聚尔·奥利站起来走向克努蒂尔依然开着的门。克努蒂尔已经赶不上下个会议了，金钱可是不等人的。

“是的。”克努蒂尔回答道，“我非常确定。但你还得问问其他人。我个人对她不是很了解。她提到我们了吗？”

西于聚尔·奥利不可抑制地想要折磨他一下。

“是的。”他说，“跟她的丈夫提过。她说你们这些人简直不可思议，非常不可思议。”

“真的吗？”

“她提到了什么‘计划’。你知道她指的是什么吗？”

“计划？”

“你们这种人参与的计划。她的原话是，你们‘令人难以置信’。她并不清楚计划是什么，但我会搞清楚的。谢谢你的合作。”

他们握了握手，然后西于聚尔·奥利离开了，留下走廊里一脸焦急的克努蒂尔。

39

对索拉林和霍迪的审讯一点儿进展也没有，西于聚尔·奥利和芬尼尔后来再对他们问话的时候，他们的态度都是同样的无礼和傲慢。

“那女人是谁？”霍迪被问到是否认识莉娜的时候，他回嘴道。

“这样的语气对你没什么好处。”芬尼尔告诉他。

“这样的语气。”霍迪学着芬尼尔说话，“你现在是在教我怎么说话吗？省省吧。”

“你是怎么认识索拉林的？”西于聚尔·奥利问。

“我不认识他。哪个索拉林？他是谁？”

霍迪被带回了牢房，索拉林被带了过来。他看起来非常随意，眼睛来来回回地看着西于聚尔·奥利和芬尼尔，看起来很是惬意。

“你说你袭击西吉莉娜·索格瑞多提尔是为了追讨毒资，但他的丈夫却对这笔负债一无所知。他说他们从来没有找你买过东西。”

“他为什么要知道呢？”索拉林反击道。

“你是说，莉娜瞒着丈夫向你买了毒品？”

“天哪，你们是昨天才出生还是怎样？她欠我买毒品的钱，整件事情就是自卫。”

“你准备为了一点儿债务就在牢里待十六年吗？”

“你什么意思？”

“你不觉得对于无期徒刑来说，你的动机太薄弱了吗？就为了一点点毒品？”

“我不明白你的意思。”

“一宗这么小的毒品交易。”

“什么？你的意思是，如果是因为别的事就不一样了吗？有什么区别吗？”

这个问题听起来很诚恳。坐在一旁的律师也坐直了身子。

“有很多情节是可以减刑的。”芬尼尔说。

“比如说，你是被别人派去的，只是受人指使。”西于聚尔·奥利说，“而你自己和这件事一点儿关系也没有，没有直接联系，也没有个人利害关系。”

西于聚尔·奥利尽力使自己听起来老练一点，尽管他对自己刚刚说的话并没有多少信心。

“然后我们就可以跟法庭说你非常配合。”他补充道，“这可能对你有好处。”

“配合？”

“我们只想解决这个案子。现在的问题就在于你想要什么，你想让我们怎么解决这个案子？别浪费时间扯什么自卫了。你当时在场，是你造成了莉娜的死亡。我们知道。所有人都知道。我们要的是动机，你去找她的真正原因。要不我们就得按你的说法结案，而你将面临十六年的刑期，就算表现良好也得十年。就为了一笔一万或是两万克朗的债务，你觉得值吗？”

西于聚尔·奥利终于让索拉林全神贯注了。

“也许我们可以理解成你只是失手了，所以才把莉娜伤得太重，你的本意只是想打伤她，而不是打死她。懂吗？你把她打死没有任何意义，毕竟如果她死了，你就更要不到钱了。你不仅要不回钱，还使自己陷入了更糟糕的境地，最后不得不藏到伯尔格尔修车厂。也许是某个人派你去找莉娜，让你给她点儿颜色瞧瞧，但你却不小心下手重了。那么，不管是谁派你去的，他都有责任。或者说，他本就是派你去杀莉娜的——我们也要考虑这个可能性。最后，你被关在牢里，而他却逍遥法外，你觉得这对你公平吗？”

索拉林还在认真地听。

“当然了，还有一种最直接的解释。”西于聚尔·奥利继续说，“那就是你本来就想杀她，跟债务、其他人都没有关系，而你不想让我们知道你的真实动机。这也不是完全没有可能，你知道的。你去见她就是为了杀她，然后在被撞见的那一刻决定一棍子敲碎她的脑袋。我比较倾向于这个解释，因为你仓皇地逃离了现场，而且你去她家的时候试图掩盖自己的行踪。这表明，整件事情都是有预谋的，你早就想好了要杀死莉娜。”

西于聚尔·奥利讲了很久，他不确定索拉林是否听懂了他的意思，他有意把某些事情缩小或者放大了，有意在这里关上一扇门，而在那里打开一扇窗，一切就看索拉林怎么看待目前的形势了。西于聚尔·奥利知道自己没有任何实打实的证据，只有自己的猜测，所以，他决定把这些猜测都说出来，然后观察索拉林的反应。对索拉林来说，他说的某些话肯定有点儿不着边际，但西于聚尔·奥利希望另外的一些话能够刺激到索拉林，让他透露更多的信息。

“你经常发表这样的无稽之谈吗？”索拉林那胖嘟嘟的、睡眼惺忪的律师说道。

“我并不是在和你说话。”西于聚尔·奥利说。

索拉林笑了。芬尼尔沉默地坐在西于聚尔·奥利身边，表情一直都没有变。

“你们管这种问讯方式叫什么呢？”律师问。

“这是我听过的最扯淡的话了。”索拉林说。

“好吧，托吉。”西于聚尔·奥利回答道，“那么我们很高兴案子就这样结了。”

“是的，可以，我看得出来。”

“那么现在的问题就是，你希望这起谋杀案怎么结案，让那个聪明的家伙逍遥法外，而你则要面对那十六年的刑期？你看起来会像个白痴一样。”

“嘿，等一下。”律师抗议道。

“我觉得你应该好好想一想。”

“谢谢。”索拉林说，“你真是个绅士。”

当他们晚上在赫莱姆公共汽车站附近一家安静的泰国餐厅见面时，西于聚尔·奥利立刻就发现，贝格索拉的状态好多了。她比他早到，他进来的时候，她站起来亲了亲他的脸颊。西于聚尔·奥利总算从对索拉林的审讯中解脱出来了。

“案子查得怎么样了？”她问道。

“我不知道。这个案子可能比我们想象中的复杂。你呢？一切都好吗？”

“还行。”

“所以说，你有新男朋友了？”

他想装作一副无所谓的样子，但不是很成功。她也发现了这一点。

“我不知道，最近才开始的。”

“多久了？你们在一起三个星期了吗？”

“是的，也可能有一个月了，差不多吧。他在银行上班。”

“这年头谁不是呢？”

“你一切都好吗？”

“是的，还好，我以为我们会试遍所有办法……”

“我也这么以为。”贝格索拉回答道，“但你从来不肯让步……”

“……然后事情就变成这样了。”

“……你从来没有表现出在意的样子。”

服务员过来了，他们让服务员推荐菜品。西于聚尔·奥利点了一杯啤酒，贝格索拉点了一杯白葡萄酒。他们的说话声很小，因为餐厅并不大，桌桌爆满。泰国菜的香气、宁神的东方音乐，还有其他桌客人的私语声，一切都有一种舒缓的效果。服务员走了之后，他们就这样静静地坐了几分钟。

“也许别人会认为我对你不忠。”贝格索拉说。

“不，”西于聚尔·奥利说，“当然不会。也就是说，上次我们见面时，你已经开始和他接触了？你没告诉我。”

“是的，也许我应该告诉你。我本来想说的，但我们当时好像已经没有关系了。我不知道我们现在是什么关系。我们什么关系也没有，一切都结束了。我以前以为还有点儿什么，但那天一见面，我就知道，一切都已经完了。”

“那天晚上，我给你打电话，知道有人和你在一起的时候，我震惊了。”

“你并没有给我们的关系任何机会。”

贝格索拉平淡地说道，不带任何责备或者愤恨。服务员把他们的酒水拿来了。泰国酿造的啤酒，冰镇爽口，看起来非常好喝。

“你这么说并不公平。”西于聚尔·奥利说，但话里透着不确定。

“我本来还想再试一试的。”贝格索拉说，“能做的我都做了。但从你那里，除了消极和抗拒之外，我什么都得不到。好了，现在一切都已经结束了，我们也都可以向前看了。我觉得这样也是一种解脱，再也不用成天闹别扭，像打仗一样活着了。现在，我已经有了新的生活，你也一样。”

“所以说，一切都结束了。”西于聚尔·奥利说。

“很早之前就结束了。”贝格索拉回答道，“只是我们花了很长时间才意识到这一点。我现在已经认识到了，也接受现实了。”

“看来你新交的这个银行家不是一般人。”西于聚尔·奥利说。

贝格索拉笑了。“他人很好。他会弹钢琴。”

“你告诉过他……”

他想都没想就说出了口，说到一半却发现他并没有权利这样问。但这话已经飘在了空气中，贝格索拉也猜出来他要说什么了。她知道他是怎么想的，他的怨恨要有个发泄点。

“你希望我们这样结束吗？”

“不，当然不。我不是故意……我打电话给你，是想看看我们还能不能再试试看，但已经太晚了。这是我的错，我只能怪自己。你是对的。”

“我已经告诉他我不能生育了。”

“我给你打电话的时候才意识到，我们是真的完了。”西于聚尔·奥利说。

“有时，你真像你的母亲。”贝格索拉生气地说。

“我真的很后悔，我太傻了。”

“我也很遗憾。”贝格索拉说，“但现在，一切都结束了。”

“不管怎么说，我不认为这和她有什么关系。”西于聚尔·奥利说。

“比你认为的多。”贝格索拉饮尽了葡萄酒，对西于聚尔·奥利说。

40

老师又问他为什么垂头丧气。那是在一节生物课上，他被问到了一个不会的问题，非常害怕。老师几天前已经问过他这个问题了，当时他就答不上来。他很喜欢生物这门课，但他不爱做作业，不仅是生物作业，还有数学作业，他什么作业也不做。他意识到自己落后了，想要赶上来，却没有动力。这些天来，他做什么都没劲，和他刚上学时交的朋友也疏远了。他并没有意识到自己看起来很悲伤，回答不上老师的问题时，他只是盯着老师，什么也不说。

“你还好吗，安德烈斯？”老师问道。

班上的同学都看着他。为什么老师要问他这些问题？为什么不能让他自己静一静？

“当然。”他回答。

但其实他并不好。

他生活在无尽的恐惧之中。罗吉瓦德说，如果他敢把他们做的事情告诉任何人，他就杀了他。其实根本用不着威胁，安德烈斯不会向任何人求助。他要怎么说呢？他简直没法儿描述他们干了什么，甚至连想都不愿意想。

他把这些丑陋的东西藏在谁都看不到的地方，锁在鲜血和眼泪横流的地方，在那里，谁都听不到他的尖叫声。

老师意识到这个小男孩已经被班上的同学看得不好意思了，于是赶紧换了个问题，让安德烈斯说出两种多年生植物。他犹豫了一会儿，最后回答出来了。然后，老师又提问了一位同学，大家的注意力就从安德烈斯身上移开了。

他终于可以松一口气了，但还是垂头丧气的。自从搬来和母亲一起住之后，他没有一刻是开心的。不仅如此，他的生活简直像噩梦一样。他不想上学，不想被问到为什么这么不开心，为什么没有干净的衣服穿，为什么没有午餐便当。他害怕引起别人的关注，害怕醒来，因为一睁开眼，所有的记忆就都涌了出来。他也不敢睡觉，因为他不知道罗吉瓦德什么时候会来找他。他害怕每一天，因为他在这个世界上孤立无援。

他的母亲知道发生了什么，尽管每次事情发生的时候她都不在家。他知道她知道，因为他曾经听到母亲求罗吉瓦德别再折磨他了。她还是整天醉醺醺的。

“管好你自己的事。”罗吉瓦德呵斥道。

“已经够过分的了。”他的母亲说，“为什么还要拍下来？”

“闭嘴。”这就是回答。

他也威胁她，时不时还殴打她。

然后有一天，罗吉瓦德消失了。一觉醒来，安德烈斯发现摄像机、胶片、放映机、他的衣服、鞋子、浴室里的刮胡刀、他的帽子和大衣，通通都不见了。罗吉瓦德以前也曾经短暂地消失过，但总会把他的东西留下。但这一次，他好像不打算再回来了，他带着他所有的东西消失了。

日子一天天地过去。两天。三天。没有罗吉瓦德的踪影。五天。十天。两个星期。他还是没有露面。有时候，他半夜醒来，以为罗吉瓦德在戳他，但并不是，他不在。三个星期。安德烈斯不停地问他的母亲。

“他还会回来吗？”

答案永远都是一样的。

“我怎么知道？”

一个月。

一年。

到了那个时候，他已经学会抑制痛苦了，吸毒能奇迹般地让他舒服很多。

他尽量不去回想这些充满血泪的往事。

而罗吉瓦德再也没有回来。

他抬头盯着阴沉沉的天。

真奇怪，在这墓园里，他觉得异常满足。他靠坐在一个长满青苔的旧墓碑旁，忘却了严寒。他大概是睡着了。暮光笼罩着整个城市，墙外传来车流的声音，高高的树木背后是久被遗忘的坟墓。他被安静的死亡包围了。

时间停止了。

在这里，时间没有任何意义。

41

西于聚尔·奥利不确定安德烈斯的话有多少是可信的。从他颠三倒四的叙述中看，安德烈斯好像是说他抓住了罗吉瓦德，还提到他用西于聚尔·奥利在厨房里看到的皮革做了一个面具。安德烈斯打电话给他好像是要告诉他这个信息，但又不肯多说，他的犹豫表明，他自己都不知道自己想要什么。从他公寓的状况来看，他并没有住在家里，甚至很久都没回去过了。西于聚尔·奥利试图确定安德烈斯口中的罗吉瓦德的身份和地址，首都里有一大把男人的姓名和年纪都符合他的描述，但他们都没有被报失踪。而且，安德烈斯的继父还用过化名，事实上还用过不止一个，也许现在用的也是化名，想找到他实在是太难了。安德烈斯会不会袭击了他？难道这一切只是他喝多了之后的幻想？他应该相信他的话吗？这个长期流浪、吸毒的麻烦男人说的话可信吗？

西于聚尔·奥利刚和贝格索拉吃完饭，在开车去母亲家的路上，这些问题牢牢地占据着他的脑子。不管怎样，他觉得安德烈斯的某些话还是可信的。他决不会向至今还折磨着他灵魂的儿时恶魔妥协。他需要帮助，他在请求帮助，只不过他的方式比较奇怪。那段短片和他们在墓园里的对话足以让西于聚尔・奥利相信他的无辜。

西于聚尔・奥利怎么也忘不了安德烈斯，任何一个场景或声音都能让他想起安德烈斯。他是怎么说他母亲的？“别问我她的事，我不想提她。”贝格索拉是怎么说西于聚尔・奥利的？“你有的时候真像你的母亲。”不管怎样，贝格索拉结束了他们之间的关系。一切都完了，他们分道扬镳了，他现在不知道该想什么了。失去了贝格索拉，他非常后悔。到了最后，他想挽回，想尽力挽回，可是已经太迟了。他已经发过脾气了，而贝格索拉也指出了他的无情，以及他和他母亲的势利。不过，他已经不记得在一起的这些年他说过什么批评贝格索拉的话了。

西于聚尔・奥利很累，心情也不好，此时此刻，他只想回家睡觉。但他还有两个问题要问母亲，一个是关于她作为一个母亲的，另一个是关于她作为一个会计的，一个不受所谓的“新维京人”和高回报率影响的会计。

伽伽对于儿子这么晚来造访感到非常惊讶。西于聚尔・奥利在厨房坐下来时，听到客厅里传来了电视的声音，他问母亲是不是赛蒙迪尔在家。“是的。”伽伽说，“他在看电视。要去打个招呼吗？”西于聚尔・奥利摇摇头。

“你那天跟我说起了银行的事情，你知道他们是怎么运作的吗？”

“你想知道些什么？”

“为什么他们能一下子弄到那么多钱？钱是从哪儿来的？银行

家们有没有什么不可告人的事情？你知道吗？”

“我不知道。”伽伽回答道，“你也听过很多这样的事了。有人说，如果我们继续这样下去的话就会破产。我们现在这些不可思议的扩张全是基于海外信贷投资，而很多迹象表明，这些资金来源马上就要枯竭了。如果他们所说的全球经济衰退真的到来了，银行就遭殃了。最令人担心的是，他们好像并没有打算收手或者谨慎一些，而是想加大筹码。就在昨天，我听说他们正计划在欧洲其他国家开户，从而获取更多的外汇。至少我听说，有些计划已经在进行中了。你们在调查银行吗？”

“我不确定。”西于聚尔·奥利说，“也许是和他们相关的人。”

“冰岛的大亨们在银行有很多的股份，他们会通过公司向银行贷款，当然了，这是不道德的，而且如果做得太过分就不仅仅是有风险这么简单了。他们在利用银行这种上市公司牟利。他们已经瓜分了国内所有的大公司，现在又把手伸向了国外，他们用廉价贷款在国外疯狂地购买一切能买到的公司。至于他们是怎么要手段炒高公司市值的就更不用说了。他们最常用的手法就是侵入上市公司，以高价把自己的资产卖给他们。与此同时，银行高管获得了价值不说上亿也有几千万的好处，然后他们再用银行贷款去购买股份。”

“我们经常听说这样的事情。”

“他们就是这样从金主那里赚钱的。”伽伽解释说，“然后，他们就会交叉持股。帮他们做这些事的和帮他们拿到贷款的总是同一群人。当然了，风险就是，如果其中一环断掉了，整座大厦就会像纸牌屋一样倒塌掉。”

西于聚尔·奥利若有所思地看着他的母亲。“这都是合法的吗？”

“你为什么不去问你们反诈骗中心的同事呢？还是你已经问过了？”

“我很快就会去问。”他说。他突然想到了芬尼尔。

“我觉得冰岛法律连这些事的一半都管不到。国会就是个笑话。他们比时代落后了三十年，只会谈论农产品的价格，其他什么也做不了。政府现在想控制一切，而他们只会加剧这种疯狂。他们过分关注这些成天坐着喷气式飞机飞来飞去的‘新维京’和银行家了。银行负债已经是国内生产总值的十二倍了，可根本没人管这件事情。但你到底在调查什么呢？”

“我还不确定。”西于聚尔·奥利说，“我甚至都不知道这其中到底有没有什么可查的。有四个银行经理一起去斯奈山半岛旅行，但只回来了三个人。另外一个掉落悬崖了。看起来没有什么可疑的。几个月之后，他的尸体被找到了，一切都没什么异常。但一年以后，一家会计公司的秘书被袭击了，她和丈夫曾经组织过冰川旅行，邀请过这四个人。遭受袭击的时候，这个叫莉娜的秘书正处于经济状况和私生活都一团糟的状态。”

“也就是说，你想知道这四个银行经理做了什么，导致了他们其中一人的死亡，还有一年之后那个女人的死亡？”

西于聚尔·奥利皱起了眉头。“也许只有其中两个人，他们不一定都牵扯到诈骗里了。”

“什么诈骗？”

“听着，我已经说得太多了。你千万别对任何人说，好吗？如果你说出去了，我就完蛋了。我现在的麻烦已经够多了。不管怎样，我要把这件事情查清楚。也许这只是一起单纯的追讨毒资的案子。

我们已经抓到了两个白痴，他们必须对那个女人的死负责。”

“好吧，但说到银行，他们真的什么都做得出来。”伽伽说，“他们说，金融家会把上亿乃至上十亿克朗转移到免税区，从而逃避在冰岛应交的税。他们会开办控股公司来干一些见不得人的勾当。你们什么都查不出来，因为免税区有保密协定。”

“那洗黑钱呢？”

“我不知道。”

“也许他们挪用了银行的公款，那四个人。”

“这种事也不是没听说过。”

“他们很有可能做了什么不法之事。我听说他们非常疯狂，而且正在进行什么计划。”

“计划？”

“是的，非法的计划。他们当中的两个人，或者更多人，都牵扯其中。”

“所以说，不一定和他们的银行有关？”

“不。我已经和他们其中一个人谈过话了。”

“然后呢？”

“没什么收获。他太忙了，没什么时间跟我说话。忙着为一个晚宴订室内乐队。”

西于聚尔·奥利听到赛蒙迪尔在另一个房间里咳嗽，希望他别过来。

“我见到贝格索拉了。”他说，“我们把事情说清楚了，彻底吹了。”

“真的吗？什么意思，彻底吹了？”

“就是完了。”

“你们不是早就完了吗？你觉得很痛苦吗？”

“是的，很痛苦。”

“你会遇到其他人的。是她结束了你们之间的关系吗？”

“是的，她开始了一段新恋情。”

“我就知道。”伽伽说。

“什么意思？”

“她不是个闲得住的人。”

“你一直不喜欢她。”

“是的，”他的母亲回答，“你说的对。失去她我一点儿也不觉得遗憾。这是浪费时间。”

“你怎么能这么说呢？承认吧，你根本不在乎，是吗？”

“你难道想让我跟你撒谎吗？她根本配不上你。这就是我的观点，我不想隐瞒，一点儿也不想。”

一个长期困扰西于聚尔·奥利的问题到了他的嘴边。

“你当初看上我父亲什么了？”

他的母亲像是没有听懂他的问题一样。

“你们为什么会在一起？”

“你在说什么呢？”伽伽问。

“你们是那么的不同。”西于聚尔·奥利说，“你一定也意识到了。但是……是为了什么呢？”

“噢，天哪，别再纠结这个问题了。”

“你从中获得了很多，不是吗？”

“你什么意思？”

“你上大学的钱都是他付的。”

“听着，亲爱的，人在一起又分开，不一定有什么特别的原因，我和你父亲也是如此。有可能是我的错，我承认。别再问下去了。”

他按响门铃时还在担心已经太晚了，他不想把父亲从睡梦中吵醒。他等了好一会儿，正准备偷偷离去的时候，门开了。

“是你吗，西吉？”他的父亲问。

“你已经睡了吗？”

“不，没有。进来吧，儿子。贝格索拉跟你一起来了吗？”

“没有，我一个人来的。”西于聚尔·奥利说。

他的父亲穿着一件旧的蓝色睡衣，衣服边露出一节细塑料管。他注意到西于聚尔·奥利在盯着管子看。

“我身上插了导尿管。”他的父亲解释道，“排尿用的，他们明天就会把它拔出来了。”

“哦，好吧。那你怎么样了？”

“还好。很抱歉，我这里没什么吃的，西吉。你饿吗？”

“不，我只是想在回家的路上来看看你，看你需不需要帮忙。”

“我很好。你不介意我躺下吧？”

西于聚尔·奥利坐了下来。他父亲在客厅的沙发上躺下来，闭上了眼睛。他看起来很累，本来应该在医院里多住几天的，但由于财政部一直缩减医院的预算，大夫总是尽快让病人出院。西于聚尔·奥利看着四周的书架、斗柜、旧电视机和墙上挂着的“优秀水暖工”证书。桌子上有两张西于聚尔·奥利的照片，还有一张三十年前伽伽跟他父亲的合影。西于聚尔·奥利还记得当时的场景。那天是他的生日，也是他们一家三口最后一次一起给他庆生。

他把自己跟贝格索拉的事情告诉了父亲。父亲沉默地听完了他简短的介绍，西于聚尔·奥利等着他的回应，然而，半天都没有回应。父亲沉默了许久，久到他以为父亲已经睡着了。他正准备轻手轻脚地离开时，父亲睁开了眼睛。

“至少你们还没有孩子。”他说。

“如果我们有孩子，也许一切就不同了。”西于聚尔·奥利说。

又是一段长久的沉默。他确信父亲已经睡着了，不想打扰他，但他睁开了眼睛，看着西于聚尔·奥利。

“他们总是在最坏的时候来。你应该知道这一点。孩子总是在最坏的时候来。”

42

第二天，西于聚尔·奥利偶然看到了银行经理索尔芬尼尔最好的朋友之一的名字，拉格纳什么的。根据警局的档案，他当时也参加了救援。他在师范大学教冰岛语。西于聚尔·奥利吃过午饭后突然想找他谈谈。他当时正在上课，当天的最后一节课，所以西于聚尔·奥利耐心地在走廊里等着，直到教室门打开，学生涌了出来。

没多久，走廊里就满是叽叽喳喳的学生了，他们背着书包、捧着笔记本电脑，手机不时地响起沙哑刺耳的铃声。西于聚尔·奥利觉得差不多可以进教室找他的时候，发现拉格纳还在和两个学生谈话。于是，他重新回到外面闲逛了一会儿，等着他回答完学生的问题。显然，他们的成绩不太好，因为拉格纳鼓励他们要加把劲儿。

两个学生无精打采地离开了教室，西于聚尔·奥利上前和拉格纳打了声招呼。他告诉拉格纳自己是警察，想找他了解一下他在斯奈山半岛出意外的朋友索尔芬尼尔的事情。拉格纳本来正要把手提电脑放进电脑包，听到这里时，他顿了顿。他身材很矮，有一头蓬乱的红头发和大大的鬓角。他的嘴巴很大，一双诚恳的眼睛不停地眨着。

“终于来了。”他说，“我以为你们不会再查这件事情了。”

“查哪件事情？”西于聚尔·奥利问。

“当然是好好查查他的死因了。”拉格纳说，“他的事情不是意外。”

“你为什么这么说？”西于聚尔·奥利问。

“我的意思是，这件事情还有很多疑点。他们四个人一起去斯奈山半岛，本来打算待在一起，结果他突然就不和他们一起了，只有两个人一起，然后他就失踪了。”

“有时候的确会有这样的事情，你知道的。人们总会遇到这样或那样的问题，尤其是在那样的天气情况下。”

“我指出了那么多问题，但没人听我的。他们过了很久才提高警惕。他们所说的事情也不都能连得上，他们的叙述是有出入的，然后他们改了口供，统一了出发和会和的时间。那个斯韦里尔就是个白痴。”

“怎么说？”

“他说索尔芬尼尔不应该独自在那里流连。他们两个人本应该待在一起。但斯韦里尔说，索尔芬尼尔让他先回去取车，他自己继续走。至于为什么，他没有解释，他只是说索尔芬尼尔想一个人在荒野上转一转。”

“这难道不是一个合理的解释吗？”

“我想是的。但是，在那种地方本来就要特别小心。天气说变坏就变坏，到处都是危险，还得小心悬崖和裂缝，尤其是在西边的悬崖海岸灯塔。所以说，把一个人单独留在那里简直是疯了。”

“索尔芬尼尔不是有经验吗？”

“是的，他确实很有经验。他很喜欢远足。”

“他提到过一个叫莉娜或者西吉莉娜的女人吗？那个秋天，他们和一群人一起参加了一次冰川旅行。”

“不，没有提过。”拉格纳疑惑地看着西于聚尔·奥利，“是那个被杀死的女人吗？新闻上说的那个？她是叫这个名字，是吗？”

“是的。”

“这两件事有什么联系吗？你是因为这个才来的吗？”

“还不能这么说。”西于聚尔·奥利说，“我们正在调查她的活动，看看她都做了些什么。我们发现她跟一群银行家和外国商人一起参加过高地旅行。你不知道你的朋友和他的同事在做些什么吗？”

“说实话，我一点儿也不懂。”拉格纳说，“我知道索尔芬尼尔做的事情和海外账户还有养老金有关，但我们从来没有仔细探讨过这些事情。我觉得财务方面的事情很无聊。”

“你觉得他是个诚实的人吗？”

“他非常诚实，对任何事都是如此。”

“他有提到过工作上遇到的问题吗？”

“没有。”

“那他有没有提过他的朋友或者银行的同事呢？或者和他一起去旅行的人？”

“没有。而且我不认为他们是朋友。索尔芬尼尔是在四五年前进银行工作时认识他们的。”

“所以说，他们不是很亲密的朋友？”

“他从来没有这样说过，而我也不觉得他真的想参加斯奈山半岛的那次旅行。他并不期待那次旅行，他宁愿不去。”

“但他还是去了。”

“是的，然后再也没有回来。”

斯韦里尔让他在办公室外面等了足足四十五分钟。这期间，走廊上人来人往，谁都没有多看他一眼。

终于，门开了，斯韦里尔探出了头。

“你是西于聚尔·奥利吗？”他问道。

“是的，我是。”

“你想干什么？”

“我想和你谈谈索尔芬尼尔的事情。”

“你是警察吗？”

“是的。”

“警察想知道什么呢？”

看来，斯韦里尔并不打算请他进办公室，于是，西于聚尔·奥利继续坐在走廊的椅子上。椅子是两个固定在一起的，旁边还有一张桌子，上面放了一堆旧杂志，他小心地移开了自己的视线。

“你觉得在走廊讨论这个合适吗？”西于聚尔·奥利问道。

“不，当然不，抱歉，请进。”

斯韦里尔的办公室宽敞明亮，有一套新式皮沙发，还有两个固定在墙上的平板显示器，上面显示着汇率和数据图表。

“你和索尔芬尼尔吵架了吗？你们是因此分开的吗？”西于聚

尔·奥利问道。他在斯韦里尔的办公桌对面坐了下来。

“吵架？你们为什么又调查起这件事情了？有什么新进展吗？你从哪儿听说我们吵架了？昨天是你来找克努蒂尔问话了吗？”

斯韦里尔的问题来得又急又密，西于聚尔·奥利在思考是不是都要回答。

“那他，我是指克努蒂尔，一定跟你说了我正在调查莉娜的事情。她说你们这些人有些不可思议的想法，并且正在进行一项什么计划。所以我过来调查一下，既然你问了，新进展就是这些。她说的计划到底是什么，她为什么说你们有些不可思议的想法？”

斯韦里尔冷冷地看着西于聚尔·奥利。

“我不知道你指的是什么。”他最后说道，“克努蒂尔跟我说你来问了索尔芬尼尔的一些事情，还做了一些无谓的猜测。”

“你认识莉娜吗？”

“克努蒂尔提起上次的旅行，我才想起了她。我根本不知道她就是被袭击的那个女人。”

“那你和索尔芬尼尔是怎么回事？你为什么会独自去取车？你们吵架了吗？发生了什么事？”

“我想你应该已经看过警局的档案了。我没有什么要补充的。我本来打算在贝吕湾接他，但他没有出现。”

“我听说他很固执。其中一个目击者这么说。”

“是的，有一点。他想再走远一点，而我觉得不太合适，况且已经那么晚了。我想回去，但他不愿意。所以我们最终决定，我去取车，然后来接他。荒野里有一些可以行车的小路。”

“所以说是他一意孤行，你阻止不了，然后他就失踪了？”

“都在档案里写着呢。而且他不是一意孤行，他只是没去过那里，被那里的风景迷住了。”

“但你经常去？”

“那是自然，我就是从斯奈山半岛搬过来的。”

“那么，你对那里的地形应该非常熟悉。”

“是的。”

“所以说，去那里是你的主意？”

斯韦里尔想了一会儿。“是的，你可以怪我。”

“你经常穿越荒野地带吗？”

“不，不是很经常。”

“但你知道那有多危险。尽管如此，你还是把他一个人丢下了。”

“那里并不比冰岛的很多其他地方更危险。你也太敏感了。”

“莉娜偷听到的你们的计划到底是什么？”西于聚尔·奥利问道。

“没有什么计划，没有阴谋。”斯韦里尔回答道，“我不知道她说的是什么，会不会只是个玩笑呢？”

“对她丈夫来说可不是。”

“好吧，我不认识他。我也不认识她，我想象不出她到底胡说了些什么。”

“但在那之后不久，你们当中就有一个人死了，就在那个秋天。”

“听着，很抱歉，但我觉得我帮不上你什么忙。”斯韦里尔说，“我非常忙，今天就到这里吧。”

他站了起来。

“他的尸体被冲到了黄金海滩。”西于聚尔·奥利不依不饶，

“你去过那里吗？”

“是的。他遇到了意外。这件事已经结案了。我不需要告诉你这些。”

“他的尸体在海水中泡了那么久，就算身上有伤也看不出来了吧？”西于聚尔·奥利说着，同时站起身来，“所以说，你并不认识莉娜？”

“不认识！”

“她是个很开放的女人。也许她就是喜欢男人，喜欢看他们围绕在自己身旁。”

“是的，我不认识她。”斯韦里尔重复道，随后打开了门。

“那索拉林和霍杜尔呢？也叫托吉和霍迪，一个是货车司机，一个是开修车厂的。他们都是禽兽。”

“不，我不认识他们。我应该认识他们吗？”

“他们是收债的。他们中的一个杀了莉娜，就是托吉，绰号‘飞毛腿’托吉。他确实跑得飞快。我想他就快招认了。在那之后，也许我们还会再谈一次话。”

“你是在威胁我吗？”

“绝对不是。”西于聚尔·奥利说，“你们当中有谁和她上过床吗？我说的是莉娜。”

“我没有。”斯韦里尔回答，“我再说一遍，你的问题已经冒犯到我了。我不知道你想要什么，不过我劝你还是从别人那里想想办法吧。”

43

那次致命旅行的第四个成员，阿尔纳，在斯韦里尔的楼上办公。西于聚尔·奥利直接上了楼，打听到了他办公室的位置，他的门牌上写着“阿尔纳·约瑟夫松”。他敲了几下门后把门推开了，阿尔纳站在里面打电话，狐疑地看了西于聚尔·奥利一眼。

“我想和你聊聊你已故的同事索尔芬尼尔。”西于聚尔·奥利说。

阿尔纳和电话那头的人道了歉，说待会儿再打给他，然后挂断了电话。

“你没有预约吧？”他看着桌上的日历说。

“是的，我没有预约。”西于聚尔·奥利回答道。他简要说明了自己的身份和来意。“索尔芬尼尔遇难的时候，你是和你的同事在一起吗？”

阿尔纳不再翻看日历，他示意西于聚尔·奥利坐下，自己也坐了下来。

“是的，警方重启调查了吗？”

“你能大致告诉我当时发生了什么事吗？”西于聚尔·奥利问道，没有理会他的问题。

阿尔纳没有再追问，开始回忆同事的死。他的叙述与斯韦里尔和克努蒂尔完全一致。阿尔纳确认斯韦里尔是最后一个看见索尔芬尼尔活着的人。

“你们是好朋友吗？”西于聚尔·奥利问道，“你们的关系怎么样？”

“那我得问问，你现在为什么要问我这样的问题？”

“这么说，其他两个人还没跟你说？”

“克努蒂尔跟我说了，但他完全不知道这是怎么回事。”

“好吧，也许事情会慢慢清楚的。你们四个是好朋友吗？”

“朋友？算不上吧，更像是伙伴。”

“同事？”

“当然了，同事，我们都在这里工作。你到底想知道什么？”

西于聚尔·奥利从大衣口袋中拿出了一张折起来的纸。

“你能告诉我这些人是谁吗？”他问道，然后把参加过莉娜和埃比组织的冰川旅行的人员名单递给了他。

阿尔纳接过名单，快速地扫了一眼，然后还给了他。

“不认识。除了邀请我们的会计公司的人以外，其他的都不认识。”

“你不认识这些外国人吗？这些外国名字？”

“不认识。”阿尔纳说。

“你认识会计公司的莉娜，或者说西吉莉娜·索格瑞多提尔吗？”

“不认识，是她组织的旅行吗？”

“是的。你们有谁认识她吗？”

“我不觉得。”

“没人认识她吗？”

“是的，要是有的话，只可能是索尔芬尼尔。”阿尔纳说，“只有他还是单身。”他补充道。

“我不认为那对她有什么影响。”西于聚尔·奥利说，“他是怎么认识莉娜的？”

“如果我没记混的话，她跟他调过情，好像是嘲笑过他还是怎样。索尔芬尼尔在女人面前很羞涩很拘谨，不知道你明不明白。还有什么其他事吗？我不是不配合，但我真的赶时间。”

“那么，他们之间发生什么了吗？”

“没有。”阿尔纳说，“据我所知没有。”

“那她和斯韦里尔或者克努蒂尔呢？”

“我不知道你指的是什么。”

“莉娜是那种女人。”西于聚尔·奥利说，“你懂我的意思吗？”

“那你得去问他们了。”

离开银行的时候，西于聚尔·奥利顺道去找了斯韦里尔和克努蒂尔，把名单给他们看，并且问了同样的问题，包括他们是否认识名单上的人。他之前没给他们看是因为想等他们放松警惕，不想提前让他们知道自己到底知道了多少。斯韦里尔没看名单就还给了他，说旅行团中的人他一个也不认识。克努蒂尔看得稍微久一点，他在西于聚尔·奥利面前表现得比另外两个人怯懦一点，但也给出了相同的答案——除了他的同事，其他的人都不认识。

“你确定吗？”西于聚尔·奥利问。

“是的。”克努蒂尔回答道，“非常确定。”

走出大楼的时候，西于聚尔·奥利听到有人喊他的名字，他回头一看，发现是老同学斯坦娜，她正笑着朝他走来。自从那次聚会她说自己转去银行工作并说他不是她“那一款”之后，他就再也没见过她。

“你到这里来干什么？要贷款吗？”她问道。她看起来更加性感了，金色的头发，深色的眉毛，黑色的紧身裤。

“不是，我……”

“你是来找戈费的吗？”斯坦娜问，“他正在休假，去佛罗里达州了。”

“不是，我在一楼跟人碰个面。”西于聚尔·奥利解释道，“你怎么样啊？”

“我很好，谢谢。我很喜欢在这里工作，比在税务局好多了。接连发生了两起谋杀案，你们一定很忙，是吗？”

“是的，我在调查被打死的那个女人的案子。”

“听起来好可怕。是催债人干的吗？我听到一些谣言。”

“我们会查清楚的。”西于聚尔·奥利不置可否地回答道，庆幸斯坦娜还不知道帕崔克被警察叫去问话了。

“这些催债人真让人不可思议。”斯坦娜说。

“是的。”

“之前听谁说起过这些家伙的事来着？”她又说了一句，像是在自言自语。

“关于催债人吗？”

“是的，类似于校园霸凌那种。天哪，我的脑子突然一片空白。不管怎么说，他很快就阻止了这些事情。”

“谁？”

“催债人？我不知道。”

“不是，是谁跟你说过？”

“噢，我不记得在哪儿听来的了。我要是想起来了就告诉你。要是我没记错的话，我觉得好像是一个我们两个都认识的人说的，不过也有可能是我在税务局听来的。”

“记得给我打电话。”西于聚尔·奥利说。

“见到你真好。替我向贝格索拉问好，还是说你们已经结束了？”

“再见。”西于聚尔·奥利说完就匆匆地走了。

44

西于聚尔·奥利去找莉娜的朋友柯尔菲娜时，她一眼就认出了他。她正在为一个会议的准备工作忙进忙出，他只能跟着她下了楼梯，问她能不能慢一点儿，他好把名单还给她。

“你能帮我看看这份名单吗？”他问道。

“很抱歉，但我现在太忙了。”

“你能再跟我说一点儿莉娜的事情吗？”

“这些人和她有什么关系吗？”柯尔菲娜匆匆扫了一眼名单，问道，“天哪，我开会要迟到了！”她看了看表，惊叫道。

“我不知道。”西于聚尔·奥利说，“但我认识这个男人。”他指着帕崔克的名字补充道，“还有这个人。”他指的是赫尔曼，“我还知道这四个是什么人。”他指着四个银行经理，“当然了，我还知道莉娜和埃比尼泽，但还有其他很多人我都不认识。比如说，这三个外国人。他们是外国人，是吗？这几个。”

“从名字上来看是的。你是想问他们到冰岛来干什么吗？”

“你能跟我说说吗？”

“这两个，斯诺里和艾纳，是我们这儿的同事，这个格维兹门迪尔是他们的贵宾客户。还有这个伊萨克，也是我们的大客户。我不认识这些外国人。也许你应该去问问斯诺里，他知道的可能多点儿。”

“斯诺里？”

“他负责处理我们海外母公司的事情，也许知道这些外国人是谁。抱歉，我得赶紧走了。很高兴再次见到你。”

斯诺里和柯尔菲娜一样忙得不可开交。西于聚尔·奥利在走廊等了二十分钟才被请进办公室。他们谈话的过程中，电话铃一直在响，有一些斯诺里接了，有一些没有接。

西于聚尔·奥利把情况解释了一遍，还有他为什么想知道参加公司旅行的这些外国人的信息。他并没有提到莉娜被袭击的事情和索尔芬尼尔的死，他只是说警察在调查企业界的人员关系。斯诺里是个精瘦灵巧的人，看得出来，他花了不少时间健身。他仔细地看了看这份名单，然后快速简洁地回答了他的问题。

“这两位是我们邀请到冰岛来的。”他指着两个外国人的名字说，“我们只是国外一家大会计事务所的分支机构，这几个男人负责处理我们和其他几家分支机构的关系。他们经常到冰岛来，所以我们决定邀请他们参加这次旅行。我想他们玩得很愉快。”

“这个人呢？”西于聚尔·奥利指着第三个外国人的名字问道。

“我不认识这个人。”斯诺里说，“我想他应该是和银行经理们一起来的。”

“你认识那些银行经理吗？”

“不认识。但那段时间，我们和银行有很多业务往来，我想这也是他们被邀请的原因。我们要查查这个人吗？”

“如果你不介意的话。”

“没问题。”

斯诺里打开搜索引擎，输入了这个男人的名字。屏幕上出现了一系列结果，他点开最上面的一个，关掉了，然后打开下一个。没过一分钟，他就掌握了大致的情况。

“他是卢森堡一家银行的经理，不是最高层，但职位也不低，算是中层经理吧。他叫艾兰·索伦森，父亲是瑞典人，母亲是法国人。他生于一九六九年，专攻金融衍生品。已婚，有两个孩子。在法国上的学，兴趣爱好是骑自行车和旅行。是他吗？”斯诺里抬起头来问道。

“是这个名字。”西于聚尔·奥利说。

“他和我们公司没有任何往来，我可以肯定地说。”

“也就是说，他是和那群银行经理一起来的？”

“非常有可能。他们是旅行团里唯一可能和外国银行有关系的人。”

西于聚尔·奥利想起了那三个男人看过名单后的反应，他们都说不认识里面的人。

“怎么回事？”斯诺里问道，“银行经理聚会不是警察该管的事吧？”

“确实。”西于聚尔·奥利说，“这事你怎么看？银行和这些新贵有什么联系？”

“这并不复杂。”斯诺里说。

“他们都是金融专家吗？”

“是就好了。问题就在于，他们当中只有极少数人是金融方面的专家，而且很多人其实并不怎么聪明。”

“我个人还是很佩服他们的成就的。”西于聚尔·奥利说。

“是的，当然了，他们在丹麦和英国收购大公司，按他们的说法，他们打响了冰岛的知名度。他们当中的一些人比其他人聪明一些。银行业的迅猛发展不仅给我们这个行业提供了更多的业务，也促进了其他行业的发展，还给国家增加了很多财政收入。但他们不是魔法师。他们只是发现，世界上有很多廉价的信贷和短期贷款，它们就摆在那里，唾手可得。他们的所有权安排很复杂，他们把所有贷款集中到一起，然后再打包借出去，接盘的还是他们自己人，内部互相借，然后用这些钱高额购买企业、银行和航空公司。”

“这有什么问题吗？”西于聚尔·奥利问。

“表面上看，他们的确赚钱了，业务也增加了。”斯诺里解释道，“但真正发生的只是他们公司的股价上涨了，所以看起来利润增加了，于是，他们贷款的价值也跟着增长了。有迹象表明，他们企图把股价炒得比实际价值高。那么，当公众——还有那些所谓的专业投资者，比如购买养老基金的人——发现股价飞涨以后，就会想分一杯羹。由于这种水分极大的资产评估，新维京人甚至借了更多的贷款来配平股价。诸如此类。”

“没有相关法规吗？”

“资产的评估全由他们自己说了算。看看他们的商誉你就知道了，就是某种对未来收入的预期。计算方式是他们自己定的。这些虚拟数字不需要任何现实基础就可以随意编到上百亿，最后让他们的股价升得更高。这方面几乎没有相关法规。”

“商誉？”

“他们想尽一切办法让数字好看一点。”斯诺里说，“当经济发展陷入目前这种状况的时候，只要一件事情出错就会带来灾难性的后果。整个系统崩塌之后，经济随时会陷入危机。你现在可能还没怎么听说这个。但过不了多久，你就会听到人们开始讨论还款额度的事情了。”

“但不是应该由你们来监督整件事情的发展吗？”

“我也是这么认为的。我们正在慢慢切断和这些人的联系。”斯诺里说，“我正努力在公司里促成这件事，已经开始有人支持我了。我们不会再掺和到这些事情里了。”

“那艾兰·索伦森呢？”

“我不认识他。”斯诺里说，“把钱转移到免税地区这样的银行诈骗很多，但我不认识这个人。”

“免税地区？”

“我这么说是因为他来自卢森堡的银行。那种事情很多是在卢森堡完成的。”

45

那天下午，对索拉林和霍迪的审讯是在关押他们的利特拉－赫劳恩监狱进行的，西于聚尔·奥利和芬尼尔一起审问了索拉林。他把最新的调查进展告诉了芬尼尔，包括莉娜和那三个银行经理的关系，还有对他们三个人的问话——尽管没有什么有用的信息。到目前为止，索拉林还是非常不配合。他们决定使用一点儿策略，是时候让他知道自己现在的处境了。

“真是个难缠的家伙。”芬尼尔评价说。

“受不了他。”西于聚尔·奥利表示同意。

索拉林被带进审讯室的时候，还是那副无所畏惧的样子，嬉皮笑脸地看着他们。他的律师也在一旁。

“这里为什么天天吃稀饭？”他问道。

“你最好学着慢慢适应。”芬尼尔说。

西于聚尔·奥利打开了录音机，他们开始反复讯问索拉林为什么携带武器出现在莉娜的家里，还把她打死了。索拉林还是坚持说自己是为了收债，而且他不是故意的。他坚称自己是出于自卫。

“好吧。”西于聚尔·奥利说，“我们换个话题吧。你认识一个叫斯韦里尔的银行经理吗？”

“他是谁？”

“你不知道吗？”

“我不认识什么叫斯韦里尔的人。他说什么了？他胡说了什么吗？我不认识他。”

“那叫阿尔纳的呢？他也是个银行经理。他们在同一家银行工作。”

“不知道。”

“第三个是克努蒂尔，认识吗？”

“不认识。”

“那叫索尔芬尼尔的呢？”

“不认识。这都是些什么人？”

“你和我刚才说的那几个人有什么交易吗？”

“没有。”

“你和他们有什么其他的瓜葛吗？他们当中有人因为莉娜来找过你吗？”

“我跟你说过了，我不认识他们。”

“也就是说，你不承认自己和他们有什么关系？”

“是的，不承认。我根本不认识他们。”

“你听过艾兰·索伦森这个名字吗？”

“这又是谁？”

“好吧。”西于聚尔·奥利说，“就这样。谢谢你。”

他走过去把录音机关了。

“你承认莉娜的死和别人没有关系，所以你将面临终身监禁。”西于聚尔·奥利说，“你已经得到你想要的结果了。你应该很满意吧？恭喜你。”

“什么？就这样了吗？”索拉林吃惊地问，“你刚刚说的那些是什么人？”

“我想我们已经结案了。”芬尼尔对索拉林的律师说。他和西于聚尔·奥利都没有看索拉林。他们解释说，案子已经解决了，现在没有警察什么事了，可以移交检察院了。索拉林专注地听着。他渐渐发现，自己已经无能为力了。

“法庭宣判之前，他会一直被关在利特拉－赫劳恩监狱，最后也可能减刑。那是当然的。”西于聚尔·奥利告诉他的律师。

“再跟我说说那个责任的事情。”索拉林看着这两个警察说。

“什么责任？”西于聚尔·奥利问，“你在说什么？”

“如果某人……你是怎么说的？你上次说的，如果某人只是……受人指使，管他是怎么说的。”

“你是指我上次说的共犯的事吗？”

“是的，那是什么意思？”

“你的意思是你要改口供吗？”

索拉林沉默了。

“你要改口供吗？”芬尼尔又问了一遍。

“假如说，我不是唯一一个要为莉娜的死负责的人，”索拉林回答，依然面对着西于聚尔·奥利，“如果是那样的话。你说过，不一定都是我的错。你上次说过。”

“你想说什么？”西于聚尔·奥利问，“你能说清楚点儿吗？”

“我是说，也许这不是我一个人的错。”

“是吗？”

“是的。”

“你还得说得更清楚些。”芬尼尔说，“怎么回事？”

索拉林的律师倾了倾身子，在他耳边讲了几句。索拉林点点头。律师又讲了几句，索拉林摇了摇头。

“我的当事人决定配合警方。”他们商量完后，律师说，“他想知道，如果他坦白的话，是不是一定能宽大处理。”

“我们不能决定能否宽大处理。”芬尼尔说，“但我们可以改变起诉内容。”

“他已经浪费了我们太多的时间。”西于聚尔·奥利补充道。

“他会配合的。”律师说。

“别那么严肃。”索拉林说，“有什么问题吗？”

“好吧。”西于聚尔·奥利说着，又在录音机旁坐了下来，“说吧。”

一个多小时以后，霍迪和他的律师也被带到了审讯室。西于聚尔·奥利和芬尼尔在那里等着他们。录音机再次沙沙地运转了起来，西于聚尔·奥利庄严地宣布了时间、地点和在场人员。霍迪似乎已经感到形势变得对他不利了。他的目光从警察身上转到了他的律师身上，而后者耸了耸肩。

芬尼尔清了清喉咙。“你的朋友兼同伙索拉林已经向我们承认，他闯入西吉莉娜·索格瑞多提尔的家里是为了帮你的忙。”

“他在撒谎。”霍迪说。

芬尼尔没有被他打断。“他说是你让他去西吉莉娜·索格瑞多提尔，也就是莉娜的家去吓吓她，把她打伤，告诉她如果不停手的话就会死。你叫他去那里是为了找到并拿走某些照片。”

“那全是胡说！”

“他还说，你跟他说你是从你认识的一群人那里接的这个活，而且你觉得他们找你帮的这个忙很好笑。”

“胡说！”

“索拉林还说，他袭击莉娜并没有得到任何报酬，因为这是在还你的一个人情，你曾经替他放火烧了一辆停在塞尔福斯一家汽车销售店门外的四驱车，从而帮托吉的熟人逃税骗保。”

“他是这么说的吗？那个男人疯了！”

“他还向我们求饶，他说他不是故意杀死西吉莉娜的，他只是不小心打重了，他说那是个不幸的意外。不管是他、你，还是派你去的人，你们都不是真心想杀了她的。索拉林说，那完全是个意外。”

芬尼尔停了停。他和西于聚尔·奥利都不能确定索拉林说的是不是实话，但他说的话听起来是可信的，尽管其中还有一些漏洞。他表现出了配合解决案件的意愿。但霍迪也有可能是对的，索拉林也许是在陷害他，虽然看起来不像。

芬尼尔和西于聚尔·奥利给了霍迪一些时间来消化这些信息。最终，他转向他的律师，他们开始小声商议起来。律师请求暂停审问，以便当事人向他说明想法。他们同意之后，律师和霍迪就到走廊外面去了。

“全是胡说。”审讯室的门关上时，他们听到霍迪这样说。西于聚尔·奥利和芬尼尔耐心地等着。过了很久，两个人终于回来。

“我想回牢房。”霍迪一回来就说。

“是谁派你去袭击莉娜的？”西于聚尔·奥利问。

“没有谁。”霍迪回答。

“有什么目的？”芬尼尔问。

“没有。没有什么目的。”

“他们想让莉娜停止做什么事？”西于聚尔·奥利问。

霍迪没有回答。

“这几个银行经理你认识吗？斯韦里尔、阿尔纳，还有克努蒂尔？”芬尼尔问。

霍迪仍然保持沉默。

“是他们中的什么人派你去让莉娜闭嘴的吗？”

还是没有回答。

“那么，帕崔克和赫尔曼呢？”芬尼尔问，他看了一眼西于聚尔·奥利，好像觉得这个问题就应该由他来问。

“我想回牢房。”霍迪重申道，“我不会顺着托吉的话说。他就是想陷害我。你得明白！你不明白吗？是他杀了那个女人。是他，没有别人。他别想把脏水泼到我身上。想都别想！”

“我们刚才说的人中有你认识的吗？”

“不！我不认识他们。”

“他们想让莉娜停止做什么事情？”西于聚尔·奥利又问了一遍。

索拉林对这一部分说得很含糊。他说霍迪提到过一点儿，但他不记得具体是怎么说的了，所以他只是叫她停手。按照索拉林的说法，当时，他开车到了莉娜家，看到她回家，确认她独自在家。他便把车子停靠在远处，然后实施了袭击。他并没有给莉娜反击或者询问的机会，也没有听清莉娜说了什么。他把话带给莉娜的时候就打了她的肩膀，但她好像没有听懂。于是他决定再打一次，打重一点，打她的肩膀或者上身，但棒球棍打到了她的头，然后她就倒在地上了。就在这时，他听到有人敲门，于是便赶紧躲了起来。

“别跟我说你不记得了。”西于聚尔·奥利说。

“闭嘴！”霍迪说。

“停止什么？”芬尼尔又问，“你们想让莉娜停止的事情是什么？”

“什么都没有。”

“谁派你去的？”

“没有谁。”

西于聚尔·奥利关掉了录音机。

“明天早上，我们会继续审问你。”他说，“希望你今晚能好好想想。”

“做梦吧。”霍迪反击道。

46

晚上的时候，西于聚尔·奥利驱车来到了位于艾利达瓦丁湖滨新区的一栋豪华别墅门前。这是一栋白色的现代建筑，屋顶是平的，巨大的铝框落地窗让主人可以将湖光美景尽收眼底。门口的双停车位上停着两辆黑色SUV。花园明显是精心打理过的，光滑的鹅卵石上装有遮阳甲板和按摩浴缸。为了美观，花园里还种了三棵树，其中一棵是金链花树。

西于聚尔·奥利按响了门铃。门前有一辆儿童自行车，车把手上绑满了五颜六色的彩带，车轮一边有稳定轮。看来这孩子骑自行车的水平还有待提高。

他非常清楚，自己正在打击整个链条上最薄弱的一环，他并不觉得自己要做的事情有什么不妥。他觉得这件事值得自己多花一点儿力气看看最终能查出什么。

门开了，一位二三十岁的女士面带微笑地看着他。她穿着白色短袖T恤和崭新的牛仔裤，看起来忙碌而快乐。

“进来吧。”她露出迷人的微笑，“他正在收拾东西，而我在烤东西，恐怕要招呼不周了。”

“谢谢。”西于聚尔·奥利说，“他要出远门吗？”

“不，先去伦敦，然后去卢森堡。”

“总是在忙工作呀。”西于聚尔·奥利说。

“是呀，而且老是出差。”她说着，好像这非常累人似的，“简直像噩梦一样。”

她并没有问他是谁，也没有问他来找她丈夫—— 一个真诚、随和、值得信赖的人——做什么。西于聚尔·奥利心想，也许她是被他的娃娃脸迷惑了，又或许是因为他的名字克努蒂尔听起来比较“可爱”。

“不过，我们最后会在希腊碰头，在那里好好地休息一下。”她说着转身走进了厨房，“我们昨天刚决定的，他说这是他应得的。”

一个不到五岁的小男孩出现在厨房门口，浑身上下都是面粉。他腼腆而充满好奇地打量了西于聚尔·奥利一会儿，然后跑回妈妈身边。

女士穿过厨房去找她的丈夫。克努蒂尔从房间里走了出来，看到西于聚尔·奥利站在大厅的时候，他瞬间紧张了起来。

“你来干什么？”他压低了声音问道，像是在说悄悄话。

“我们有些事情要找你核实一下。”西于聚尔·奥利说，“非常紧急。案件调查进展得非常快，有几个问题我们想弄清楚。”

他特意说的“我们”，好像他并不是单独行动似的。在他看来，自己确实不是一个人，而且他故意没把调查的进展情况说得很清楚。

“什么问题？”克努蒂尔问。他朝厨房那边看了一眼，无法掩饰自己的不安。

“我们还是坐下来谈吧。”西于聚尔·奥利建议。

“很重要吗？”

“有可能。”

“好吧，那我们去书房谈吧。”

西于聚尔·奥利跟着他穿过房子。屋里的每一样东西都显示着主人的富足：墙上的平面造型设计、全新的白色真皮沙发，还有闪闪发亮的胡桃木地板。

“室内乐队的事情怎么样了？”西于聚尔·奥利问。

“什么？你说什么？”

“上次我见你的时候，你不是打算订一个室内乐队吗？”

“噢，是的，谢谢关心。挺顺利的。”

“他们是在这里表演吗？”

“是的。”

“你要出门吗？”

“不。好吧，事实上，是的。是马娅告诉你的吗？我因为公事要出一趟国。”

“然后度假，没错吧？”

克努蒂尔带他进了书房。

“我们会在希腊待几天。”他说着关上了门。

“我希望不是因为我。”西于聚尔·奥利说。他看了看这间屋子，这里还真是符合他的口味：没有书，白色架子上摆的全是装饰品，浅色的原木地板，光是那套电视机和音响大概就要花上他一个月的工资。白得发亮的书桌上有两台电脑。房间里没有暖气片，所以他猜这里用的是地暖。如果他有足够的钱，他也会这么弄。

“不是。”克努蒂尔尴尬地笑了笑。

“你们是刚刚搬进来的吗？”西于聚尔·奥利问。

“六个月前。”

“花了不少钱吧。还有两辆车。除非都是贷款买的。现在什么都是贷款买了。”

克努蒂尔勉强笑了笑。他还不打算透露自己的经济状况。

“你的价值是什么？”西于聚尔·奥利问道，“是和伙计们开派对吗？是室内乐队走了之后仍然千杯不醉吗？你的价值是什么？”

“不，我不知道。”

“你觉得你的价值有多少？你确切地知道吗？”

克努蒂尔强装镇定。“我不觉得这和你有什么关系。”

“也许这和警察有关系。”

“我不明白为什么会……”

“我们已经查到艾兰·索伦森了。”西于聚尔·奥利打断他。

克努蒂尔并没有被吓到。

“我们知道卢森堡的事情了。”

还是没有反应。克努蒂尔看着西于聚尔·奥利从口袋里拿出了一份冰川旅行团的名单。

“要找出你们之间的联系并不难。”

克努蒂尔接过了名单。

“你为什么不承认你认识索伦森？”

“我不认识他。”克努蒂尔说，他并没有看那张纸。

“我们已经掌握了确切消息，足以证明你和他一起参加了冰川旅行。”

“那不是真的。”

“我有目击证人。”西于聚尔·奥利说。他已经给帕崔克打过电话了，帕崔克告诉他，那个瑞典人，也就是索伦森是和银行经理一起来的，他非常确定他们是一伙的。西于聚尔·奥利觉得这是个充分的证据。他清了清喉咙，“目击证人确认，索伦森和你，还有你的银行同事是一起的。”

克努蒂尔的脸色变了变。

“但不管是你，还是你的同事们，都没有认出这个名字。直到现在，你们还是说根本不认识他。”

克努蒂尔还是一个字也没说。

“为什么你们全都在撒谎？你能告诉我吗？为什么在认识索伦森这个这么容易暴露的细节上撒谎？”

克努蒂尔坐着没有动。

“这让我觉得你们在隐瞒什么。”

西于聚尔·奥利进一步对他施加压力。

“他的事情我们已经都了解了。”他说，不过事实上，他几乎什么都不知道，至少不知道具体的违法事实。“他有两个孩子，父母双方一个是瑞典人，一个是法国人。他在瑞典长大，在法国读书，兴趣爱好是骑自行车和旅行，这也是他参加冰川旅行的原因吧？”

克努蒂尔拿起了名单，盯着上面的名字。

“我们准备到卢森堡去找他。”西于聚尔·奥利补充道。

克努蒂尔看起来已经到了崩溃的边缘。他没法儿回答西于聚尔·奥利的问题。

“参与这么大规模的欺诈行为是很有压力的。”西于聚尔·奥利继续说，“当然了，现在还有很多情况我们并不了解，比如说……”

很明显，克努蒂尔此时已经完全不敢抬头了，只是盯着名单。

“……比如说，莉娜和这件事的关系。”

克努蒂尔的妻子推开了门，打断了他们的对话。

“你们要来点儿咖啡吗？”

她立刻就察觉到了屋内紧张的气氛。

“怎么了？”她焦急地问。

克努蒂尔满眼都是泪水。

“怎么了？”她问，“发生什么事了？”

她走向丈夫。他拼命忍住泪水，抱住了妻子，好像她是暴风雨中唯一的港湾。

“怎么了？”她又问了一遍，“亲爱的，怎么了？有人去世了吗？”

克努蒂尔把脸埋在妻子的胸前。她盯着西于聚尔·奥利，瞪大的眼睛里充满惊奇和疑惑。

“发生什么事了，克努蒂尔？这个男人是谁？”她从拥抱中挣脱出来，“怎么回事，克努蒂尔？”

“噢，天哪！”他喘着气说，“我受不了了。”

女士转向西于聚尔·奥利。

“你是谁？”

西于聚尔·奥利看着克努蒂尔。他确实是打算对他施加一点儿压力，但他没想到会有这样的效果。克努蒂尔看上去已经走投无路了。

“我是警察。”他回答，“他恐怕得跟我走一趟。当然了，你也可以和他一起去警局。我想他得在那里待上一个晚上了。”

她好像没有听懂他的意思。她能听懂每一个词的意思，但怎么也不能把它们连起来。看到她好像没明白，西于聚尔·奥利希望克努蒂尔能帮他解释解释，但他并没有什么反应。

“他是什么意思，克努蒂尔？”女士问道，“回答我。回答我，克努蒂尔！说话呀！”

他们的小儿子也来到了书房，还是用疑惑的眼神看着西于聚尔·奥利。他的父母并没有注意到他。

“说话呀！”女士尖叫了起来，“别像呆子一样坐在那里！这是真的吗？他说的是真的吗？”

“妈妈。”小男孩喊了一声。

女士并没有听到。

“为什么？你做了什么？”

克努蒂尔麻木地看着他的妻子。

“你干了什么？”

“你的小儿子，”西于聚尔·奥利打断她，“他在跟你说话。”

“妈妈。”小男孩又喊了一声，“妈妈！”

她终于注意到他了。

“什么？怎么了，亲爱的？”她尽量平静地问。

西于聚尔·奥利把这个夜晚给毁了。

“蛋糕烤好了，妈妈。”

47

在银行的“招待”下，他们住进了皮卡迪利大街附近的一家豪华酒店。客房很宽敞，都快赶上套间了，每个人都有自己的书房，卫生间也是分开的。他们点的每样东西，做的每件事情，所有花费都记在银行账上，包括斯韦里尔一直想去看的电影《捕鼠器》，还有伦敦西区剧院上映的另一部由好莱坞明星出演的戏剧。他很喜欢看戏剧。因为斯韦里尔和阿尔纳都觉得英国菜不好吃，所以他们通常都选择在昂贵的东方餐厅吃饭，包括哈罗兹百货旁边的那家周先生中餐厅。那家中餐厅是他们最喜欢的餐厅，他们每次到伦敦出差都会去那里吃饭，让服务员帮他们推荐菜品。

他们参加了两场会议，和他们一起的还有很多中层经理和国际金融公司的高管，主要讨论小额金融衍生品交易的风险和潜在的收益。此外，他们还去听了两场关于避税地区的讲座。斯韦里尔和阿尔纳对这个特别感兴趣，因为他们已经在向银行的大客户提供避税地区的信息了。操作过程简单，利润丰厚。比如说，他们在英属维尔京群岛注册一家股份公司，然后再把收入转到这家公司的账户，这样就能逃掉本国的资本利得税。银行的很多客户都在享受这项服务。

第二场讲座结束以后，艾兰·索伦森走了过来，和他们握了握手。斯韦里尔跟他很熟，一部分原因是他们经常在其他类似的会议上碰面，但最主要的原因还是他们长期合作帮冰岛的客户在避税地区注册股份公司。索伦森是他们银行里这方面的专家。斯韦里尔在开会的前一天就遇到他了，现在，他把索伦森介绍给了阿尔纳并告诉阿尔纳，索伦森在卢森堡一家历史悠久的银行工作，对冰岛的业务非常感兴趣。

索伦森想邀请他们去吃寿司。

斯韦里尔和阿尔纳交换了一下眼神。他们本打算去周先生中餐厅吃饭的，但寿司好像也不错。

“好啊。”斯韦里尔说，“当然好了。”

他先带着他们去了附近一家有名的酒吧，他们在那里喝了金汤利鸡尾酒，天南海北聊了一大通，并没有说起公事。到了晚上，他们在索伦森推荐的一家日餐厅订了张桌子。不过，作为冰岛人，他们其实向来不相信伦敦市中心关于鲜鱼的宣传噱头。服务员纷纷和索伦森打招呼，看起来很熟的样子。他们愉快地聊了一会儿冰岛，索伦森说他一直都想去。然后他聊到了工作，尤其是冰岛的名义利率。

他对这方面太清楚了。冰岛市场，尤其是冰岛储户，获得的利率比欧洲其他地方高得多，这一点让他觉得不可思议。存款账户的利率竟然超过了百分之十，而这些账户与通货膨胀率通常是直接挂钩的。

“非常对。”斯韦里尔说，“如果通胀率上涨，存款利率也会随之上涨，如果泡沫一直持续，就像现在这样，那么存款利率会像火箭一样蹿升。”

“我不明白，为什么冰岛的银行不利用这个便利在欧洲开储蓄账户。他们可以给出别人给不了的高存款利率。”

“确实是这样，我觉得他们已经在考虑这么做了。”阿尔纳笑着说。

后来，他们讨论到了这次开会的目的，这是一个非常有诱惑力的计划。艾兰·索伦森手头上有四千五百万欧元。这笔钱是从哪儿来的并不重要，重要的是，它被存在世界上最著名的避税天堂托托拉岛——英属维尔京群岛中最大的一个岛——的一个账户里。他能通过卢森堡的银行以很低的利息借给他们，给他们开一个只有他们自己知道的账户。他们可以用这四千五百万欧元购买与市场指数挂钩的证券，比如说政府公债。冰岛的政府公债利率很高。利息会支付给索伦森，然后他们再一起把钱分掉。凭借冰岛的高收益率，这笔存款可以赚很多的钱。而这些钱最终都会转到托托拉岛的一个空壳公司的账户里。

他说完之后，在场的两个人都陷入了沉默。

“这笔钱是从哪里来的？”斯韦里尔最终问道。

索伦森笑了笑。

“这是黑钱吗？”阿尔纳问。

“我说过了，你们不必在意钱是从哪儿来的。”索伦森回答道，“我，或者说我的银行，会把这笔钱作为一笔正常的转账交易借给你——当然了，事实确实也就是这样。而且，如果把它换成日元，最终的收益还会更高。”

他们吃完饭喝完清酒之后就去了隔壁的一家体育酒吧。星期三的晚上，这里正在直播一场欧冠联赛。艾兰·索伦森挑了一张桌子，旁边的屏幕上正播着阿森纳的比赛。

“这是很大一笔钱。”索伦森强调。

“我想你们肯定有办法以你们的名义把它转到一个专门的账户上。”索伦森说。

“为什么选我们？”斯韦里尔问。

“冰岛有着诱人的发展前景。”艾兰·索伦森说，“据我们预计，冰岛的利率还会继续上升，这样的话，我们的回报就更高了。岛内建筑项目和银行业务的拓展，还有基于低息贷款的高风险投资，都会使冰岛的通货膨胀率越来越高，高过目前的利率。我已经帮你们安排好了，就目前的情况来看，以克朗计算的话，收益不会小的。我的银行会帮你们注册一家股份公司，如果你们愿意的话，我们还可以负责它的运营。”

他从口袋里拿出一张纸放在桌子上，然后推到了他们面前。斯韦里尔拿起来看了看上面的数字，又递给了阿尔纳。

“你们不会触犯任何法律。”索伦森继续说，“你们只是从我们银行贷了一笔款，投资到冰岛，然后把利润转移到托托拉岛。这几项行为都不犯法。”

“也就是说，你想用你要洗的钱在冰岛投资，而我们赚其中的利息？”斯韦里尔说。

“是的，一个简单的套利交易。”

“那我们干的事情算是洗钱吗？”阿尔纳问道。反正他不认识索伦森，所以问得非常直接。

这位来自卢森堡银行的经理来回地看着他们。

“如果你们一定要这么想的话，也可以这么说。”他说，“如果你们想把这件事告诉你们的同事，分他们一杯羹，以此堵住他们的嘴，那也没有问题。即使对银行员工来说，这也是很大一笔钱。”

“你为什么需要中间人呢？”斯韦里尔问道，“你为什么不自己到冰岛投资呢？为什么不自己独享利益呢？”

“如果我愿意的话，我当然可以那么做。”索伦森说，“但我现在的借款，怎么说呢，已经到限额了。虽然我也希望更进一步，但我不是银行高层，只是和你们一样的银行职员。以后我可能会在冰岛投资，尤其是可再生能源方面。我听说那一块现在有很多机会，比如说水电和地热发电。那是未来的投资方向。到了那个时候，我希望你们可以帮我的忙。”他笑了笑。

“这么说，你的意思是，你想从冰岛的利率政策中获利？”斯韦里尔问。

“不仅仅是我。”索伦森回答道，“你们的经济奇迹引来了世界各地的投资者，他们已经发现这里的利差了。你们的冰川债券卖得很好。”

“冰川债券简直卖疯了。”阿尔纳点点头，非常赞同。

这时，索伦森看了看手表，抱歉地说他得走了。

“你们要是决定了就告诉我。”他说，“如果你们需要的钱比四千五百万更多，我们还可以再安排。”

“钱已经够多了。”斯韦里尔说。

“如果你们能找到可信任的人，就把它分成三到四份。就像刚才我说的，把钱分散开可能会好一点。我可以向你们保证，贷款利率会非常低，第一年无须还款，之后我们再分钱。”

斯韦里尔和阿尔纳乘计程车回到了酒店，在酒吧待到半夜，一直在讨论索伦森的提议。按照索伦森的预期，这笔交易会给他们带来相当丰厚的收益回报。他们两人对这项提议都不排斥，都觉得应该仔细考虑考虑。他们即将从索伦森的银行贷的款并没有什么特别的，他们根本不在乎钱是从哪儿来的，尽管索伦森其实已经提示过他们。就他们自己的经验来看，冰岛有很多企业家和银行客户早就已经把避税地区和空壳公司这些事情当成家常便饭了。

“这是一场赌博。”阿尔纳说。

“我觉得会成功。”斯韦里尔反驳道。

“你认识他，是吗？”

“是的，我很了解他。他一直在向我打听冰岛的情况。而且正如你所看到的，他已经计划得很周详了。”

“确实。”阿尔纳笑了笑说。

他们把这项提议的各个方面都讨论了一遍，列出了所有的利与弊。艾兰·索伦森的银行是一家历史悠久、信誉良好的银行，但这笔钱的出处可能会带来麻烦。他们就这两点讨论了一遍又一遍。

“我们要不要再研究一下？”斯韦里尔说。此时已经过了午夜，酒吧里只剩下他们两个人了。

“我在想索尔芬尼尔。”阿尔纳说，“他和我一起进的银行，而且我知道他对赚钱的事情很感兴趣。”

“好啊，把钱分出去一些也好。不过不能太多，免得走漏风声。”

“不，这件事只能我们自己知道。”阿尔纳说，“如果我们决定要做的话，不能让任何人知道这件事，任何人都不行。”

“这件事也没什么不寻常的。”斯韦里尔打断他。

“不，还是低调一点比较好。”阿尔纳说。

“收益还真是不少啊。”斯韦里尔研究了一下索伦森给他们的细目之后说道。

“对于有办法利用它的人来说，”阿尔纳说着，又笑了，“利率真是不可思议啊。”

克努蒂尔坐在西于聚尔·奥利的办公室里，向西于聚尔·奥利和芬尼尔讲述了他们当时是怎么开始和艾兰·索伦森交易的。他被西于聚尔·奥利带到了警局，并且拒绝请律师。

“下次再请律师吧。”他当时说，“我只想把事情说清楚。”

西于聚尔·奥利已经在电话里把重要情况都告诉芬尼尔了。第二天一早，案子就会被移交给反诈骗科。

克努蒂尔向他的妻子解释警察为什么会在这个平静普通的秋日夜晚上门来找他的时候，他几乎已经崩溃了。那个时候，西于聚尔·奥利去了屋外，但是让他们把门开着。差不多十分钟之后，他们带着小男孩出来了。女士带着厌恶的神情向西于聚尔·奥利走来。

“你们就没有别的办法了吗？”她厉声责备道。那个温柔的妻子一去不复返了。

“也许这句话你应该问克努蒂尔。”他回答道，一动不动。

现在，克努蒂尔坐在他们面前，向他们解释着自己最初是怎么和卢森堡银行搅和到一起去的，还有斯韦里尔和阿尔纳是如何几乎当晚就接受了索伦森的提议。他们每个人都得到了丰厚的回报，但也仅止于此。像其他银行职员一样，他们在银行里占了一点股份，但并没有积极地参与到市场交易中。他们不像高管那样拥有股票期权，可以从银行贷款，然后认购期权。他们只是员工，只是为客户服务而已。

“所以你就入伙了？”芬尼尔问。

“说实话，我想都没想就答应了。”克努蒂尔回答道，“每个人都在赚钱，我们为什么不赚？”

“那索尔芬尼尔呢？他抓住这个机会了吗？”

克努蒂尔点点头。“我们四个人都参与了。”他说。

“没有其他人了？”

“没有了。”

“索尔芬尼尔到底发生了什么事？”

“这你得问斯韦里尔。”

“你肯定知道。”芬尼尔说。

“我只知道他后悔了，他跟我们说他想退出。”

“所以你们把他除掉了？”

“这你得和斯韦里尔谈。”

“这就是莉娜所说的计划吗？”

“莉娜是谁？”

“西吉莉娜·索格瑞多提尔。她上周在家里被谋杀了。”

“我不知道她是谁。我已经告诉过你了。我对她的名字一点儿印象也没有。”

“她和你们参加了同一个冰川旅行团，就是艾兰·索伦森也参加了的那个。阿尔纳记得她，你却说你不认识她。”

克努蒂尔沉默了。

“她知道你们在搞什么。”西于聚尔·奥利说。

“去找斯韦里尔吧。他什么都知道。我只是在贷款上签字，然后开了几个账户。他知道索尔芬尼尔的事情。我没动过他一根手指头，绝对没有。”

“那斯韦里尔呢？”西于聚尔·奥利问，“会是他杀了索尔芬尼尔吗？”

“那你得去问他了。”

“你听谁提起过索拉林或者霍杜尔吗？他们一个是货车司机，另一个开了一家汽车修理厂。”

“没有。”

“那托吉和霍迪呢？”

“没有。我并不知情。细节都是由斯韦里尔和阿尔纳负责的。我不知道这些人是谁。”

“你要去哪儿？”

“什么意思？”

“你当时在整理行李。”

“他们打算把我送走。”克努蒂尔说，“当你开始调查我们的时候，他们觉得我最容易垮掉，所以让我先出国避一避。”

“你确实容易垮掉。”

“如果说实话就是垮掉的话。”

克努蒂尔沉默了一会儿，然后清了清喉咙。西于聚尔·奥利看出他在竭力保持镇静。

“索尔芬尼尔知道钱的来源之后就想退出。”克努蒂尔说。

“是吗？”

“是的，艾兰说漏了嘴。他太得意了。他不应该告诉我们的。”

“钱是从哪儿来的？”

“索尔芬尼尔一听就疯了。”

“钱是从哪儿来的？”

克努蒂尔犹豫了。“问斯韦里尔吧，是他负责的。”

48

为了方便调查，抓捕斯韦里尔和阿尔纳的行动不宜拖到第二天早上。警方半夜就带着逮捕令去了他们家，以涉嫌大规模洗钱为由把他们带回了海维费斯格塔。西于聚尔·奥利心想，用不了多久，对他们的控诉就可以加上西吉莉娜和索尔芬尼尔的谋杀案了。

他没有去抓捕现场，不是出于对嫌疑人的同情，而是在他亲眼看到克努蒂尔的生活崩塌之后，实在不想再看到类似的场景了。对斯韦里尔和阿尔纳的正式审问会在第二天进行。他们都请了律师，而且据抓捕他们的警察说，他们看起来都很镇定，好像早就在等着警察似的。西于聚尔·奥利心想，克努蒂尔的妻子肯定打电话通知过他们了，他们知道已经无法挽回了。他们会先在海维费斯格塔待上一晚，第二天早上便会被转移到利特拉－赫劳恩监狱。

他决定在警局等着他们被带过来，然后趁这段时间看看反诈骗中心的同事给他的材料——霍迪最近几周的通话记录。这份材料非常单调乏味，他看了一会儿就走神了。

回办公室的路上，他在走廊上看到了一个年轻的罪犯，他有时候会专门去折磨一下这种渣滓。他曾经到医院去看过裴图。那男孩在警局后面被暴揍了一顿，显然是受到了教训。据西于聚尔·奥利所知，警方到现在还没有找到打他的人。但这是芬尼尔的案子，他也不是很清楚。

他琢磨着走廊里坐着的这个孩子的案子会不会也是归芬尼尔管。他实在是看不下去霍迪那份无聊的通话记录了，于是便来到了走廊。

“这次是犯了什么事啊，克里斯托弗？”他在男孩身边坐下来，问道。

“不关你的事。”克里斯托弗说道。大家都叫他克里斯。他二十二岁了，前额上布满伤疤，很像裴图，但他比裴图健壮一些，并且满身文身，其中一个文身从喉咙延伸到了后颈。他喜欢主动打人是出了名的，不管是他自己一个人还是一群人，也不管是喝醉了还是清醒着。这些事情通常都发生在市中心，而受害者一般都是早上独自出门的人。就像所有爱找软柿子捏的人一样，克里斯内心也是非常胆小的。

“又打人了吗？”西于聚尔·奥利问。

“去你的。”

“你不会告诉我，你只是被带回来问话，现在正等着被释放吧？”

“去你的。”

“你应该高兴，不是吗？对于你们这种失败者来说，我们的制度简直再好不过了。”

“好吧，是的。”

“发生什么事了？”

克里斯没有理他。

“这回又打谁了？”

“是他先惹我的。”

“还是老一套。”西于聚尔·奥利说。

克里斯没说话。

“人们总是在找你的麻烦。你不觉得奇怪吗？”

“我有什么办法。”

“噢，不，我知道。你变成这样不是你的错。”

克里斯没有反应。

“是芬尼尔负责你的案子吗？”

还是没有回答。

“我不该多管闲事的。”西于聚尔·奥利说着站了起来。

“那就别管。”克里斯回答道。

西于聚尔·奥利并没有回办公室，而是去看了克里斯托弗今晚被捕的报告。他在酒吧外袭击了一个十九岁的高中生，酒吧里正在办校园舞会。受害者被克里斯托弗踢成重伤，失去了意识，救护车把他送去了医院。目击者关于事情经过的证词并不统一。不过，有一个人说，他看到克里斯托弗毫无预兆地走向那个男孩，然后踹了男孩的头。

“我管这些破事做什么？”西于聚尔·奥利叹了一口气，放下报告，自言自语道。

他去找芬尼尔，但是没有找到，他可能在忙那两个银行经理的抓捕事宜吧。于是，他回到办公室继续看霍迪的通话记录。大部分电话都很简短，多半是他的妻子让他去商店买东西、看她母亲或者载孩子们去参加学校的活动。霍迪的妻子不会做饭，她总是叫他买外卖炸鸡、汉堡或比萨。其他的通话都是和他朋友之间的，有些是关于健身的，比如他能举起多重的杠铃，而其他人举了多少，有些是关于足球、雪橇旅行和需要备用零件的摩托雪橇维修，等等。其他的就是和汽车修理厂的顾客之间的往来电话了。西于聚尔·奥利把整个通话记录都看了一遍，没有一个电话和索拉林或者莉娜有关，所以他猜他们是有意不在电话里面讨论这些事情，而是当面谈。

听到外面突然有了动静，他站起身来。阿尔纳被带回来了，登记的时候，西于聚尔·奥利在旁边看着。

“芬尼尔和你一起吗？”他问其中一个警官。

“不，我没有看到他。”对方说，“他回家了吗？”

“希望如此吧。他一直没接电话。”

阿尔纳看着他。他看起来好像想说些什么，但突然又有些犹豫，垂下了眼睑，最后终于鼓起了勇气。

“你们把斯韦里尔也抓了吗？”他问。

西于聚尔·奥利点点头。

“是克努蒂尔承认了吗？”

“我们明天再谈。”西于聚尔·奥利说，“晚安。”

他走开了，发现克里斯托弗已经不在走廊了。芬尼尔刚刚进了他的办公室，西于聚尔·奥利在后面喊他，但芬尼尔假装没有听到并关上了门。西于聚尔·奥利闯了进去。

“克里斯托弗去哪儿了？”他问，“他们把他放了吗？”

“这和你有什么关系？”芬尼尔问。

“他在哪儿？”

“我不知道。我想他已经被释放了吧。这不是我的案子。你问我干什么？”

“他去哪儿了？”

“他去哪儿了？你觉得我知道或者在乎这些混蛋被释放后都去哪儿了吗？”

西于聚尔·奥利冲出走廊，穿过警局后面的院子，跑进了旁边的小巷子。出警局的时候，他看到警察正押着斯韦里尔走出警车，但他还是喊着克里斯托弗的名字朝巷子跑去了。他看了一眼斯诺拉布劳特，最后决定往沿海大道的方向追。他跑到了共济会堂，但并没有看到克里斯托弗。他转身朝大海的方向跑，跑到了博尔加坦，绝望地喊了几次克里斯托弗的名字。他放缓脚步，走到街上，在一个小巷子路口正准备转身回去的时候，突然看到地上躺着一个人，有三个人正在殴打他。

西于聚尔·奥利跑过去的时候，他们刚刚上了一辆车，车上还有一个人负责开车，他们很快便消失在了街角。地上的男人在剧痛中哀鸣着，满脸都是血。那人正是克里斯托弗。他躺在地上，门牙被打掉了，眼睛也肿了。西于聚尔·奥利小心翼翼地把他扶起来，然后叫了救护车。

“他们是谁？”

“我……不知道。”克里斯托弗声音微弱地说。

“发生什么事了？”

“他们……他们在警局后面，等着我……”

西于聚尔·奥利冲进警局，沿着走廊径直去了芬尼尔的办公室。西于聚尔·奥利冲向他的时候，芬尼尔正准备离开办公室。西于聚尔·奥利把他推回了办公室，关上了门。

“你怎么回事？”芬尼尔对着他吼道。

“我刚刚把克里斯托弗送上了救护车。”西于聚尔·奥利说。

“克里斯托弗？那和我有什么关系？”

“你不应该问问发生了什么吗？”

“我为什么要问？”

“我想我已经警告过你了。如果你再不停止，我就要把事情闹大了。”

“我完全不知道你在说什么。给我滚出去！”

“我在说，你通知别人去找那些离开警局的倒霉蛋。你以为你这是在伸张某种正义吗？你是这么想的吗？”

芬尼尔往后退了几步。“你疯了。”他说，不过这一次，他的语气弱多了。

“我知道，他们并没有获得应有的惩罚，他们被问话之后总是被无罪释放。但这不是解决问题的方式。”

芬尼尔没有回答。

“三年前你就干过这样的事情，波斯图斯特拉迪的那个女孩。我不是唯一知道这件事情的人。现在，你又干这样的事情。好吧，这次我不会忍着了。”

“人们需要正义。”芬尼尔声辩道。

“是你需要正义。”西于聚尔·奥利纠正他。

“就因为那个克里斯托弗，一个男孩被打得失去意识，住进了医院。”芬尼尔说，“毫无预兆，上来就踢他。据我们所知，那个男孩可能是孤身一人。但我们敢肯定，你的克里斯托弗带着一大帮人。所以我告诉男孩的父亲，如果有什么话想对克里斯托弗说，我们会在今晚从巷子里把他放走。”

“所以他找人暴揍了他一顿？”

“人们已经受够了。他们需要正义。克里斯托弗一点儿同情心都没有。”

“你知道受害者的家人遇到这种事情都会非常生气。”西于聚尔·奥利说，“他们会想报复。你觉得应该鼓励这种报复吗？你是不是想借他们的怒气来让你觉得他们得到了应有的报应呢？”

“波斯图斯特拉迪的那个女孩没有做错任何事。”芬尼尔说。

“我知道她是你的家人。但这只会让事情更糟。”

“他们踢了她的脑袋。这只是两个白痴在星期六晚上的一场游戏，而她却再也不能复原了。他们只被判了几个月，还是缓刑。他们以前并没有犯过重罪，年龄也帮了他们的忙。”

“所以你揍了他们。”西于聚尔·奥利说，“你跟着他们出了警局，袭击了他们，把他们打晕了。”

“这比判他们坐几个月的缓期徒刑好多了，虽然我不知道你在说什么。”

“你必须停手。”西于聚尔·奥利警告他。

“这都是误会，西吉，我什么也没做。”

“你不能再这样下去了。”

“你见过我表弟的女儿吗？她出院之后？”

“没有，但你不能再做这样的事了。如果你继续这样，我就告诉上头，我知道你不会希望发生这样的事。”

“那些家伙根本没有得到惩罚。你一遍一遍地看着他们犯几乎同样的事情。我们能做什么呢？”

“芬尼尔，你真的得停手了。”

“我个人觉得，”芬尼尔说着，给西于聚尔·奥利开了门，“一旦抓到这些人，他们就应该立刻打死他们。”

49

斯韦里尔躺在牢房的床上，但当西于聚尔·奥利打开牢门走进来的时候，他一下子就跳了起来。门关上了。西于聚尔·奥利还沉浸在之前和芬尼尔不愉快的相处之中。

“钱是从哪儿来的？”西于聚尔·奥利一进门就问道。

“钱？”

“钱是从哪儿来的？”

“我不明白……”

“克努蒂尔什么都招了。”西于聚尔·奥利打断他。

斯韦里尔盯着他。“我的律师不在场，我是不会和你说话的。”

“明天一切都会正式开始的。”西于聚尔·奥利说，“我只是想听听你有什么想说的，问你几个小问题，以便后面做进一步的详细调查。比如说，你帮艾兰·索伦森洗的钱是从哪儿来的？我想他忍不住告诉你了吧。索伦森和谁有往来？他在为谁卖命？”

“索伦森？”斯韦里尔一脸无辜地问道。

“是的，索伦森。”

“克努蒂尔跟你说什么了？”

“跟艾兰·索伦森有关的事情他都说了，包括你是怎么认识他的，还有你和阿尔纳在伦敦是怎么答应帮他贷款，然后利用本国的高利率狠赚一笔，最后分钱的。明天一早，我们会直接追查你的资产、银行账户和股份，等等。我想，很多有趣的事情就要显露了。比如说，空壳公司和避税地区。”

斯韦里尔重新坐了下来。

“我说了，他非常配合。”西于聚尔·奥利继续说，“他说你和阿尔纳准备把他送出国去。你们觉得他就是个怂包，是吗？你们为什么要把他拉进来？”

斯韦里尔没有回答。

“索尔芬尼尔知道了，是吗？”西于聚尔·奥利说，“他知道钱是从哪儿来的了。而他并不高兴。噢，不仅仅是不高兴，克努蒂尔说他简直气疯了。”

斯韦里尔身下的蓝色塑料床垫随着他的动作发出吱吱的响声。

“为什么索尔芬尼尔气疯了？”

“我要等我的律师在场时再说。”斯韦里尔说，“这是我的权利，不是吗？”

“但你为什么要找人袭击西吉莉娜呢？这跟她有什么关系？”

“我并不认识什么西吉莉娜。”

“她对你做了什么？你不记得她了吗？一年前，她和你们一起参加了冰川旅行，就是艾兰·索伦森到冰岛来的时候。她发现了你们的计划。是谁告诉她的？”

“我不知道你在说些什么。”

“她和你们当中的谁上床了？”西于聚尔·奥利坚持问道。

“我要见我的律师。”斯韦里尔说，“我觉得有律师在场的话会更好。”

阿尔纳正待在另一间牢房里，他的床和斯韦里尔那张一模一样，都固定在地面上。西于聚尔·奥利让看守打开门，然后走进了牢房，而他并没有从蓝色塑料床单上起身，只是抬起了头，然后继续盯着墙。现在已经快凌晨一点钟了，他看起来既疲惫又沮丧。

为了让他有所反应，西于聚尔·奥利问了同样的问题。他告诉他克努蒂尔非常配合，还问他索伦森的资金是从哪里来的、莉娜和他们的计划之间的关系，以及他们为什么要派一个催债人去找她。

听到最后一个问题后，之前一直保持沉默的阿尔纳突然打起了精神。

“你一直提起的这个莉娜到底是谁？”他看着西于聚尔·奥利问道，然后站了起来。

“她的名字叫西吉莉娜·索格瑞多提尔。上周，她在家里被谋杀了。你和你同事派了一个人去找她，而这个人最后造成了她的死亡。只有一个人实施了袭击，但你们一样难逃罪责。”

“这是我第一次听到这样的事。斯韦里尔肯定是疯了。”

“她发现了你们干的事情。也许她威胁说要散布出去。她在这方面不太机灵，不知道应该怎么敲诈别人以达到自己的目的。她的目的就是钱。你们为什么不直接给她钱？这样不是更容易吗？反正你们也赚够了。”

阿尔纳朝靠着铁门的西于聚尔·奥利走近了一步。

“还是说，她知道了钱的来源。”西于聚尔·奥利继续说。

“我对她的名字没有印象。”阿尔纳说，“我只是在新闻上看到有个女人被杀了。”

“她知道你们四个人的事情，然后她就死了。那索尔芬尼尔呢？他怎么了？他是怎么死的？”

“我不认识这个女人。”

“那索尔芬尼尔呢？我想你对他很熟悉吧。”

阿尔纳转身回到床边坐下了。西于聚尔·奥利等着他的回答。时间一分一秒地过去了。

“是你们合谋杀死了他吗？”

“没有。”阿尔纳说。

“把他从悬崖边推下去？这就是你们去斯奈山半岛的目的吗？”

“我当时并没有和斯韦里尔、索尔芬尼尔在一起。据我所知，斯韦里尔说的是实话。”

“那我们换个话题吧。”西于聚尔·奥利说，“钱是从哪儿来的？”

“钱？”阿尔纳重复道。

“你们替艾兰·索伦森转移的钱，是从哪儿来的？为什么索尔芬尼尔知道以后气疯了？斯韦里尔不肯说，克努蒂尔也不肯开口，还让我们去问斯韦里尔。钱到底是从哪儿来的？”

阿尔纳还是没有回答。

“我们迟早会知道的。”西于聚尔·奥利说。

阿尔纳直了直腰，想在床垫上坐好。不像斯韦里尔，他根本没有提及律师的事。

“索尔芬尼尔发现真相的时候发了疯，他威胁说要直接去找警察。”他突然说，“斯韦里尔试着安抚他，但这不是长久之计。”

他深深地叹了一口气。

“索伦森一直说我们不必知道钱是从哪儿来的。斯韦里尔和我都不在意这个，但过了一阵，索尔芬尼尔开始问了。他有罪恶感。我觉得他只是不想干了，想找个借口。他怕我们是在赚毒品的钱。但当我们发现背后真相的时候，他说那比毒品还要严重十倍。”

“所以他威胁说要说出去？”

“他想退出，斯韦里尔说他会说出去的。我什么都没问。斯韦里尔说我们得做点儿什么，但他只对我说了，并没有告诉克努蒂尔。我们把他和索尔芬尼尔拉进来是因为我们要把钱分散开，毕竟数目巨大。索尔芬尼尔和克努蒂尔有点儿像，有点儿天真，但他也想赚钱，也想变富。每个人都想变富。”

“所以那就是解释，是吗？贪婪？”

“听着，我们只是在机会来的时候抓住了它。我们看着身边发生的事情，我们也想分一杯羹。”

阿尔纳抬起了头。

“斯韦里尔并没有告诉我那次旅行具体发生了什么。尽管我有怀疑，但你还是要去问问他。当然了，你本来也会去问。现在，我们把整件事情都搞砸了。”

“他们为什么要去悬崖海岸灯塔？因为斯韦里尔对那里非常熟悉吗？”

“那只是他的一个玩笑。索伦森所说的一切都应验了。经济泡沫一直持续，去年，央行的利率翻了几番。”

“等等，什么玩笑？”

“你知道的，他们把中央银行称为‘悬崖海岸灯塔’，也就是‘黑堡’。斯韦里尔觉得这很好笑。他说要带我们去看看真正的悬崖海岸灯塔。我甚至连那地方在哪儿都不知道。”

“那么，你对莉娜的事情完全不知情？”

“是的。”

“也就是说，她并没有谎称有你的把柄？并没有威胁你？”

“没有。我不认识她。”

“但你记得她和你们一起参加了冰川旅行团，不是吗？那次，艾兰·索伦森来冰岛，你们带他参加了那次旅行。上次我们见面的时候，你说你记得她。”

阿尔纳想了想。“是她组织的旅行，是吗？”

“对。”

“我有点儿印象。现在我想起来了，克努蒂尔好像对她有兴趣。”

“克努蒂尔？”

“也许我搞错了。”

“克努蒂尔和莉娜上床了吗？”

阿尔纳没有回答。很明显，他愿意说些什么了，西于聚尔·奥利耐心地等着。

“是儿童色情片。”他终于说了。

“什么？”

“我们替艾兰·索伦森洗的钱，那些赃钱，其中有一些是通过毒品交易得来的，有一些是正常的色情片，但还有一些是儿童色情片。”

“儿童色情片？”

阿尔纳点点头。“我们在替一条色情产业链洗钱，包括拍摄儿童色情片的恋童癖。索尔芬尼尔，他受不了这个。”

50

西于聚尔·奥利把克努蒂尔带到了他的办公室。他打算在回家睡觉之前问问他关于莉娜的事情。这一天已经够漫长的了，但他的好奇心促使他无法就此放弃。芬尼尔已经离开了。西于聚尔·奥利不知道他会不会把自己说的话放在心上。

他打开门，克努蒂尔跟着他进了办公室。克努蒂尔坐了下来。到底还是年轻，他的恐惧和焦虑根本掩藏不住。不用说，他肯定整宿都没睡，一直在想他的妻子和孩子，或者索尔芬尼尔的遭遇，还有让他赚了一大笔的那些钱的来源。

“你知道艾兰·索伦森的钱是从哪儿来的，是吗？”西于聚尔·奥利说。

“律师来之前我什么都不会说的。”克努蒂尔回答道，“我改变主意了。我要请一个律师。我想这是我的权利吧。我现在想回我的牢房去，谢谢。”

“可以，我也准备回家了。”西于聚尔·奥利说，“那我们就别浪费时间了。我只想问你一件事，不会耽误你太长时间。我知道你和莉娜的关系不像你说的那么简单，我是说，那个被袭击的女人。”

在等克努蒂尔被带过来的时候，西于聚尔·奥利继续翻看着霍迪的通话记录。这份记录现在还在他面前的办公桌上。

“你和你朋友索伦森一起去冰川旅行的时候，你和她调情了。”

“谁说的？”

“谁说的不重要。重要的是你不承认你认识她。到目前为止，我一直相信你今晚说的是实话，但为什么要在莉娜的事情上撒谎呢？告诉我。”

西于聚尔·奥利摆弄着桌上的记录，拿了几张出来，好像他的问题只是漫不经心地随意一问而已。他扫视着这份记录，读出了里面的几个词，还翻了几页。克努蒂尔安静地看着他。

“是因为你的妻子吗？”西于聚尔·奥利问道，“是因为那个原因吗？如果是这样的话，我完全可以理解你。”

“我要请一个律师。”克努蒂尔又说了一遍。

“但是关于莉娜，有件事情你必须清楚。”西于聚尔·奥利继续说，“确实，她风趣幽默，长得又漂亮，但她对已婚男人特别有兴趣。我还没有完全调查清楚，但我发现，她觉得已婚男人更有魅力。她和自己的伴侣之间的关系非常奇妙，他们非常开放，可以接受对方和别人发生关系。这并不适合所有人，但很适合他们。我不知道她有没有告诉过你这一点。”

克努蒂尔听着。

“我是这么想的，如果有什么不对的地方，你可以纠正我。你和她上了床，也许是回城之后。你们可能上了好几次床，也有可能只有一次。不管怎样，她很有可能威胁了你，说她拍了你们之间的性爱照片，还威胁说要寄给你的妻子。她习惯不择手段地骗人。而有一次，你们在一起的时候，你告诉她……”

“那不是真的。”克努蒂尔反驳道。

“……你和你的同伙参与到了一个可以发大财的计划当中。你并没有把所有事情都告诉她，但这足以让她回去告诉自己的丈夫了。你们真是群让人不可思议的人。”

“那并不是真的。”

“你想向她炫耀。”

“不。”

“但你们没有上床？”

“她并没有拍什么照片。”克努蒂尔生气地说。这是西于聚尔·奥利第一次看到他发脾气。“而且她并没有威胁说要告诉我的妻子。我见了她两次，都在雷克雅未克，而且……”克努蒂尔停了下来。“我一定要说吗？”

“告诉我发生了什么。”

“我不想让我妻子知道这件事情。”

“我不会说的。”

“这是唯一的一次。”克努蒂尔说，“我以前从来没有这样做过，我的意思是，不忠，但我……她非常固执。”

“然后你对她说漏嘴了？”

“她想知道我工作上的事情。我觉得，她对我在银行的工作更感兴趣，比对我有家室这种情况感兴趣多了。我们从来没有讨论过我的婚姻。”

“但你说了很多银行方面的事情？而你想把自己说得很厉害。”

“我告诉她……”克努蒂尔犹豫了一会儿，“我不知道是不是为了炫耀。她非常感兴趣，一直问我人们是怎么避税的之类的问题。她想了解避税地区的事。我可能告诉了她，我认识的一些人正在利用某个安全的计划大赚一笔。但我并没有说是谁。我还提到了很多不同的事情，但……我可能是暗示过我自己也参与了。”

“所以说，你没有想吹嘘自己？”

克努蒂尔没有回答。

“那你的同事阿尔纳、斯韦里尔和索尔芬尼尔呢，他们知道你说漏嘴了吗？”

“不知道。”

“你确定吗？”

“我没跟任何人说过。”

“她想要钱吗？”

“没有。”

“你有没有派人去让她闭嘴？”

“没有。让她闭嘴？我没有理由这样做。”

“关键是，你的妻子并没有发现。”

“是的，但我从来没有伤害过莉娜。”

“也就是说，你不认识索拉林和霍杜尔？”

“不认识。”

“你也并没有派他们去找莉娜，让她闭嘴？”

“没有。”

“当她发现你和你的朋友们参与的事情之后，有没有试图敲诈你？”

“没有。她并不知道，因为我并没有告诉她。”

“我觉得你在撒谎。”西于聚尔·奥利说着站了起来，“但我们明天会仔细调查的。”

“我并没有撒谎。”克努蒂尔争辩道。

“我们会弄清楚的。”

克努蒂尔也站了起来。“我说我没有撒谎。”

“你知道艾兰·索伦森的钱是从哪儿来的吗？”

“不，一开始并不知道。”

“但后来呢？”

克努蒂尔什么也没说。

“索尔芬尼尔就是因为这个才死了吗？”西于聚尔·奥利问。

“我要请一个律师。”克努蒂尔说。

“你们去斯奈山半岛难道不是为了劝服索尔芬尼尔吗？”

“我要有律师在场。”

“我想那是最好的。”西于聚尔·奥利说完就把他送回了牢房。

他回办公室拿车钥匙，顺便坐下来捋了捋和这三个男人之间的对话。他们似乎在踢皮球相互推卸责任。但斯韦里尔是个狡猾的家伙，不出意外的话，他的责任应该是最大的。他得花上一整晚的时间来考虑该怎么为自己辩护了。

西于聚尔·奥利翻了翻霍迪的通话记录。他一直都没能好好看看这份记录，还不确定里面有什么线索。他注意到，霍迪在和一个以前联系过的人通电话，一个去过他的汽车修理厂的人。通话日期就在最近。

某顾客：“你会为我做这件事吗？”

霍杜尔·瓦格松：“没问题，亲爱的。”

某顾客：“我会把承诺的酬金给你。”

霍杜尔·瓦格松：“办成了再说吧。”

某顾客：“谢谢，再见。”

霍杜尔·瓦格松：“好的，再见。”

西于聚尔·奥利盯着记录上的那句话，“你会为我做这件事吗？”警察已经调查了所有给霍迪打电话的人的身份，附录里面有他们的全名。他按照名字首字母查找了一番，当他发现自己的怀疑被证实的时候，浑身都惊麻了。包裹住整件事的层层面纱都在他眼前被揭开了。他应该为自己的无理指责向克努蒂尔赔罪。他还得向芬尼尔赔罪，因为他一直是对的，而他自己才是个犯了大错的糊涂蛋。

“你在想什么呢？”西于聚尔·奥利小心地把记录放回桌子上，小声对自己说。

当天晚上，他开车一直向东行驶，翻山越岭来到了利特拉－赫劳恩监狱。他想问霍迪一个问题。他知道自己睡不着觉，他害怕明天将要发生的事情，但既然无法挽回了，他宁愿自己亲手处理。然后，他就会退出这个案子。西于聚尔·奥利知道他一直都被蒙蔽了，而他现在痛苦地领悟到了其中的原因：他太相信自己了，相信自己是公正无私、不偏不倚的，相信自己是个好警察，相信不管是谁被牵扯进来，自己都不会受到任何影响。但事实证明，他根本不是。

他找到了一个熟悉的看守，让他去把霍迪叫醒，然后带到审讯室。看守一开始并不情愿，但西于聚尔·奥利一遍一遍地请求他，说这对案子的调查至关重要。于是，看守同意了。

因为这不是正式的审讯，所以审讯室里只有他们两个人。

“你疯了吗？”霍迪被从熟睡中叫醒，非常不耐烦。

“我只有一个问题。”西于聚尔·奥利说。

“什么事？你为什么要半夜把我叫起来？”

“你是怎么认识苏珊娜·艾纳斯多蒂尔的？”

51

他们在电影院约了会，他说想用母亲的车载她回家。

“你要去哪儿？”伽伽每次借车给他的时候都会这样问。他拿驾照才一年的时间，尽管没有出过任何事故，但她还是不能完全放心。

“电影院。”他回答。

“一个人？”

“和帕崔克一起。”他撒谎了。他现在还不想说出实情。以后再说吧，如果一切顺利的话。

“你的作业做完了吗？”

“做完了！”

他看过影讯，发现她说的那部美国电影正在劳加拉斯电影院上映。据说这是部浪漫的喜剧电影。看点儿轻松的电影也好，可以不那么紧张，至少不要一团糟。

他是在一场校园舞会上遇见她的，他经常去参加这种聚会活动，要是帕崔克也在，他就更得去了。那次，帕崔克还参加了舞会前的一个派对，喝了一升伏特加，那是他表弟用货车走私进来的。

西于聚尔·奥利在之前的派对上喝了太多，于是，到了舞会现场之后，一看到热浪滚滚、人声鼎沸的景象，酒精一下就冲上了头，整个人都快昏厥了。他出了一身的汗，找了个椅子坐下来，有点儿恶心想吐。而她突然出现了，问他是不是不舒服，是否需要帮助。他嘟哝了几句权当回答。他知道她是他们学校的，但从来没有和她说过话，也不知道她的名字。

她扶着他来到大厅，把他推进了盥洗室，他在那里吐了个天昏地暗。最后，负责维持秩序的服务员找到了他，把他赶出了舞会。他只能踉踉跄跄地回了家，母亲同情地看着他。

“亲爱的，你不该喝酒的。”晕眩之中，他听到母亲这样说，“你没那个酒量。”

几天之后，他站在学校走廊里的时候，那个帮助过他的女孩走了过来。她的善意还一直刻在他的脑海之中。

“感觉好点儿了吗？”她问。

“是的。”他羞涩地说，“我不是经常那样……”

他准备说“喝醉”的，但又觉得那不是他的风格。整件事情让他尴尬极了。

“我知道你不是。”她说完便走进了最近的教室。

接下来的几天，他总是远远地看着她。第二周，当她在食堂吃汉堡看报纸的时候，他鼓起勇气坐到了她的旁边。行动之前，他一直看着她，对自己说：“反正没什么损失。”

“有什么新闻吗？”他问。

“这是很久之前的报纸了。”她抬起头来说。

“噢。”他说，“你在休息吗？”

“不，我逃课了。我受不了我的老师，他也受不了我，所以我们都放弃了。”

“他……”

“他总是在我们女生面前显摆。你不就是那个办新保守主义杂志的人吗？”

“是的，《米尔顿》。”

“你们可不太受欢迎啊。”

“那你想看什么呢？”西于聚尔·奥利耸了耸肩说。

从那之后，他们每次碰到都会聊一会儿。有一天，她在衣帽间里碰到了正在找外套的他。

“你明天晚上有空吗？”她直截了当地问道，“你想去看电影吗？”

“什么？有空……当然可以。”

“你有车或者……”

他飞快地思索着，这意味着他得向伽伽借车子，不过他觉得值。

“我可以来接你。”他说。

他开车到了她家门口，但他不敢上前敲门，也不敢喊她的名字。他也不想按喇叭，这样极易被误解成无礼。所以，他只是静静地坐在车里等。时间一分一秒地过去。终于，大门开了，她跑了出来。

“你等很久了吗？”她坐到副驾驶座，问他。

“没有。”

“我一直在等你按喇叭。”

“我没等多久。”他说。

电影非常令人失望，看过之后回到车里时，他们简直不知道该说些什么。他朝着市中心开去，准备兜几圈，或者买个冰激凌。小卖部应该还开着门。他们讨论了一会儿令人讨厌的女主角，而他说这部电影一点儿也不搞笑。他们买了冰激凌，是他付的钱，电影票和爆米花的钱也是他付的，然后他慢慢开车送她回去。因为不是周末，所以街上空荡荡的。他还没回过神来，就已经开到她家门口了。

“今天晚上很开心，谢谢。”她吃完了冰激凌，说道。

“也谢谢你。”他回答。

她朝他靠了过来，他意识到她要亲他了，也靠了过去。因为刚刚吃过冰激凌，她的嘴唇凉凉的，舌头也凉凉的，还带着一丝甜味。

他对她念念不忘，一直想再见到她，却一直没再在学校的走廊上遇到过她。他隐约记得她曾经提过要和父母去旅行，也许这就是她突然不见的原因吧。他给她打过电话，但是没有人接。还有两次，他开车到了她家门口，结果发现所有的灯都没亮。他从来没有过这么奇怪的感觉，那么紧张，那么期待，从来没有体验过这种思念。

几天之后，他和帕崔克约在市中心的一家酒吧见面。他到的时候发现那里太吵了，简直让他受不了。帕崔克在他耳边喊话说他在学校遇到了一个非常棒的女孩，想让他见一见。她出现在了人群中。

是苏珊娜，就是那晚之后一直让他魂牵梦萦的那个女孩。

“你好。”她在喧闹声中朝他们打招呼，然后惊奇地说：“你们认识啊？”

“是啊。”帕崔克也喊道，“你认识西吉吗？”

西于聚尔·奥利难以置信地看着他们。

“我们之前一起看过电影。”她喊道，“真是个差劲的电影。”她笑了。“你不觉得吗？”

“你们……你们……”

西于聚尔·奥利有些结巴，震耳欲聋的声音吞没了他的话。他还没反应过来，他们就消失在了人群中。

52

他觉得中午来找她比较好，孩子们应该在学校，她应该是独自在家的。他并没有提前给她打电话，而是打到了她工作的地方，得知她因为生病已经好几天没有上班了。他想过给帕崔克打个电话，叫他一起，但最后还是放弃了。这是他自己的事，在他和她谈话之前，没有必要把帕崔克牵扯进来。他想过让别人来找她，但还是决定自己来做。一旦他们回到海维费斯格塔警局，案子就会被别人接手了。

最终，他开车来到了朋友家门口。帕崔克和苏珊娜住在格拉法尔霍特新区一栋漂亮的独栋房子里。他们借了很大一笔贷款，其中一部分还是外币贷款。尽管每个月要还一千多克朗，但帕崔克保证说他们有能力偿还。他们的两辆车子也是贷款买的。

她是自己来开的门。她穿着牛仔裤和淡蓝色T恤，看到他似乎并不惊奇，不过她的笑容有些尴尬。不管怎样，他还是很喜欢苏珊娜的，她风趣幽默，头脑清晰，跟帕崔克很配。在他眼里，她一点儿都没老，头发还是那么浓密，眼睛还是那么深邃，表情坚定，举止率真。据他所知，她和帕崔克一直过得很好，至少他从来没听说过他们有什么问题，直到帕崔克向他坦白自己和莉娜上过床。

“你应该知道我为什么到这里来吧？”她邀请他进去的时候，他问道。他亲了亲她的面颊，他们总是这样打招呼。

“你和帕崔克谈过了吗？”她问。

“没有。”

“我以为他会和你一起来。”苏珊娜说。

“不，并没有。”

“我们能坐下来谈吗？”

“当然，进来吧。”

他们在客厅里坐了下来。客厅朝西，可以看到这个城市的美景。西于聚尔·奥利整晚都没睡。

“我刚刚和一个叫霍杜尔的男人谈过，也就是霍迪，他说他从小学起就认识你了。”他开始说，“他现在被关在利特拉－赫劳恩监狱，被控杀死了一个叫莉娜的女子。”

“我认识他。”苏珊娜回答。

“他说你们的关系一直很好。他并没有细说你们的关系，但他说你们每次聚会的时候都聊得很开心。”

“没错。”

“他说你之前找他帮过一个忙，帮你的一个朋友，或者说是她的女儿。”

“我觉得帕崔克在场的话会更好。”她说。

“当然。”西于聚尔·奥利说，“我们可以给他打电话。我不着急。”

“你肯定认为我……”

“我没认为什么，苏珊娜。”

她看了看窗外。

“那是三年前了。”她最终说道，“我的朋友遇到了麻烦。她的女儿在读高中，一直被一伙黑社会威胁，问她要钱。女孩被他们吓坏了，想要退学。所以我去问霍迪能不能做点儿什么。我知道他一直接这样的活，我知道他有时候会去收债。他介入以后，那个女孩就再也没被欺负了。我的朋友非常感激。但我从来没有问过霍迪他干了什么。”

“所以，是他帮了你。”西于聚尔·奥利说。

“是的，或者说帮了我的朋友。”

“从那之后，你见过他吗？有他的消息吗？”

苏珊娜犹豫了。

“你还找他帮过别的忙吗？”

她没有回答。

“我刚刚从他那里过来。”西于聚尔·奥利说，“他让我代他向你问好，让我告诉你他已经尽力隐瞒了。他说你联系过他。”

“你一定觉得我疯了。”停顿了好长一段时间之后，苏珊娜终于开口说道。

“我觉得你犯了一个错误。”西于聚尔·奥利说，“你和他联系过吗？”

“是的。”苏珊娜说，“当那些人开始威胁我妹妹的时候，我想到了霍迪，也许他能和他们谈谈。”

“然后袭击莉娜？”

“不，只是和她谈谈。”

“你知道他会去打她吗？”

“不知道。”

“就是说，你没有让他去打她？”

苏珊娜受不了了。她起身走到窗边，茫然地看着这个城市，又看看自己的袖子。

“你有没有让他去打莉娜？”

“我让他去告诉他们别再烦我们。我没有讲任何细节。她敲诈我妹妹，还和帕崔克上了床。我以为她要把帕崔克从我身边夺走。我只是想让他们别再打扰我们的生活。”

“苏珊娜，你妹妹的生活方式是很容易遇到莉娜这种人的。而帕崔克是自愿和她上床的。你不能全都怪到她的头上。”

“我没想让她死的。”苏珊娜说。她的眼里蓄满了泪水。

他知道她在尽力不让自己崩溃。

“我没有让他们那么做。我只是，我只是很生气。很气帕崔克，但也气她。是她把我们毁了，而且她还要把照片发到网上去。”

“这是你妹妹的主意吗？”西于聚尔·奥利问。

苏珊娜深吸了一口气，把泪水憋了回去。

“你是在袒护她吗？”西于聚尔·奥利问。

“她也知道霍迪，知道他曾经帮过我的朋友。她问我能不能去找他帮忙，让他去把照片拿回来，因为她不能自己去。霍迪对我，还有班上其他同学总是很好，所以我宁愿不去想他做过什么，或者人们说他做过什么。我不想知道。”

“也就是说，她也参与了？”

“是的。”

“霍迪派去办这件事的人说，他接到的指令就是给莉娜一个教训，把照片拿回来。在这个过程中，他出手太重了。你认为是霍迪误解了你的意思吗？”

“我不知道。我不应该跟他说这件事的。你想象不到我现在有多痛苦。”

“是的，我的确想象不到。”

“我做了什么？我能做什么？我的生活已经完了。我妹妹的生活也完了。你得帮帮我们。都是因为这群混蛋！”

西于聚尔·奥利什么也没说。因为失去苏珊娜，他当时几乎崩溃了，但他并没有跟她或者帕崔克说过。她和帕崔克开始交往之后，他们只提过一次之前去看电影的事情。那是几周之后，在帕崔克家里的一个派对上，苏珊娜跟他说她并不知道他和帕崔克是朋友。“没关系的。”他回答道。“那么，我们还是好朋友吗？”她问。他点点头。“都忘了吧。”他说。

“我不能给你任何建议，苏珊娜。”他说，“我唯一能说的就是，接受现实吧，不管是对你、帕崔克，还是对霍迪和莉娜，一切都已成定局，你越早面对越好。”

“那只是个意外，她本来不用死的。我从来没想过要她死。”

他们都没有说话。苏珊娜看着窗外，城市一直延伸到了海边。

“你有你的原因。”西于聚尔·奥利最终说。

“但你并不在意。”

“有些我是可以理解的。前几天，我收到了一段旧胶片，里面有个十岁，也可能是十二岁的小男孩，他一生都在受苦。短片只有十二秒，但从中却能非常清楚地看到他的整个人生：他是怎么被忽视、怎么被暴力虐待的，这也许可以解释为什么三十年之后他会变成那样。”

西于聚尔·奥利站了起来。

“之前，我一直不怎么会同情别人，但事实是，你很难不被这样恐怖的经历影响。如果他想报复，我可以理解他……”

“但却不能理解我？”苏珊娜说。

就在这时，门开了，帕崔克走了进来。他在门外认出了西于聚尔·奥利的车子，忍不住慌张起来。

“怎么了？”他立刻便发现情况不对。他想抱抱苏珊娜，但她却不让他抱，还后退了几步，抬起手，好像不想让他碰她。

“怎么了？”帕崔克问。

“苏珊娜？”西于聚尔·奥利说。

她开始哭了。

“苏珊娜知道……”

“我来说，让我说吧。”她打断西于聚尔·奥利。

“好吧。”他说，“我到外面去。”

过了一会儿，西于聚尔·奥利带着苏珊娜和帕崔克去了海维费斯格塔警局。帕崔克只能跟到门口，他们在那里道了别。他还没有完全搞清楚整件事情的经过，但他似乎不愿意和妻子分开。

西于聚尔·奥利找到了芬尼尔，告诉他案子的最新进展之后就正式退出了调查。他很高兴芬尼尔没有惩罚他。他听说艾兰·索伦森已经因为涉嫌洗钱被逮捕了，而那三个冰岛银行经理将作为关键证人指证他。

因为这两个案子之间的联系，西于聚尔·奥利也不能再调查索尔芬尼尔的死了。但回家之前，他还是决定再去和斯韦里尔谈一谈。斯韦里尔被关在海维费斯格塔警局，正在等待被移交到利特拉－赫劳恩监狱。

“你们为什么要去斯奈山半岛？”铁门关上后，他问道。

斯韦里尔坐在蓝色床垫上。经过无眠的一夜，他早上已经见过自己的律师了。下午到了利特拉－赫劳恩监狱之后，警察会对他进行正式的审讯。

“是不是只是为了除掉索尔芬尼尔？”

斯韦里尔没有回答。他靠墙坐着，头耷拉在胸前。

“或者为了劝他回头？”

斯韦里尔还是没有回答。

“索尔芬尼尔发现了你们替艾兰·索伦森洗的钱的来源。他很生气，因为他不想参与色情片，尤其是儿童色情片的事情。不过你倒是觉得无所谓。阿尔纳和克努蒂尔好像也没有什么意见，但索尔芬尼尔想退出。不光如此，他还打算向警察告发你们的行为以及你们在其中扮演的角色。他想洗清自己，脱离你们在做的事情，然后重新开始。”

斯韦里尔还是一言不发。

“然后你就想到了除掉他的主意。你们出城搞了一次短途旅行。不管怎样，大家都知道在野外是会发生意外的，更别说环境和天气都十分糟糕的时候了。你想让阿尔纳和克努蒂尔一起去，以减轻嫌疑。这本来是一趟工作性质的旅行。我不知道他们在索尔芬尼尔的死里扮演了什么样的角色，但也许你能告诉我。他们是临时决定去爬冰川的，还是那也是计划好的？”

“毫无疑问，你和索尔芬尼尔发生了争吵。”西于聚尔·奥利继续说，“你费尽心力劝说他，但索尔芬尼尔怎么也不肯。他已经赚了几百万，甚至几千万了，但他想全都吐出去。你告诉他，他会把你们全拖下水。你告诉他，你可以解决这件事情，把他的贷款接过来，抹去他的痕迹。这也许是可行的，但索尔芬尼尔并不愿意，他想要告发你们的罪行，他就是不能接受这笔钱的来源。”

斯韦里尔从床上坐了起来，身体朝前倾。

“索尔芬尼尔的死跟我没有关系。”他终于开口了，“钱的事情，你说的没错。我不知道阿尔纳和克努蒂尔跟你说了什么，但我确实不能否认和他们一起参与了帮艾兰·索伦森洗钱的事情。我已经做好为此负责的准备了。但我跟索尔芬尼尔的死没有关系。你说得对，我们是争吵过。我们为了钱吵，为了我们的秘密账户以及钱的来源吵。他就是不能无视这笔钱是怎么来的。我告诉他，这没有关系，但他坚持要退出，还让我们都退出。而且这还不够，他还要把钱都退回去，把账户公开，把整件事情都告诉警察。我们都答应断绝和艾兰·索伦森的往来了，我们甚至准备把钱还回去了，我们几乎准备全盘接受索尔芬尼尔的要求，但我们就是不愿意像他说的那样把事情公开。”

斯韦里尔站了起来，深吸了一口气。

“这就是我们争吵的内容。”他说，“那是我们唯一不愿意做的事情。其他事情我们都答应了。”

“所以你把他推下了悬崖？”

“我把他一个人丢下了。”斯韦里尔说，“我们因为账户和索伦森的事情吵了一架。他一点儿也不肯让步，所以我叫他去死，然后把他一个人丢下了，自己去取车。我当时很生气。”

“之前你只说你去取车，没有提你们吵架的事情。”

“好吧，我现在承认了。”斯韦里尔说，“不过，账户的事情好像你已经都知道了。我发了脾气，把他丢下了。不管你信不信，总之，那就是事实。他发生那样的事情我很自责，从那以后，我一刻都没平静过。当时，是我把他一个人留在那里的，我对他的死是有间接责任的，我承认这一点。但这不是谋杀。我否认这一点，完全否认。我回去找过他，但他走了，发生了意外。”

西于聚尔·奥利研究着斯韦里尔的表情，但斯韦里尔回避着他的眼神，尴尬地站在那里，看着环绕着他、似乎在不断向他压迫的四面墙壁。

“他有没有怀疑过你要做什么？”西于聚尔·奥利问，“到最后的时候？”

“你没听见我刚才说的话吗？我当时不在那里。”

“他撞到岩石上立刻就死了吗？还是挣扎了一小会儿？”西于聚尔·奥利无情地继续问着。

“我没有碰他。”斯韦里尔声辩道。

“他落下去的时候，你听到他的尖叫声了吗？”

“我不会回答这个问题。这不值得回答。”

“也许不太容易证实，但你组织了那次旅行，是你带索尔芬尼尔去的，而你一个人回来了，你就有大麻烦了。我想你很难逃脱干系。”

西于聚尔·奥利转身敲了敲铁门，示意外面的人开门让他出去。

“我没有杀他。”斯韦里尔说。

“我觉得你还是在狡辩。”西于聚尔·奥利说，“我觉得法官会站在索尔芬尼尔那边。我相信是你推了他。我想你是看到了一个可以除掉他的机会。也许，你们去斯奈山半岛之前就已经计划好了，你和你的同伙。也可能只是一瞬间的冲动。不过这都没什么关系。但你把他推下了悬崖。”

门吱的一声开了，西于聚尔·奥利走到走廊上，谢过看守，然后把门锁上了。斯韦里尔拍打着铁门，开始大喊大叫。

“跟我说话！跟我说话！”

门上有一个窗口。西于聚尔·奥利把它打开了，他们通过这个小窗口盯着对方。斯韦里尔满脸通红。

“那是个意外。”他说。

西于聚尔·奥利只是看着他。

“那是个意外！”斯韦里尔重复道。“一个意外！”他强调说。

西于聚尔·奥利关上窗口，走开了，不再理会斯韦里尔如何拍门、踢门，如何从牢房深处喊着那是个意外，强调着他和索尔芬尼尔的死没有关系。

53

那天晚些时候，西于聚尔·奥利公寓里的电话响了，是帕崔克打来的，问他能不能来找他。没过多久，他听到了敲门声。他打开门，看到他的朋友若有所失地站在门口。

“是我的错。”他说，“我才是应该进监狱的人。”

“进来吧，我正要泡点儿茶。”西于聚尔·奥利把他领进了厨房。

“我什么都不想喝。”帕崔克说，“我只是想和你谈谈。你觉得会怎么样？”

“我觉得苏珊娜会承认她参与了莉娜的袭击案。”西于聚尔·奥利说。他早前已经给警局打过电话了。“承认是她让霍迪去拿照片的，她和她妹妹。你和赫尔曼来找我帮忙的时候，她们已经找了霍迪。”

“我完全不知道。”

“你告诉苏珊娜你和莉娜上床了。”

“她完全疯了。她觉得莉娜想毁了我们的婚姻。”

“然后，霍迪让索拉林帮他办这件事情。”

“苏珊娜从来没和我说过霍迪是干什么的，只说他们是老朋友。而莉娜也不是个善茬儿，绝对不是。我试着向苏珊娜解释，但她只是对着我尖叫，说再也不想看到我了。她把整件事都怪在我的头上，我可以理解。可她却要面对为另一个人的死负责的局面。”

“间接的。”西于聚尔·奥利说。

“她可不是这么看的。”

“她的妹妹和赫尔曼都有责任。你要看到事情的全局。”

“她最气的是我。”

“听着，责任主要在那个下手太重的疯子索拉林。”西于聚尔·奥利说，“尽管我不是在怪苏珊娜或者你蠢。你们任何人。下次你想对妻子不忠的时候，要么就别干，干了就别说。”

“现在怎么办？”帕崔克最后问。

“她会坐一段时间的牢。”

“她最近非常不对劲儿。我只顾着自己的蠢事，并没有注意到她。我现在终于知道她这段时间为什么这么不正常了。”

“你应该努力支持她。”

“不知道她是否还会接受我的支持。”

“好吧，你们都得面对这件事。也许这会使你们更亲近呢。”

“我不想失去她。”

“我也是。”西于聚尔·奥利说。

“你呢？有没有因为我们的事摊上什么麻烦？”

“我会解决的。”西于聚尔·奥利说。

54

他坐在克莱普斯未克那栋公寓外面的车里，盯着信箱里面的报纸。像往常一样，他把收音机调到了经典摇滚频道。他非常困，因为昨天半夜起来看了一场橄榄球比赛。上床睡觉之前，他准备找本书来看。去年圣诞节，他收到了一本冰岛小说，至今还没有拆封。所以，他从抽屉里把那本书拿了出来，撕掉塑料包装，然后开始看，但没看一会儿便又扔回了抽屉。

他最近睡得很不好，还在想前段时间的案子。所以，当他早上醒来的时候，他决定出去兜兜风，然后不知道怎么的，他就开到古兹曼太太的公寓外面了。尽管他早就跟他母亲说过，自己再也不想管报纸的事情了。伽伽给他打过电话，对银行经理被抓的事情非常好奇。她在报纸上看到了这个消息，不停地打听她认识的苏珊娜和帕崔克的事。他搪塞了一会儿就挂断了电话。“我们回头再聊吧。”他说。

他想到了和埃琳博格的对话。她给他打过电话，说她非常担心在东边故乡旅行的埃伦迪尔，他们已经两个星期没联系了。

“他去那里干什么了？”埃琳博格问。

“我不知道。”他回答道，“他什么都没和我说过。”

“你知道他准备去多久吗？”

“不知道，我只知道他想一个人静静。”

“是的，确实是那样。”埃琳博格说。

西于聚尔·奥利打了个哈欠。就像先前的几个星期六的早晨一样，根本没几个人出现，出现的人要么是在外面玩了整个晚上刚刚回来，要么是要去面包店，谁都没有看那报纸一眼。他开始打瞌睡了，他的眼皮越来越沉，呼吸越来越慢，不知不觉地，他睡着了。

就在他静静沉睡的时候，一个五十岁左右，头发黏黏的，穿着破旧睡衣的邋遢鬼蹑手蹑脚地下了楼，打开了大厅的门，看了一眼停车场，然后一把抓起报纸往回跑，消失在楼梯间。

西于聚尔·奥利至少睡了四十五分钟，花了好几分钟才清醒过来。他睁开惺忪睡眼的时候，收音机里正播放着熟悉的旋律。他看了看停车场四周，伸伸胳膊，打了个哈欠。然后，他看见一个很像安德烈斯的人在街上走，朝着克莱普斯未克的西边去了。

西于聚尔·奥利坐直了身子，以便能看得更清楚。

没错，就是安德烈斯。

他打开车门，准备追出去，但转念一想，又关上了车门，启动了车子。他开出停车场，开始跟踪安德烈斯。下个路口他得转个U型弯，他很担心会因此跟丢安德烈斯，但好在他很快就又看到了他。他弯着腰，好像活在另一个世界里，沿着沿海大道吃力地走着。他经过了科尔克朱桑德和公共汽车站，穿过格林兰拉布劳特来到了博尔加坦。他提着一个塑料袋，身上还是穿着之前的那套衣服。西于聚尔·奥利在想要不要喊他一声，但好奇心驱使他没有这样做。

如果安德烈斯没有住在家里，那他藏在哪儿呢？

安德烈斯沿着诺屯一直走，走进了劳加维加商业街，经过了赫莱姆公汽站，然后往南去了斯诺拉布劳特，接着又沿着老市中心的方向去了格雷提斯戈塔。西于聚尔·奥利毫不费劲地跟着他，但小心翼翼地保持着一定的距离。他转进格雷提斯戈塔，在街上慢慢滑行，直到他找到一处停车场，尽快停好了车。他继续隔着一段距离跟着安德烈斯。他看到安德烈斯在前面突然转了个弯，下到了一间旧木屋的地下室，然后掏出钥匙打开了门，进去之后便关上了门。

西于聚尔·奥利停下来打量着这栋房子。它看起来年久失修，屋顶的波纹铁上满是锈迹，油漆也都大块脱落了。这栋房子有一层楼和一间地下室，但一楼貌似并没有人居住。

等了二十分钟之后，他决定去敲门。他小心地沿着破损的楼梯爬了下去。门上没有名签，也没有门铃。西于聚尔·奥利重重地敲了几次，然后等着。他闻到了一股恶心的气味，像是鱼臭了的味道。

他把耳朵贴在门上，听到里面有微弱的响声。他又叫了几声安德烈斯，使劲儿敲了三次门，但依然没有回应。之后，他决定闯进去。门锁已经很老了，西于聚尔·奥利抓住门把手时听到了嘎吱嘎吱的响声，他用肩膀一撞，门就开了。他在门口停了下来，喊了几声安德烈斯的名字，然后走进了公寓。

臭味铺天盖地地袭来，他不得不退了出去。

“我的上帝！”他惊叫道。

他戴了个围巾，用围巾捂住口鼻之后，他又进去了。他站在狭小的过道里，想打开灯，但灯是坏的，他觉得这里可能已经被断电了。他又叫了安德烈斯的名字，但还是没有回应。照他来看，这房子完全是个垃圾堆。墙上都是洞，地板也被掀起来了，他不得不在破木板和家具废墟上吃力地攀爬。尽管他用围巾捂着口鼻，那股臭味还是叫人无法忽视，而且他越往前走，气味就越浓烈。他站着不动，适应着四周的黑暗，不停地喊着安德烈斯。他要不就是躲在公寓的某处，要不就是从后门或者窗户逃走了。西于聚尔·奥利适应了这里的黑暗后，发现自己站在客厅里，窗户拉着厚厚的窗帘。他拉开窗帘，光线透了进来。

光线所到之处都是一片狼藉：桌子、椅子和壁橱四分五裂地散在地上，房间好像被推土机铲过似的。西于聚尔·奥利在废墟中小心翼翼地走着。他注意到角落里有一个毯子，上面有些食物的残渣和黑死酒瓶。他想那应该就是安德烈斯的栖身之地了。他回到过道，小心翼翼地打开一扇门，发现里面是厨房。这里的场面像灾难现场一样，观察了一番之后，他觉得安德烈斯可能是从这里的一扇大窗户爬出去了。

他又把他跟丢了。

西于聚尔·奥利又走回客厅，他再也忍受不了这里的臭味了，正打算离开的时候，他突然发现自己好像踩到了一个活物。他差点儿跳了起来。

他往下看，发现他踩到的是一个男人的脚。男人躺在地上，身子被一条脏兮兮的毯子盖着，只有脚露了出来。西于聚尔·奥利弯下腰,慢慢地掀开了毯子。他终于明白这恶心的臭味是从哪里来的了。

他用围巾捂紧了口鼻。男人躺在地上，整个人被绑在一把椅子上，毫无生气的眼睛半睁着盯着他。他的额头中间好像有一枚硬币，旁边放着一块绑着带子的脏兮兮的皮革。

西于聚尔·奥利记得安德烈斯提到过只有一克朗硬币那么薄的东西，好奇心战胜了他的职业本能，他把手伸向那枚硬币，想要把它拿起来，却发现它是固定住的。

他凑近了一点，发现那并不是一枚硬币，它的表面是光滑的。他慢慢明白，这个男人额头上的小铁片是钉子头，是深深钉进去的钉子。

尸体腐烂得非常严重。

他估计这个男人已经死了不下三个月。

55

星期一早上，一个雷克雅未克的墓地管理员出现在了霍拉瓦拉加塔的老墓园中，打开了一间工具棚。天气很冷。头天晚上起了严重的霜冻，从高地刮来的北风也一直在吹。但这个男人穿得很暖和，他戴着毛呢帽子和厚厚的手套。他把自己需要的工具都拿了出来，准备做完先前没有完成的工作。他不慌不忙地干着，估计自己会用上整个早晨的时间。他准备好一切之后就穿过墓园走向苏德嘉塔，还有民族英雄乔恩·西古尔德逊的坟墓。有人用喷漆在石碑上写着“乔尼是老大”。他并不是十分在意，只把这当作年轻一代心智越来越独立的体现——至少还有人知道乔恩·西古尔德逊是谁。管理员无意间朝左边看了一眼，突然停了下来。他穿过墓园朝那边看去，好像有个男人靠在一个墓碑上。他看了很久，那个男人始终没有动。于是，他慢慢地朝他走去。当他走近时，他发现那个男人已经死了。

他衣衫褴褛，盖着一件破烂的外套，膝盖紧紧抵住胸口，好像是想抵御严寒。他的脸色惨白，眼睛朝着天空半睁着，好像死的那一刻正看着头顶上的云，希望它们能分开一会儿，露出一小片蓝天。